사랑의 위대한 승리일 뿐

사랑의
위대한
승리일 뿐

김솔 장편소설

안온

차례

프롤로그

오, 너였구나.

그래 바로 너였어.

오랜 시간이 폭풍우처럼 우리 사이를 휘저었는데도, 망망대해를 십삼 년째 표류하던 우리가 여기서 다시 만나게 되다니.

그리고 내가 널 여전히 알아볼 수 있다니.

너무 놀랍고도 허망하구나.

네가 나를 기억하지 못한다는 사실 따윈 괘념치 않겠으나,

네 앞에서 내가 십삼 년 전의 모습으로 발가벗겨졌다는 사실이 너무 참담하다.

결국 우린 여기서 사랑의 마지막 단계를 통과해야 할 것 같다.

너의 죄악을 환영한다.

나의 불행을 찬양하마.

머뭇거리지 말고 어서 안으로 들어오너라.

모두가 너의 파멸을 기다리고 있구나.

두려워 말거라.

눈을 감고 숨을 참는 사이 폭풍우는 너를 제외한 세계를 조

용히 데리고 갈 것이다.

그리고 내가 영원히 사라진 뒤부터 너는 어떤 사랑에도 감격할 것이다.

만약 거기서 더 머뭇거린다면, 네 머리채를 잡아당겨서라도 지옥에 처넣을 것이다.

시간이 없다,

어서 내가 너를 파괴할 수 있도록 허락해다오.

1

후덕하게 살진 형제님! 도대체 인간이란 무엇일까요? 석탄 덩어리 같은 음식을 훔쳐서 양말 속에 숨기고 다니다가도 배고픈 이웃에게 기꺼이 내줄 수 있을 만큼 이타적인 존재인가요? 성직자들은 금욕과 혐오를 구별하지 못하는 서치書癡로 전락하더니 급기야 신성한 책까지 오독하기에 이르렀답니다. 그들의 주장에 따르면 최초의 인간에겐 혀가 없었다는군요. 세상의 모든 재앙이 그 말랑말랑한 것의 발작에서 시작되는 걸 하느님께서 걱정하셨기 때문이라네요. 그래서 악마는 하느님의 의지를 파괴하기 위해 뱀의 형상으로 인간 앞에 나타났다고 설명했어요. 혀 하나로 존재의 대부분을 드러낼 수 있는 동물이 뱀이니까요. 혀끝에 매달린 V 자는 십자가를 두 동강 내는 도끼를 상징한다나요? 천박한 언어와 게걸스러운 식탐이 인간을 타락시켰다고 원장신부가 강설했을 때 하마터면 저는 그의 얼굴을 혀로 핥을 뻔했답니다. 설마 하느님께서 자신의 형편없는 요리 솜씨를 숨기기 위해 그런 궤변을 만들어내신 건 아니겠죠? 아니면 예기치 않은 사고 때문에 미각을 완전히 잃으셨을 수도 있어요. 그 비밀을 숨기려고 자신의 부엌인 에덴에서 인간을 모조리 내쫓아야 하셨는지도 몰라요. 그때 뱀이나 악마도 함께 쫓겨났겠죠. 삼십여 년 동안 한 박스 분량의 성서를 먹어치웠다는 셀리아 수녀라면 뭔가 알고 있을 것 같아요. 오 년째 이곳의 주방을 책임지고 있는 그녀에게 조미료는 악마의 배설물이고 음식 타박은 배교 행위와 다를 바 없답니다. 하지만 자신이 매일 다루는 식재료의 대부분이 이교도들에 의해 재배되고 유통됐다는 사실을 정작 그녀가 모를 리는 없어요. 그녀의 히스테리는 창조론보다는 진화론을 설파하고 있죠. 흙탕물과 사체 속에서 벌레를 찾던 습성이 아직까지 인간에게 남아 있지 않고서야 어떻게 그토록 형편없는 음식 앞에서 감사의 기도를 올릴 수 있단 말입니까? 그건 이곳에서 유일하게 살이 찌고 있는 셀리아 수녀에게나 가능한 행동이지요. 매일 저녁 관장을 한다는데도 체중이 전혀 줄어들지 않는 걸 보면 그녀 역시 말랑말랑한 혀의 발작 때문에 밤마다 곤욕을 치르고 있는 게 분명해요. 자신의 방 안에서 새벽까지 성서나 이불을 뜯어 먹으면서 식탐에 저항하다가 결국 손가락마저 삼킨다는 소문이 파다해요. 그래서인지 그녀의 손에는 붕대가 감겨 있지 않은 날이 거의 없지요. 저희에게 먹일 음식을 요리하느라 매일 상처를 늘려가고 있다는 동정 여론은 더 이상 추종자들을 불러 모으지 못하고 있어요. 혼자서 몰래 먹어치운 식재료들을 석탄 덩어리로 채워 넣기 위해 셀리아 수녀가 모든 음식을 일부러 검게 태워서 식탁에 올리고 있다는 이야기도 들었어요. 그러니 형제님, 여기 간신히 존재하고 있는 저를 제발 굽어살펴주세요. 사지가 몽땅 잘려 나간 육신에서 혀마저 사라진다면 제가 무엇으로 신성을 감지할 수 있을까요? 규칙적인 허기야말로 하느님께서 매일 원래의 모습으로 부활하고 계신다는 확실한 증거이고, 식도락은 제가 독실한 신앙심을 지켜내는 유일한 방법이지요. 너무 배가 고프면 성서를 프랑스 식당의 메뉴판으로 여기고 그 안에서 식재료와 요리 방법을 찾아보기도 한답니다. 요리 방법만 조금 바꿔도 산해진미로 거듭날 식재료들은 주변에 얼마든지 널려 있지요. 당장 제 앞에 소금병과 후추통만 있다면 제 호언장담을 직접 증명해 보일 수 있으련만. 제발 뱀의 첫 허물처럼 말라가는 제 혀를 긍휼히 여기소서. 아마도 셀리아 수녀는 부엌을 휘젓고 다니면서 자원봉사자들을 닦달하느라 정신없이 바쁠 테니, 부엌에서 소금병과 후추통을 들고나오는 게 그리 어렵진 않을 거예요. 하지만 명심하세요. 이곳의 규칙을 어겼다가 발각된 자는 영원히 이곳에서 추방된다는 사실을. 규칙을 어기는 자가 모두 추방되는 게 아니라, 규칙을 위반한 사실이 발각된 자에게만 처벌이 내려지는 거랍니다. 만약 범행 현장에서 셀리아 수녀와 마주치셨다면 절대로 제게 돌아오지 마시고 건물 밖으로 곧장 도망치셔야 합니다. 제 부탁을 정확히 이해하셨죠? 너무 지체하시면 저는 로마 병사로 변신해서 형제님을 박해할 것이고, 고통과 용서의 에피소드를 추가하느라 성서는 더욱 무거워질 것이며, 그걸 짊어지고 다녀야 하는 성직자들은 하나같이 관절염을 앓게 될 거예요.

형제님의 혀는 소금과 설탕을 구별할 수 없을 만큼 퇴화하셨단 말입니까? 혀를 사용하지 않고서는 그 둘의 차이를 외관상으로 구분할 수 없다는 말씀을 제가 곧이곧대로 믿을 거라 생각하셨나요? 소금은 암석처럼 침묵 속에서 태어나기 때문에 크기가 고른 대신 희끄무레한 반면, 팝콘처럼 소음 속에서 태어나는 설탕은 크기가 제각각이고 새하얗죠. 소금은 성직자처럼 경건하지만 설탕은 이국의 무희처럼 음란하기까지 합니다. 그리고 대체로 소금이 담긴 병은 설탕을 담아둔 그것보다 큰데, 설탕을 대신할 재료는 많아도 소금과 바꿔 쓸 조미료는 거의 없기 때문이죠. 금욕의 하느님께서는 소금이 생명이라고 말씀하셨지, 설탕이 지복의 원천이라고는 일러주지 않으셨답니다. 그러고 보니 소금은 생기를 아래로 누르고, 설탕은 위로 밀어 올리는 것 같기도 하네요. 저희처럼 몸이 성하지 않은 자들을 위한 음식에 설탕이나 소금을 섞지 않는 이유도 이런 편견과 연관이 있지 않을까요? 그래도 성직자나 자원봉사자에게 제공되는 음식에는 그것들을 충분히 사용하고 있을 테니, 추리해보자면, 형제님이 부엌에 들어가셨을 때 눈에 가장 먼저 띄는 조미료가 소금이었을 것이고, 설탕이랑 후추는 찬장 안에 깊숙이 숨겨져 있을 겁니다. 셀리아 수녀가 오 년 남짓 이곳의 식단을 책임지고 있다고 형제님께 분명히 말씀드린 것 같은데, 설마 그녀가 소금병을 후추통 옆에 보관할 것이라고 생각하셨나요? 어쩌면 형제님은 처음부터 저를 모욕할 의도를 지니고 계셨는지도 모르겠네요. 송곳니가 유독 하얀 사람은 쉽게 믿지 말라는 옛말이 전혀 틀리진 않았나 봅니다. 박해자여, 제발 제 말에 귀 기울여주세요. 악마가 제게 말랑말랑한 혀를 선물했을 때에는, 그것으로 고작 음식의 풍미만은 감지하리라고 기대하지는 않았을 겁니다. 이것으로 저는 세상의 모든 이야기를 한 곳에서 다른 곳으로 고스란히 퍼 나를 수 있지요. 모종삽과 같다고 할까요? 어떤 이야기는 빙하보다 더 차갑지만 또 어떤 것은 용암보다 더 뜨겁죠. 어떤 건 너무 딱딱해서 이를 박아 넣을 수 없고 어떤 이야기는 너무 부드러워서 숨소리에도 부스러져 내려요. 제 혀로 이것들을 능숙히 다루게 되기까지는 정말 오랜 시간이 걸렸답니다. 최초의 절단 사고를 경험한 직후부터 저 자신은 제게 가장 위협적인 존재가 됐으니까요. 재채기처럼 찾아오는 자살 충동을 간신히 제압하고 나면 또다시 크고 작은 사고가 일어났고, 하나의 사건을 마무리할 때마다 더 이상 잃을 게 없다고 자위했지만 그다음 일어난 사건으로 더욱 피폐해져갔지요. 제 일생이 하나의 결말로 수렴해가는 과정을 자세히 들여다보려고 애쓸수록 그것은 마치 시위를 떠나 시공간을 무한히 쪼개며 날아가는 화살처럼 한 치도 전진하지 않는다는 낭패감에 더욱 빠져들었죠. 제 일생이 어떻게 흘러가든지 간에 결말은 이미 결정돼 있고 아무도 번복할 수 없다면, 그걸 미리 알아내기 위해서 고통받지 말자고 다짐했습니다. 천장에 붙어 있는 모기 때문에 밤새 잠을 설칠 이유가 없지 않겠습니까? 그랬더니 비로소 이런 몰골로 살아 있는데도 전혀 부끄럽거나 미안하지 않게 됐죠. 전 형제님이 어떤 죄를 짓고 이곳에 오셨는지 잘 알고 있답니다. 인간의 권능이란 용서가 아니라 오직 망각이라는 사실을 형제님도 순순히 받아들이셔야 해요. 그래야 이곳에서 온전히 심신을 지켜낼 수가 있을 겁니다. 게다가 저의 기괴한 육신은 형제님의 죄를 숨기는 데 큰 도움이 될 거예요. 형제님에겐 천 시간이 아주 길게 여겨지시겠지만, 하찮은 곤충 한 마리 짓밟아 죽인 죄를 잊어버리기에도 턱없이 부족한 시간이랍니다. 법관들을 협박하거나 구슬려서 형벌의 크기를 그 정도로 줄이실 수 있었던 것만으로도 불행 중 다행이죠. 하지만 이렇게 고립된 곳에서 명예나 분노 따위가 무슨 소용 있겠어요? 어두운 터널을 빠져나가는 데 필요한 것은 시간에 대한 세 가지 믿음뿐이죠. 시간은 언제 어디서나 똑같은 속도와 방향으로 흘러간다는 것, 시작은 없어도 반드시 끝이 있다는 것, 그리고 그 안에 갇혀 있는 인간들은 미세한 흐름을 결코 감지할 수 없다는 것. 그러니 저나 형제님은 그저 매 순간을 견뎌내기만 하면 되는 것이고, 시계는 우리의 고행에 전혀 도움이 되지 않는답니다. 차라리 제 이야기가 형제님의 갱생에 도움이 될 수 있을지도 몰라요. 제 몸 하나 뒤집는 것조차 어려운 처지가 되기 직전까지 저는 세상의 절반을 직접 둘러본 방랑자였죠. 역사에 위대한 족적을 남긴 탐험가들이야 아주 많겠습니다만 유감스럽게도 그들에겐 자신의 경험과 성과를 타인에게 극적으로 전달하는 능력이 부족했지요. 흥미로운 이야기는 한낮의 광장이 아니라 음습한 지하 감옥이나 공포로 가득 찬 밤, 또는 맹인의 암흑 속에서 만들어지니까요. 호머의 암흑이나 세르반테스의 부자유, 아니면 셰에라자드의 공포를 떠올려보세요. 그래요, 저는 형제님께 흥미로운 거래를 제안하고 있는 것이랍니다. 제가 원하는 건 간단하죠. 셀리아 수녀가 결코 이곳의 식탁에 올리지 않는 음식들로 저를 부디 진화론자에서 창조론자로 되돌려주세요.

만약 제가 들려드리는 이야기가 전혀 흥미롭지 않다면 비스킷 한 조각 건네지 않으셔도 상관없습니다. 다만 어제의 기억이 오늘의 결정에 절대 영향을 미치지 않도록 냉정함을 유지한 채 제 이야기의 가치를 판단해주세요. 형제님이 제 제안을 승낙하신다면, 첫 번째 이야기는 쇠고기수프를 먹으면서 시작해보는 게 어떨까요? 내일 오후부터 비가 온다고 하니까, 따뜻한 음식이 날씨와 이야기에 잘 어울릴 것 같네요. 내일 저녁 여섯 시 십오 분에 이곳으로 오세요. 그땐 이곳의 행려병자들은 식사를 마치고 자원봉사자들의 등에 업혀서 목욕을 하러 갔을 거예요. 욕실이 좁아서 한꺼번에 여섯 명까지만 씻을 수 있기 때문에 늘 한 명은 이 방에 홀로 남아서 파수를 봐야 하는데, 이번 달은 제 차례거든요. 노파심에서 말씀드리는데, 이곳에서 지내는 동안만큼은 약속 시간에 절대로 늦으시면 안 됩니다. 이곳 사람들은 일 분과 한 시간의 차이를 거의 구분하지 못해서 일정보다 일 분만 늦어도 마치 인생의 절반을 도둑맞은 것처럼 격분해서 난동을 부리니까요.

이게 정말 쇠고기수프가 맞나요? 셀리아 수녀의 형편없는 음식이 제 감각기관을 고장 낸 게 아니라면, 세상 사람들의 식성이 크게 바뀐 모양이군요. 유감스럽게도 전 도저히 이 음식 속에서 추억이나 위안을 찾을 수가 없네요. 그렇다고 형제님, 제발 오해하지는 마세요. 전 지금 형제님께 불평하고 있는 게 아니랍니다. 그리고 이 수프가 최상의 재료들로 만들어졌다는 사실은 이미 간파했습니다. 다만 저는 이런 음식을 만들고도 형제님 앞에서 뻔뻔스럽게 거들먹거렸을 요리사를 몹시 비난하고 싶어졌을 뿐이랍니다. 셀리아 수녀가 요리해도 이보다는 나을 것 같군요. 하긴, 셀리아 수녀도 억울할 수 있겠죠. 신선한 식재료를 충분히 공급받고 최신식 냉장고와 주방 도구들을 사용하며 두어 명의 조수들까지 부릴 수만 있다면, 그리고 성서를 완성한 유령들의 잔소리를 듣지 않은 채 좀더 편한 옷차림을 할 수만 있어도 그녀는 자신의 요리 솜씨로 이곳 사람들을 충분히 행복하게 만들었을 거예요. 하지만 그녀가 오 년 동안 하루에 세 번씩 부엌에서 반복한 일이라곤 일반인들이라면 거의 먹지 않을 식재료를 씻고 말리고 찌고 자르는 것뿐이었죠. 그나마 그녀가 부지런하고 낙천적이기에 망정이지 그렇지 않았더라면 이곳 사람들은 모두 영양실조나 성인병으로 고통받았을 겁니다. 저도 잘 알고 있어요. 그리고 늘 고맙게 생각하려고 노력해요. 하지만 생각하는 것만으로는 도저히 식도락의 욕망을 억누를 수 없는데 어떡합니까? 그래서 형제님의 선물을 내심 기대했던 것인데, 이 음식은 정말 최악이군요. 최고급 식재료를 뒤섞어 최악의 요리로 만들어 먹느니, 차라리 식재료를 하나씩 따로 먹는 게 훨씬 나을 뻔했어요. 이걸 판매한 식당 앞을 다시 지나치시게 되면 주인에게 제 촌평을 꼭 전달해주세요. 식당 대신 정육점을 운영하는 게 그나마 파산을 늦추는 방법일 것 같다고. 그런데도 계속해서 식당을 운영할 작정이라면 당장 쇠고기수프를 메뉴에서 삭제하거나 요리사를 해고하는 게 좋겠다고. 이도 저도 할 수 없다면 차라리 저급의 식재료를 사용해서 손실이라도 줄이는 게 최선이라고. 이곳에 거의 도착할 무렵에야 간신히 저와의 약속을 기억하고 눈앞에 보이는 집으로 급히 뛰어들어가 딱한 사정을 둘러대면서 이 수프를 공짜로 얻어왔다고 말해주신다면 제 마음이 좀더 편해질 것 같아요. 불운을 형제님 탓으로 돌리고 싶진 않습니다. 그리고 이 아까운 쇠고기수프를 남길 생각도 전혀 없습니다. 바닥이 드러날 때까지 천천히 먹을 테니 제게 너무 미안해하실 필요는 없어요. 아무것도 먹을 수 없었던 어제보다 무엇이라도 먹을 수 있는 오늘이야말로 하느님의 은총이니까요.

이봐요, 형제님. 노파심에 다시 한번 말씀드립니다만, 형제님을 이곳으로 부른 건 악마가 아니라 하느님이십니다. 아직도 형제님은 하찮은 실수에 비해 너무 과중한 처벌을 받고 있다고 생각하실 테죠. 자신보다도 훨씬 더 파렴치한 범죄를 저지른 자들이 자유롭게 활보하고 있는 현실을 도저히 받아들일 수 없으시겠죠. 형제님이 운이 나빴던 건 사실입니다. 인간의 육체는 선행보다 죄악에 더 황홀한 자극을 받는 데 반해 감옥과 교회를 충분히 세우기에 세상은 너무 좁기 때문에, 하느님께서도 어떤 자들의 죄악을 한참 동안 모른 체하실 수밖에 없으시겠죠. 하지만 처벌을 유예하셨을 따름이지 결코 용서하신 것은 아닙니다. 아무도 사필귀정의 굴레에서 벗어날 수 없고, 판결이 늦어질수록 결과는 더욱 비참해질 뿐이에요. 그러니 후사를 도모하시려면 현재의 고통을 감사히 받아들이시는 게 현명한 태도죠. 사회봉사 명령을 받고 이곳을 찾아온 사람들은 하나같이 형제님처럼 반응합니다. 적어도 제가 이곳에 온 뒤로 지금까지 예외는 없었어요. 물론 저 역시 달라지지 않았겠죠. 하지만 제가 달라지지 않은 까닭은 그들이 한결같기 때문이라고 변명하고 싶군요. 그들이 달라졌다면, 그들의 호의에 연명해야 하는 저 또한 달라져야 하지 않았을까요? 하지만 하느님께서는 인간과 다르시죠. 만물의 시작부터 끝까지 편재하시는 그에게 모든 존재는 아직 태어나지 않았고 어떤 사건도 아직 일어난 적이 없어요. 언제든 마음만 먹으면 그분은 어떤 존재나 사건을 완벽히 없애실 수 있고, 아예 모든 존재와 사건을 하나의 반죽 덩어리로 만드실 수도 있습니다. 다만 악마를 없애려면 그것의 숙주인 인간부터 절멸시켜야 한다는 명제 앞에서 주저하고 계실 뿐이죠. 인간은 돋보기를 쓴 채 타인과 세계를 들여다보기 때문에 정작 악마가 구축해놓은 거대한 규모의 죄악을 발견할 수 없지만, 망원경을 손에 쥐고 계시는 하느님껜 인간 각자의 원죄는 보이지 않고 악마의 거대한 음모만이 선명하게 드러난다고 들었습니다. 악마에게서 세계와 인간들을 지켜내기 위해 이곳을 직접 세우셨으니, 성직자들이나 저와 같은 행려병자들, 그리고 형제님과 같은 자원봉사자들은 모두 하느님의 선의를 증명하기 위해 최선을 다해야 한답니다. 저는 오로지 형제님에게 생의 의지를 되찾아줄 목적으로 지금 여기에 존재하고 있죠. 사육제를 위해 잠시 동안 비육되고 있는 희생양과 같다고나 할까요? 제 곁에 단 일 분만이라도 머물고 나면 형제님은 자신이 아직 잃지 않은 게 무엇인지 금방 깨달을 수 있으실 테니까요. 제가 장담하건대, 형제님의 분노나 상실감은 오늘 집으로 돌아가셔서 맥주 한잔 마시는 사이에 흔적도 없이 사라질 것이고 자신의 행운을 누군가와 함께 나누고 싶어질 거예요. 내일 아침 이곳으로 돌아와야 한다는 현실이 끔찍하게 여겨지시겠지만, 전자발찌를 차고 자유롭게 돌아다닐 수 있는 바깥 세계가 거의 존재하지 않는다는 사실과, 매일 의무적으로 처리해야 하는 일과가 생기발랄한 리듬을 유발할 수 있다는 사실을 떠올리신다면, 참담한 감정에 재갈을 물리실 수도 있을 겁니다. 형제님은 아라비아의 절대군주이고, 자신의 목숨을 이어가기 위해 매일 진기한 이야기를 만들어내야 하는 셰에라자드가 이곳에서 형제님을 간절히 기다린다고 상상해보세요. 그 이야기가 마음에 들지 않으면 형제님은 상상의 세계 속에서 그녀를 잔혹하게 살해한 뒤 다음 날 아침 다시 살려낼 수도 있어요. 흥미로운 이야기는 형제님에게서 형벌의 무게를 덜어내주겠죠. 파도처럼 끊이지 않고 매일 이어지던 이야기에 넌더리가 날 때쯤 형제님은 이미 형벌의 공간에서 완전히 해방돼 계실 겁니다. 형제님의 심드렁한 표정을 보니, 아직도 제 능력을 믿지 못하시는 것 같군요. 그럼 쇠고기수프를 사는 데 쓰신 돈이 그리 아깝지 않았다는 사실을 증명하기 위해서라도 제 이야기를 조금 들려드리죠. 그건 엄연히 제가 직접 보고 듣고 느끼면서 직조한 것이니까 진위를 의심하느라 맥락을 놓치지는 않길 바랍니다. 단, 목욕을 마친 자들이 돌아오기 전에 이야기를 무조건 멈추겠습니다. 몸의 물기를 제대로 말리지 않으면 위험해진다는 사실을 잘 알고 있는 자들은 주변의 소란에 예민하게 반응하는 데다가 저 또한 목욕하는 시간을 방해받고 싶지는 않네요. 하지만 형제님을 위로하기 위해 제가 손해와 위험을 무릅쓰고 있다는 사실만큼은 꼭 기억해주시길 바랍니다.

어떤 자는 자신을 살리기 위해 습관적으로 타인을 죽이지요. 그리고 어떤 자는 타인을 살리려고 습관적으로 자신을 죽이기도 한답니다. 하지만 어느 누구도 한 인간을 완전히 죽이거나 살려낼 순 없는데, 왜냐하면 모든 인간은 이미 반쯤 죽은 채로 살아 있기 때문이죠. 자신에게서 사라져버린 반쯤의 삶과 반쯤의 죽음이 서로 엉겨 붙어서 타인을 이루고 있을지도 모르겠네요. 심지어 저의 삶과 죽음마저 더 이상 제가 관여할 수 없다고 생각했습니다. 그때 한낮의 무거운 태양이 제 정수리를 짓누르고, 뜨겁게 달궈진 바닥은 저를 허공 위로 밀어 올리고 있었지요. 광장 한가운데 굽은 못처럼 구부정하게 서서 저는 급히 주머니에서 동전 하나를 꺼냈어요. 주변에 개처럼 웅크려 있던 걸인들이 일제히 거위침을 삼키며 저를 쳐다봤어요. 은빛 테두리를 두른 동전은 마치 수 세기 전 누구의 권총에서 발사됐으나 끝내 둔감을 꿰뚫지 못한 채 납작하게 짓눌린 탄두 같았답니다. 저는 심호흡을 한 뒤 엄지로 그것을 힘껏 공중에 튕겨 올렸어요. 누구에겐 빵이나 물이 될 수 있는 그것으로 저는 죽살이를 결정하려 했던 겁니다. 책에서 읽은 이야기에 따르면, 수천 년 전 신의 영토를 찾아 떠돌던 사람들이 독수리의 환영을 쫓아 그곳까지 왔다가 세계의 배꼽이 될 만한 도시를 세웠다더군요.

그리고 후손들은 신화를 기억하기 위해 구리 동전 안에 독수리를 섭새겨놓았던 것이고요. 그 당시 세상의 끝을 찾고 있던 제게는 아주 흥미로운 이야기로 들렸어요. 그래서 그때까지 단 한 사람도 사용하지 않았을 것 같은 동전 하나를 바지 주머니 안에 늘 넣고 다니면서, 제 운명이 더 이상 전진하거나 후퇴할 수 없다고 판단되는 순간에 그걸 꺼내 판결봉처럼 휘두를 작정이었죠. 동전 안의 독수리는 공중으로 날아올랐다가 우연의 정점에서 준엄한 판결을 확정한 뒤 발톱을 펴고 제 발밑으로 떨어져 내리겠죠. 독수리 문양이 바닥을 등지고 빛난다면 저는 그 즉시 제 무덤 안으로 걸어 들어갈 것이고, 반대쪽 면이 보인다면 석관을 맨 채 새로운 운명을 찾아 그 도시를 떠날 생각이었습니다. 하지만 동전으로 자신의 운명을 결정하려는 한심한 인간을 하느님께서는 결코 탐탁하게 여기지 않으셔서, 우연의 정점에서 제 운명을 확인하신 그분은 동전의 회전속도와 낙하속도를 미세하게 조작하셨죠. 수천 년 동안 아스테카 신전을 지탱하고 있다가 서구의 약탈자들에 의해 광장으로 끌려 나온 석재들은 노회한 제관祭官들답게 동전의 문양을 여러 번 바꾸어가면서 우연의 알리바이를 제거했고요. 그리하여 저는 무거운 탄식 속에 또다시 반쯤 살아남은 채로 광장을 빠져나와야 했습니다. 걸인들은 제 운명을 결정한 동전을 차지하기 위해 맹수처럼 다퉜지만 승자나 패자 어느 쪽도 자신의 운명에 완전히 수긍하지는 못했을 겁니다. 한참 걷다가 문득 시서늘한 바람을 느끼고 고개를 들어보니 광장 맞은편 첨탑에서 흔들리고 있는 삼색 깃발 중앙에 독수리가 뱀을 문 채 힘찬 날갯짓을 하고 있는 게 아니겠어요? 마치 그곳은 세상의 끝이 아니며, 독수리와 뱀 역시 반쯤의 삶과 반쯤의 죽음을 지켜내기 위해 쉼 없이 투쟁하고 있다고 말하는 것 같았어요. 그러니 제가 여행을 계속해야 할 이유는 당장 여정을 멈춰야 할 그것과 똑같았고, 어느 쪽을 선택해도 결과가 전혀 달라질 것 같진 않았습니다.

그 동전을 얻은 곳은 숙소 근처의 식당에서였지요. 며칠째 저를 괴롭혔던 허기를 모조리 없애는 것으로 저는 제 일생에서 해야 할 일을 모조리 마쳤다고 생각했습니다. 패배를 인정할 수밖에 없었어요. 저는 죽지 않았는데도 제 손으로 죽는 것 말고는 살아서 할 수 있는 일이 없었고, 저를 도울 수 있는 자의 이름도 전혀 기억나지 않았어요. 남루한 세계에서 허황된 꿈을 꾼 자는 어쨌든 저였으니 꿈의 파본들을 처리하는 일 또한 오로지 제 몫이었죠. 하긴 그런 결말을 미리 알고 있었다고 한들 치욕을 줄일 수 있었을 것 같진 않아요. 죽음은 결코 저를 위무하기 위해 그곳까지 밀려온 게 아니었으니까요. 그래도 목숨이 끊기기 전에 태평양 건너편에 있는 가족의 목소리를 마지막으로 듣고 싶었지만, 제가 도망친 뒤로 지금까지 저의 부채를 갖고 있을 그들에게 차마 제 제삿밥까지 요구할 순 없었어요. 구더기들을 많이 길러낼수록 소멸의 속도가 빨라질 것 같아서 내장 안에 음식을 가득 채워 넣으려 했죠. 하지만 오랫동안 허기로 피폐한 제 육체는 기름진 음식을 한꺼번에 받아들이지 못했어요. 식사가 고문처럼 느껴졌을 때 한 여자가 다가와 제 앞자리에 마주 보고 앉더군요. 그러고는 제 오른손을 잡더니 다짜고짜 손금을 읽기 시작했어요. 저는 질긴 음식을 씹으면서 묵묵히 그녀를 쳐다보았지요. 차림새로 보아 집을 떠나 오랫동안 세상을 떠돈 게 분명했고, 뭉뚝한 영어 발음으로 보아 구대륙에서 건너온 자인 것 같았어요. 저는 오른손을 거둬들이는 대신 왼손을 내밀었지요. 제가 오랫동안 산 세상에선 한 인간의 운명이 왼쪽 손바닥에 기록돼 있다고 믿었기 때문이죠. 한 시간 전에 자살을 결심한 저의 운명이 제 손바닥에 고스란히 새겨져 있는지 확인하고 싶었습니다. 그 순간 뜨거운 눈물이 제 손바닥에 떨어져 목숨과 재물과 명예를 결정한다는 세 줄기의 손금들을 따라 맑은 용암처럼 느리게 흘러갔고, 여자는 자신의 손바닥까지 다 젖을 동안 제 비문碑文을 들여다봤지요. 어쩌면 제 발밑으로 밀려온 죽음을 단숨에 간파했으나 그 사실을 완곡하게 설명할 영어 단어가 생각나지 않아서 머뭇거렸는지도 모르겠어요. 마침내 그녀는 제 왼손을 식탁 위에 슬그머니 내려놓으며 미안하다는 이야기만을 거듭한 채 총총 걸음으로 사라지더군요. 저는 제 운명이 더 이상 멸시당하지 않도록 왼손을 바지 주머니 속에 찔러 넣은 채 접시 위에 남은 붉은 스파게티를 포크로 말아서 입에 쑤셔 넣었지만, 눈물로 퉁퉁 불은 제 딸의 머리카락을 씹고 있는 것 같아서 결국 뱉어내야 했지요. 더 어두워지기 전에 서둘러 무덤을 찾아야겠다고 생각하고 카론에게 뱃삯을 지불하려고 했을 때 지갑을 찾을 수 없었어요. 그 순간 적어도 그 식당은 제 무덤으로 적당하지 않다는 생각이 들었습니다. 제가 음식을 주문한 이후로 줄곧 저를 감시하고 있던 식당 주인을 행복하게 만들어주고 싶지도 않았고요. 그러니 죽기 살기로 도망치는 수밖에. 식당 밖의 어둠이 저를 추적자로부터 안전하게 보호해주었지요. 그래봤자 정작 보호받은 건 제 삶이 아니라 죽음이었지만 말이죠. 어둠의 항문에 이르러 가쁜 숨을 겨우 진정시켰을 때 오른쪽 바지 주머니 속에서 그 동전이 발견됐답니다. 그리고 그것은 마치 그 여자가 제게 자신의 운명은 스스로 결정하라고 남겨준 총알처럼 여겨졌지요. 그래서 저는 어느 집 처마 밑에 쪼그리고 앉아서 밤을 보낸 뒤 그 광장 한복판으로 나갔던 것인데, 그곳에서 사형 선고를 유예받는 바람에 다시 여행을 시작해야 했답니다.

여행하는 동안 저는 스스로 몇 가지 행동 강령을 세우고 그걸 지키기 위해 최선을 다했습니다. 스스로에게 부끄럽지 않을 수준의 노동으로 여비를 마련한다, 신분이 드러나는 자료를 지니거나 만들지 않는다, 매일 한 끼만 먹되 가장 값싼 음식을 선택한다, 숙소와 이동 수단을 얻는 데 돈을 사용하지 않는다, 관광지를 찾아다니지 않는다, 매일 씻고 일주일에 한 번씩 빨래를 한다, 부랑자들과 가진 것을 나눈다, 현지 주민들에게 절대로 피해를 입히지 않는다, 매일 일기를 쓴다, 일주일에 한 번씩 가족에게 편지를 쓰지만 절대 부치지는 않는다, 모국어를 사용하지 않는다, 제 시신을 수습해줄 자들에게 수고비를 남긴다, 다시 쓸 수 있는 장기는 모두 기증한다, 그 밖의 유언은 없앤다 등 아주 거창한 원칙들이 있었죠. 말하고 보니 제 원칙의 대부분이 '하지 않는다'라는 문구로 끝나는군요. 인간으로서 지켜야 할 최소한의 윤리조차 저 같은 무일푼의 방랑자에겐 생존을 위협하는 허영에 불과했지만, 길에 버려진 개나 고양이처럼 살고 싶진 않았기 때문에 저 스스로에게 최면을 걸었던 것입니다. 하지만 멀쩡한 인간에게도 어려운 임무를 저라고 무슨 뾰족한 재주가 있어서 매번 완수했겠습니까? 그래도 처음엔 제가 그 원칙을 어길 수밖에 없었던 상황을 제법 진지하게 반추해보았습니다만, 실패가 너무 빈번해지다 보니 자기합리화 과정마저도 역겹고 부질없게 생각되더군요. 새로운 운명을 받아들이는 첫 번째 과정은 기존의 금기를 의도적으로 파괴하는 것일 테니까요. 더 이상 세상 사람들의 생각이나 규칙 따윌 걱정하지 않게 되면서, 현실을 제 생존에 유리하게 왜곡할 수 있었답니다. 그때 깨달은 사실 하나가, 요리사나 음악가만큼 여행에 적합한 직업이 없다는 것이었죠. 그들은 어느 나라를 여행하더라도 그곳의 언어에 제약을 받지 않았어요. 요리와 음악은 발성기관과 무관한 통로를 따라 육신과 영혼 속으로 들어가는 데다가 받아들이는 자에 의해 그것의 미덕은 무한히 변형되기 때문에, 굳이 언어로 설명하려고 애쓸 필요가 없죠. 어쩌면 인생의 중요한 시공간은 언어가 결코 닿지 않는 곳에 있는지도 모르겠네요. 아무튼 세상의 모든 요리와 음악은 각각 하나의 뿌리에서 태어난 뒤 세상으로 퍼져 나간 것들이어서 어느 곳에서도 비슷한 가치로 환금換金됐지요. 하지만 그 외의 직업은 항상 환대받진 못했답니다. 모국에서 익힌 방편은 독약이었을 뿐이고 시행착오가 해결 방법을 저절로 가르쳐 주지도 않았죠. 제가 적어도 백인이었거나 영어를 유창하게 구사할 수 있었다면 주변 사람들의 환심을 기대할 수도 있었겠지만, 검누른 피부색의 제가 간신히 표현할 수 있는 영어 문장이라곤 방향이나 가격에 한정됐기 때문에 하찮은 일 하나 처리하는 데도 과장된 몸짓을 동원해야 했고 상대의 오해를 반복적으로 교정해야 했죠. 그래도 신이 모든 인간에게 부여한 능력이 저에게도 약간 숨어 있었는지, 같은 상황에서 같은 행동을 반복할수록 귀와 혀가 상대방의 언어와 습관에 점점 익숙해지더라고요. 알래스카에서 온 젊은이는 제게 마리화나를 공짜로 건네면서 올해 대게잡이 시즌이 끝나는 대로 중국이나 일본으로 건너가서 영어 선생이 되겠노라고 거들먹거렸는데, 한편으로는 무섭기도 하고 한편으로는 부럽기도 했답니다. 노예와 무기를 거래하던 조상들 덕분에 그 어부는 결코 고갈되지 않을 상품, 즉 영어를 팔 수 있게 된 것이죠. 저는 그에게서 마리화나 상자를 훔쳐 숙소를 빠져나왔지만 전혀 부끄럽거나 미안하게 생각하진 않았어요. 적어도 현지 주민들에게 피해를 입히지 않겠다는 약속만큼은 지켜낸 행동이었으니까요. 외국인 여행자들에게 마리화나를 팔아서 번 돈으로 연명하면서 저는 몇 가지 행동 강령을 수정하지 않을 수 없었지요. 신성한 노동으로 여비를 마련할 수 없을 경우엔 부유한 외국인 여행자들에게서 변통하되 백 달러 이상의 손해를 입히지 않는다. 범행 대상은 관광지에서 물색한다. 그리고 훗날 빚을 갚을 수 있게 될 때를 대비해 피해자의 신상을 자세하게 기록해둔다. 숙소와 이동 수단을 얻는 데 최소한의 비용을 사용한다 등. 그러고 보니까 좀도둑이라는 직업도 여행에 적합할 것 같더군요. 그 깨달음 덕분에 저는 더 많은 곳을 떠돌면서 더욱 진귀한 경험을 할 수 있었답니다.

멕시코의 치와와에서 만난 프랑스인 변호사 장의 지갑에서 육십 달러를 몰래 훔쳤는데 정작 그의 지갑이 육십 달러보다 더 비싸다는 사실은 몰랐어요. 크레일을 여행 중이던 벨기에인 테니스 교사 듀몽의 주머니칼은 또 다른 여행자에게 오십 달러에 팔 수 있었고, 마사틀란의 해변에서 일광욕 중이던 미국인 신혼부부의 와인 한 병을 훔쳐 인근 식당 주인에게 가져다주고 양고기스테이크를 얻어먹었답니다. 과달라하라의 유적지에서 만난 스페인 출신 사진작가 파울레타가 할머니의 유품인 라디오를 도둑맞았다면서 하루 종일 숙소가 떠나갈 정도로 울어젖히는 바람에 저는 그걸 판 돈에서 이십 달러를 슬그머니 돌려주어야 했지요. 과나후아토의 길거리에서 소매치기에게 지갑을 도둑맞은 독일인 대학생 롤프가 벤치에 앉아 자신의 부주의함을 자책하고 있을 때, 저는 인근 휴지통 안에 버려져 있던 그의 빈 지갑을 찾아주면서 두 번 다시 지갑을 도둑맞지 않을 방법을 조언해주었지요. 산미겔데아옌데에선 중국인 요리사 마오와 의기투합해 행인들에게 만두를 만들어 팔았는데, 저는 나흘 동안의 매상

중에서 재료비로 지불해야 할 금액만을 남겨둔 채 돈 가방을 챙겨 도망쳤죠. 멕시코시티의 차풀테펙 공원을 산책하던 외국인들은 제가 훔친 장신구들을 두고 흥정하는 사이 귀중품이 사라졌다는 사실은 끝까지 알아차리지 못했죠. 오악사카 광장에서 공연을 하던 영국의 무명 가수 존에게 저는 그의 첫 번째 앨범이 발매되는 즉시 열 장을 구매하겠다고 약속을 하면서 그의 기타 케이스에 담겨 있던 이십 달러를 훔친 적도 있어요. 산크리스토발데라스카사스의 숙소에서 만난 일본인 겐코가 그곳의 종업원들을 마치 하인처럼 하대하는 게 참을 수 없어서 그의 배낭을 훔쳐 고가의 전자제품들만 꺼낸 뒤 인근 하천에 던져버렸답니다. 그리고 전자제품들을 암시장에 팔아서 벌어들인 수입의 절반으로 그 숙소의 종업원들에게 술과 고기를 사줬는데, 술에 취한 종업원들은 저를 마치 부유한 장물아비로 착각하고 자신들이 여행객에게서 훔친 물건을 들고 와서 거래를 제안했지요. 그걸 모두 반값에 구입해서 두 배의 가격으로 되팔았답니다. 메리다를 자전거로 횡단하고 있던 미국인 애나의 강인함에 매료당한 저는 숙소 옆방에 머물고 있던 캐나다인 의사 조앤의 목걸이로 환심을 사려고 했지만 보기 좋게 퇴짜를 맞았죠. 그래서 애나의 자전거를 팔아서 번 돈으로 금팔찌를 사서 조앤에게 선물하고 뜨거운 밤을 보냈습니다. 그녀가 선물의 출처를 의심하는 바람에 다음 날 아침 작별 인사도 없이 헤어지고 말았는데, 그렇게 허망한 결과를 예상했더라면 차라리 가짜 금팔찌를 선물하는 게 현명한 행동이었을 것 같아요. 무헤레스섬 숙소에서 밤새 마당을 점령하고 술판을 벌이던 스페인 젊은이들에게 복수할 기회를 엿보고 있을 때, 그들 중 하나가 화장실 입구에 떨어뜨린 여권을 발견했죠. 저는 스페인으로 밀입국하려는 멕시코인들이 많다는 사실을 잘 알고 있었기 때문에 여권 위조범과의 거래를 유리하게 마무리할 수 있었죠. 그러고는 마당에 걸린 해먹 위에 누워 있다가 풀이 잔뜩 죽은 채로 나타난 스페인 젊은이들에게 맥주를 한 병씩 돌리면서, 젊음이 견뎌낼 수 없는 고난을 신은 아직 발명하지 않았다고 위로했죠. 칸쿤의 노천카페에 앉아서 책을 읽고 있던 이집트인 아메드는 한눈에 봐도 가짜가 분명한 금목걸이를 두르고 있었는데, 저는 그걸 이스라엘 출신의 식당 주인에게 진품 가격으로 팔아넘기고 수익 전부를 아메드에게 돌려주면서 전후 사정을 설명해주었죠. 그랬더니 그는 마치 유대인과 무슬림 사이에 쌓여 있던 구원舊怨을 없앤 영웅처럼 저를 대접했답니다. 목걸이가 가짜인 데다가 장물이라는 사실을 단숨에 알아챘는데도 그 유대인이 제게 순순히 진품의 감정가를 지불한 까닭은, 제가 최근 그 지역에서 부상하고 있는 아시아계 범죄 집단의 우두머리라고 착각했기 때문이었죠.

그 우두머리는 피해자들의 머리 가죽을 엮어서 만든 신발을 신고 다니는 것으로 유명한데 제가 신고 있었던 낡은 신발이 그의 눈에 범상치 않게 보였던 것 같아요. 아무튼 이상의 사건들 속에서 저는 제가 세운 행동 강령을 준수하기 위해 최선을 다했습니다. 다만 경찰의 갑작스러운 검문에 대비해, 훗날 제가 채무를 갚기 위해 피해자의 신상을 자세하게 기록해두었던 수첩만큼은 불태워야 했죠.

맥시코 원주민들은 친구를 가리켜 '기쁨보다 슬픔을 더 많이 가르쳐주는 자' 또는 '생채기에서 태어난 자'라고 부른다더군요. 그들은 자신의 부모와 마찬가지로 친구 역시 자신의 의지대로 선택할 수 없기 때문에, 설령 생채기를 얻고 슬픔을 배운다고 하더라도 죽음 이외의 방법으로는 결코 절교할 수 없다고 굳게 믿지요. 친구란 '신발을 벗어주는 자'라고 정의하던 사람들도 여럿 만났습니다. 하지만 전 너무나 많은 사람에게서 상처를 입었고, 그보다 더 많은 사람에게 슬픔을 가르쳐주었기 때문에 더 이상 어느 누구와도 신발을 바꿔 신고 싶지 않았죠. 길에서 만난 젊은이들이 제게 다가와서, 이곳은 결코 안전하지 않기 때문에 카메라나 시계를 드러낸 채 길거리를 돌아다녀서는 안 된다고 충고했을 때에도, 저는 그저 외국인에 대한 호기심이나 시기심에서 발동한 행동이라고 여겼습니다. 자신이 평생 살아가야 하는 세계를 이방인에게 조심하라고 말해야 하는 자들의 참담함을 그때 저는 제대로 이해할 수 없었습니다. 그들의 호의를 의심하진 않았어도 쓸모없는 참견이라고 폄훼했지요. 하지만 술에 취해 숙소로 혼자 돌아갈 때나 숙소에 처박혀서 마른 음식을 혼자 씹고 있을 때면 극도로 외롭고 우울해져서, 범죄의 충동을 억제해주거나 함께 범죄를 저지를 친구가 그리워지더군요. 며칠째 궁상을 떨었더니 하느님께서 플라야델카르멘 시내의 술집에서 혼자 맥주를 마시고 있던 이탈리아 여자를 제게 소개해주시는 게 아닙니까? 고작 스무 살인 그녀는 영국의 유명 대학교에서 건축을 공부하면서 유수의 공모전에 입상한 덕분에 한 달여간 세계 여행을 할 기회를 얻었다고 말했지요. 아스테카 문명의 건축 양식을 공부할 목적으로 혼자서 호기롭게 이곳까지 오긴 했는데, 괴한들에게 몇 차례 신변을 위협당한 이후로는 기착지에 도착할 때마다 숙소나 카페, 술집을 기웃거리면서 다음 기착지까지 자신을 에스코트해줄 길동무를 찾는다고 했습니다. 하지만 그녀의 선별 기준은 너무 까다로워서, 비록 성별이나 연령, 국적과 종교, 피부색을 따지지는 않았지만, 자신처럼 외국에서 건너온 여행객이어야 하고, 문화와 예술에 대한 조예가 깊어야 하며, 술과 담배는 즐겨도 마약을 탐닉해서는 안 됐어요. 성적 매력을 지나치게 드러내는 자, 즉 마초 같거나 바비 인형 같은 자도 환영하지 않는다고 말했는데, 정작 그녀의 여성성은 티셔츠와 청바지만으로는 완전히 가려지지 않았죠. 그곳까지 자신과 동행한 길동무와 이틀 전에 헤어진 뒤로 그녀는 마땅한 대체자를 찾지 못해 마음 졸이고 있다가, 일생 동안 단 한 번도 희열을 경험해보지 못한 것처럼 몹시 어두운 표정으로 혼자서 독주를 마시고 있는 저를 발견하고 먼저 다가왔어요. 그녀는 자신에게 남아 있는 목적지 서너 곳을 두서없이 늘어놓았고, 제가 그중 한 곳에 관심을 보이자, 기다렸다는 듯이 동행을 제안해 왔답니다. 일정이나 목적지 없이 떠돌던 제가 그녀의 제안을 거절할 이유는 딱히 없었지만, 행여 그녀의 방해 때문에 진기한 모험의 기회를 잃게 될 것 같아서 잠시 머뭇거렸지요. 무엇보다도 한낮의 열기 속에서 아스테카의 유적지를 둘러보아야 하는 게 썩 내키지 않았습니다. 그녀는 저의 복잡한 심정을 꿰뚫어 보았는지, 목적지까지 함께 이동해서 숙소를 같이 사용할 뿐 그곳에서의 생활까지 함께해야 할 의무는 없다고 선언했어요. 그러고는 제 대답을 듣기도 전에 자리에서 일어나 제 술값까지 계산한 뒤 문밖에서 저를 기다렸죠. 그래서 저는 제가 머물고 있던 숙소에서 짐을 챙겨 그녀의 숙소로 들어갔고, 아침까지 이어진 술자리 때문에 우리는 저녁 늦게서야 한 침대에서 일어나 심야 버스에 오를 수 있었습니다. 이탈리아어와 스페인어가 라틴어에서 유래된 덕분에 그녀는 스페인어를 딱히 배운 적이 없는데도 현지인들과 유창하게 대화하면서 여행에 필요한 정보를 쉽게 얻어냈죠. 기착지에 도착해서도 처리해야 할 일이나 만나야 할 친구가 없었으니 저는 그녀를 뒤따라 다닐 수밖에요. 한낮의 유적지를 유령처럼 돌아다니다 보니 어느 순간부터 저는 그녀의 짐을 나르는 노새가 돼 있었고, 먹이를 주듯 이따금씩 그녀가 짧게 들려주는 아스테카의 역사와 건축 이야기는 거의 이해하지 못했죠. 녹초가 돼 숙소로 돌아오면 우리는 잠 이외의 위안을 기대할 수 없었답니다. 그녀는 스무 살이나 많은 저를 마치 부모나 친오빠 정도로 생각하게 됐는지 제가 보는 앞에서도 서슴지 않고 옷을 갈아입기도 했는데, 그녀는 아시아 사람들이 하나같이 예의 바르고 영적인 존재여서 육신의 욕망을 쉽게 제압할 수 있다고 말함으로써 혹시라도 제 몸속에서 꿈틀거리고 있을지 모를 성욕을 단숨에 제압했죠. 그녀가 샤워를 하는 동안에 저는 방 밖으로 나와 담배를 피우거나 별을 세야 했어요. 비록 각자 다른 침대를 쓰긴 했지만 비누 냄새를 풍기는 젊은 여자와 한방에서 지내면서도 아무런 신체적 접촉 없이 곧바로 잠드는 것이야말로, 옷깃을 스친 인연마저도 소중하게 여기는 아시아 사람들의 예의가 아니라고 생각한 적이 아주 많았음을 솔직히 고백하겠습니다. 그녀의 심신도 많이 지쳐 있을 테니 술이나 추억 이외의 위안이 필요했을지도 몰라요. 하지만 방 안의 전등이 꺼질 때마다 출처를 알 수 없는 무력감에 몸이 꽁꽁 묶이는 바람에 낭만적인 모험을 시도조차 하지 못했어요. 그래서 저는 마치 빛이 없는 곳에서는 전혀 작동하지 않는 기계처럼 그녀의 냄새나 소음에 일절 대응하지 않았고, 뜬눈으로 밤을 지새운 뒤에도 마치 깊은 잠에서 간신히 깨어난 것처럼 짐짓 연기해야 했습니다. 함께 여행을 시작한 지 나흘쯤 지난 뒤부터 우리는 함께 저녁 식사를 하지 않았죠. 어둑해질 무렵 샤워를 마치고 숙소를 나서서 각자 밤의 유흥을 찾아다녔는데, 그녀의 성공률이 열 배 정도는 높았어요. 새벽에 숙소로 돌아온 그녀는 전등을 켜고 저를 깨워 기어이 자리에 앉히더니 자신의 모험담을 떠들어댔고, 저는 마치 벽처럼 그녀의 이야기를 들어야 했지요. 모욕감보다는 서운함이 앞선 까닭은 무엇이었을까요? 함께 술을 마시다가 두어 번쯤 야릇한 감정에 휩싸여 그녀에게 키스하려고 시도했다가 거절당한 기억이 자주 떠올랐어요. 그녀는 저 때문에 자신의 여행을 망치고 싶지 않다고 말했어요. 그리고 우리가 지켜야 할 규칙, 즉 둘 중 하나가 다른 이의 여행에 방해가 된다고 느끼는 순간 조금도 망설이지 않고 떠날 수 있다는 조항을 상기시켜줬죠. 그녀는 이미 제게 '기쁨보다 슬픔을 더 많이 가르쳐주는 자' 또는 '생채기에서 태어난 자'가 돼 있었답니다. 그녀가 원한다면 기꺼이 신발을 벗어줄 수도 있었어요. 하지만 제겐 과분한 욕망이었죠. 그래서 전 엽서 한 장 남기고 그녀를 두 번이나 떠났답니다. 그녀는 더 이상 길동무를 대동하지 않고 혼자서도 여행할 수 있게 된 것 같아서 죄책감은 전혀 느끼지 않았어요. 하지만 전 그녀의 다음 목적지를 잘 알고 있었기 때문에 그곳으로 먼저 가서 그녀를 기다렸고, 두 번 모두 그녀와 재회할 수 있었죠. 그러면 그녀는 마치 오늘 아침에 헤어졌다가 만난 사이처럼 몹시 반가워하면서, 그동안의 이야기를 쏟아내느라 음식이 차갑게 식는 줄도 몰랐습니다. 가끔은 저도 경쟁심에 불타서 거짓 이야기를 지어냈는데, 그녀는 그때마다 무료한 표정을 지어 보이면서 저를 초조하게 만들었어요. 나중에 알고 보니, 그녀는 제 이야기가 거짓이란 걸 간파하고 실망한 게 아니라 제가 똑같은 이야기를 너무 자주 반복하는 바람에 짜증이 난 것이었죠. 결국 그녀는 제게 이렇게 지분거렸어요. "왜 당신은 자신이 한 말을 기억하려고 노력하지 않는 거죠? 당신의 이야기를 듣고 있으면 마치 혀로 시체를 핥고 있는 것 같은 착각이 들어요. 심지어 당신의 침묵까지도 너무 식상해서 두드러기가 돋아날 정도예요." 비로소 저는 그녀와 영원히 이별해야 할 순간이 됐다는 걸 깨달았지요. 그래서 이렇게 말하고 말았어요. "네가 지금보다 훨씬 매력적이었다면 난 매번 새로운 이야기를 만들어냈을 것이고, 그 때문에 세상은 지금보다 더 절망적인 상태까지 파괴됐을 거야. 하지만 그런 일이 일어나지 않아서 너무 다행이야. 모두 네 덕분이지. 너도 나처럼 나이를 먹게 되면 알 수 있을까, 예외 없이 반복되는 것들만 모두에게 안전하다는 사실을? 인간이 제 운명을 견뎌낼 수 있는 것도 전후좌우를 구분할 수 없는 시간들 때문인지도 몰라." 다음 날 새벽에 숙소를 몰래 빠져나오면서 저는 그녀의 가방에서 카메라와 노트북 컴퓨터를 훔쳤지요. 그녀는 여행 사진과 일기를 묶어 나중에 책을 만들려고 했거든요. 그 장물을 팔면 큰돈을 얻을 수 있었지만, 그걸 구입한 자가 그녀의 책을 부활시킬 것 같아서—스페인어를 사용하는 사람들이라면 이탈리아어를 해독하는 일은 어렵지 않을 테니까—그걸 통째로 강물에 던져버렸어요. 전 그녀의 다음 목적지와 일정을 알고 있었기 때문에 그녀의 추적을 크게 걱정하지 않았어요. 그녀는 저를 추적하는 대신 새로운 카메라와 노트북 컴퓨터를 사고 그동안 지나쳐온 경로를 거꾸로 급하게 통과하면서 기억과 기록을 복원하려 애쓸 게 분명했기 때문에, 그녀가 제 덕분에 더 큰 성공을 하게 될 것이라고 믿어 의심치 않았답니다.

커피와 음악, 춤과 설탕, 연필과 감자, 코카인과 금광, 혼혈인과 기독교, 독재와 럼, 혁명과 담배에 대한 이해 없이 그곳을 여행하는 일은 마치 눈을 감은 채 방 안을 혼자서 시계 반대 방향으로 맴도는 것과 같았기 때문에, 저는 이십여 년 전에 결혼하면서 완전히 끊었던 담배를 다시 피우기 시작했고 무신론자에서 범신론자로 회귀해 성당이나 지하 신전을 드나들었으며 감자나 사탕수수 농장에서 날품팔이를 하기도 했습니다. 살냄새가 그리울 때면 혼혈 여자를 안고 음란한 춤을 추다가 침실로 달려갔지요. 커피와 럼, 담배와 음악은 너무 값싸서 그걸 즐기기 위해 굳이 외국인 여행객들의 주머니까지 뒤질 필요는 없었어요. 더욱이 독재자들이 장기 집권하고 있는 나라에서 그것들은 정치의 대용품으로 장려되고 있어서 거의 공짜로 구할 수도 있었어요. 반면 마리화나나 코카인은 외국의 자본과 기술, 그리고 유통망이 필요했기 때문에 터무니없이 비쌌지요. 그걸 외국인 여행자들에게서 훔쳐서 암시장에 내다 팔면 제법 큰돈을 만질 수 있었지만, 범죄 집단의 사냥감으로 전락할 위험이 너무 커서 주인 없이 발밑에 널려 있는 것들조차 집어 들 용기가 나지 않았어요. 제가 마약중독자로 타락하지 않은 건 순전히 나태와 둔감, 그리고 비관적 성격 덕분이었던 것 같아요. 심신의 균형이 깨어질 때마다 낯익은 시공간에 혼자 틀어박혀서 무위도식하는 저는 여행자들 사이에서 비밀스러운 순례자로 알려졌죠. 그렇게 변신하는 데엔 안티과에 두 달 동안 머물면서 스페인어를 속성으로 배운 게 큰 도움이 됐답니다. 지금도 그곳을 떠올릴 때마다 제 몸에서 오렌지 꽃 냄새가 나는 것 같아요. 그곳은 천혜의 자연환경이 잘 보존돼 있는 데다가 싼 가격으로도 훌륭한 음식과 숙소를 구할 수 있고 주민들마저 모두 친절해서 외국인 여행자들 사이에선 장기 체류할 최적의 장소로 유명했지요. 카페에서는 아직 정식으로 수입되지 않은 외국 영화들이 매일 밤 상영됐고, 외국 서적을 살 수 있는 서점도 여럿 있었으며 무선통신 동호회까지 성행했어요. 토요일 오후 광장에선 외국인 여행객들이 참여하는 벼룩시장과 크고 작은 공연들이 열렸답니다. 큰비나 눈이 내리지 않는다면 일요일 오후 세 시부터 광장은 노천 영어 교실로 활용됐는데, 그곳의 책상과 의자, 칠판은 모두 주변 카페에서 들고나온 것이었고 간단한 다과와 식수가 제공되기도 했죠. 처음엔 안티과의 원주민 아이들 네댓 명이 학생의 전부였지만 언론을 통해 전국에 알려진 뒤로 학생들이 점점 늘어나더니 마이크와 앰프까지 동원해야 할 상황에 이르렀습니다. 영어 선생에게는 보수가 전혀 지급되지 않았는데도 여행자들이 너무 치열하게 경쟁하는 바람에 나중엔 최종학력까지 확인한 뒤 선발했다고 하더군요. 선생들은 자신이 지닌 가장 깨끗한 옷으로 갈아입고 면도까지 말끔히 한 채 교단에 섰지요. 그리고 탈진할 정도로 열정을 쏟았어요. 어두워서 칠판의 글씨나 학생들의 표정이 보이지 않는데도 수업은 끝날 줄 몰랐답니다. 사방에서 훌쩍거리는 소리가 들려오기도 했죠. 반목과 갈등의 역사를 관통한 인류애가 시지만 달콤한 오렌지 캔디 속에 담기는 순간이었으니까요. 그때의 감동이 지금까지 느껴지는 것 같아요. 침이 고여서 이야기를 이어가는 게 어려울 정도네요. 어쨌든 그때 그곳은 정말 대단했어요. 그렇다고 제가 처음부터 그런 유명세를 좇아 그곳으로 간 건 아니었어요. 외국인 여행자들이 많이 모여든다고 하니, 제 행동 강령에 따라 생계를 이어가는 게 수월하리라고 기대했던 것이죠. 외국인 여행자들을 대상으로 방한 칸을 장기 임대해주는 하숙집이 많고 집주인 대부분이 영어를 구사할 수 있으며, 진기한 모험의 기회를 판매하는 여행사나 스페인어를 가르쳐주는 사설 학원이 지천에 깔려 있었다는 점도 제겐 무척 매력적이었죠. 사전 준비 없이 무작정 찾아가더라도 결코 실망하지 않을 것이라는 풍문은 완벽한 사실이었답니다. 특히 스페인어 학원들은 터무니없이 낮은 강의료에도 불구하고 세계 최고 수준의 강의를 제공하고 있었어요. 두 달 코스로 하루에 네 시간씩 일대일 과외를 해주는 시스템이었는데, 교재가 있긴 했지만 수업 시간의 대부분은 화단 주변에 놓인 이 인용 탁자에 마주 앉아 여행에 필요한 언어와 지식을 배우는 게 전부였어요. 그곳의 선생들은 대개 과테말라 대학생들이었는데 박봉에도 열정을 쏟았던 까닭은, 가난한 그들이 모국에서 영어를 지속적으로 배우고 세계를 간접적이나마 경험할 수 있는 기회를 경쟁자들에게 빼앗기고 싶지 않았기 때문이었죠. 외국인 학생들은 어린 선생들의 희망을 착취하고 있다는 죄책감에서 해방되기 위해 팁이나 선물을 건네기도 하고 파티에 초대하기도 했지만, 설문 조사 등을 통해 수시로 감시받고 있는 선생들은 실직의 빌미를 제공하지 않기 위해서라도 학생들과 적당한 거리를 유지해야 했답니다. 그 때문에 이따금 수업은 아주 냉소적인 분위기에서 진행되기도 했죠. 하지만 선천적으로 둔감한 저에겐 그런 분위기가 학습에 도움이 된 것 같아요. 저는 일 년 넘게 등껍질처럼 매달려 있던 배낭을 하숙방에 벗어놓고 교재와 공책만을 주머니에 쑤셔 넣은 채 반바지와 슬리퍼 차림으로, 칸트처럼, 한 달 동안 거의 같은 시간에 거의 같은 길을 걸어서 학원을 드나들었답니다. 그러면서 저 역시 제 스페인어 선생인 산드라에게 감사를 표현할 방법을 궁리하고 있었죠. 하지만 그녀는 자존심이 매우 강하고 윤리 의식도 투철해서 제 유혹이나 선물에 전혀 동요하지 않았어요. 그래서 하는 수 없이 그녀의 아버지를 동원해야 했답니다. 그는 은을 채굴하는 광부였는데, 국가 소유의 산에 불법으로 갱도를 뚫고 제대로 된 보호 장비도 없이 거의 맨몸으로, 두더지처럼 땅속을 기어다니고 있었지요. 그래서 저는 그에게 랜턴이 달려 있는 헬멧과 오 킬로미터 떨어진 곳에서도 수신이 가능한 무전기를 선물했답니다. 물론 그걸 마련한 자금은 같은 하숙집에 기거하고 있는 외국인에게서 훔친 것이었고, 한 사람에게 백 달러 이상의 손해를 입히지 않는다는 원칙마저 위반하고 말았죠. 하지만 산드라의 환심을 사는 데 끝내 실패했답니다. 왜냐하면 그녀의 아버지가 제 선물을 받은 지 얼마 지나지 않아 사고로 유명을 달리했기 때문이죠. 사고가 난 지 사흘 만에 찾아낸 그의 시신에선 헬멧이나 무전기가 발견되지 않았는데, 아마도 그는 제게서 받은 선물을 되팔아서 생활비를 마련했던 것 같아요. 제 악의가 그의 방심을 부추긴 탓에 억울한 죽음을 맞이했다고 주장해도 전 전혀 반박할 수 없었죠. 장례식을 마치고 산드라는 일주일 만에 다시 학원으로 돌아왔지만 저는 더 이상 스페인어 수업에 참여할 수 없었답니다. 그녀가 제 하숙집을 찾아왔을 때, 저는 옷장 속에 숨어 있어야 했지요. 그리고 그길로 도망치듯 안티과를 떠났지만 산드라 덕분에 여행은 훨씬 수월하고도 흥미로 워졌죠. 영구 귀국한 뒤로 스페인어를 전혀 사용하지 않아서 활용법을 깡그리 잊어버리고 말았지만, 몇 가지 단어는 아직도 기억할 수 있습니다. 그것 중 하나가 '왜냐하면'이라는 뜻의 '뽀르께Porque'라는 것이지요. 학창 시절에 영어를 배울 때에도 그런 생각이 들었지만, 외국 사람들은 대화 중에 '왜냐하면'이라는 단어를 유독 많이 사용하는 것 같더라고요. 프라이버시와 합리적 이성을 강조하는 문화의 영향 때문이라는 건 나중에 알았지요. 산드라 역시 수업 중에 '뽀르께'라는 단어를 자주 사용했는데, 그때마다 적절한 대답을 찾지 못해 난감해하던 제 모습이 떠오르는군요. 우리는 이따금 학원에서 가까운 공원을 거닐면서 수업을 진행하기도 했어요. 그 이후로 산드라가 '뽀르께'라는 단어를 사용할 때마다 저는 공원의 후미진 자리를 상상하게 됐답니다. 왜냐하면, '뽀르께'라는 단어는 공원을 의미하는 '빠르께Parque'와 비슷하게 들렸기 때문이지요. 남미를 여행하는 내내 산드라의 안부가 너무 궁금했어요. 헬멧과 무전기가 없는 그녀의 아버지가 저승에서는 천국으로 들어갈 땅굴을 더 이상 파지 않도록 해달라고 성당에 들러 기도하기도 했지요.

이크, 셀리아 수녀가 다가오는군요. 그녀의 걸음걸이에서는 물소리가 나니까 멀리서도 단번에 알아차릴 수 있답니다. 그녀는 제가 자원봉사자들과 이야기하는 걸 금지시켰어요. 왜냐하면 제가 자원봉사자들에게서 몰래 얻어먹는 음식의 미덕이 반항심을 전파할까 봐 너무 두려웠기 때문이죠. 얼른 제 목까지 이불을 덮어주세요. 지금부터 저는 어느 누구에게도 무해한 인형으로 변신해야 하니까요. 그리고 형제님은 저와 멀찍이 떨어져서 청소하는 시늉이라도 하고 계세요. 이 쇠고기수프 그릇은 화장실 안에 숨겨주시되 나중에 다시 가져다주세요. 빨리 창문을 열고 환기를 시키는 게 좋겠어요. 음식 냄새를 추궁받으시거든, 자원봉사자들 중 아무나 한 명을 범인으로 지목하세요. 식성 좋은 그들이 음식을 몰래 숨겨 와서 먹는 경우가 허다하니까, 셀리아 수녀도 크게 의심하진 않을 거예요. 제발, 서두르세요. 목욕탕에 간 사람들이 돌아올 시간이 다 됐어요.

휴, 정말 아슬아슬했군요. 때마침 목욕탕에서 일어난 소란 때문에 발길을 돌렸기에 망정이지, 셀리아 수녀가 이곳에 들러 제 머리맡의 설탕병과 후추통을 발견했더라면 저는 또 며칠 동안 금식을 해야 했을 거예요. 그런 처벌을 받고 나면 저는 구원의 문이나 그곳에 이르는 길을 처참하게 파괴하고픈 욕망에 한참 동안 시달리겠죠. 실제로 그런 일이 일어나는 걸 막아내려면 형제님 같은 자원봉사자들께서 좀더 주의를 쏟아주셔야 해요. 소금병 대신 설탕병을 건네면서 항복을 일방적으로 강요해선 안 된다는 말입니다. 만약 제 기대에 맞춰 형제님이 소금병을 가져오셨다면 전 만족스럽게 식사를 마쳤을 것이고 제 이야기가 핵심에서 벗어나 변죽을 울리는 일도 없었겠지요. 그리고 셀리아 수녀가 설탕병을 찾아 이곳 전체를 순찰할 이유도 없었을 것이고요—소금병이라면 굳이 찾으려 하지 않았을 겁니다. 셀리아 수녀는 설탕만 있으면 만물의 절반을 먹어치울 수 있는 능력을 지녔으니까요. 그래서 설탕병 하나가 세계대전을 일으키거나 한 종족을 멸망시키는 역사는 언제든 가능하답니다. 그렇다고 자상하신 형제님의 실수를 더 이상 비난하고 싶진 않군요. 내일 다시 이야기를 들려드릴 테니 오늘은 그만 집으로 돌아가세요. 침대에 누우신 뒤에도 잠이 찾아오지 않거든 제가 방금 전까지 들려드린 이야기를 떠올려보세요. 그리고 지도를 펼쳐놓거나 인터넷을 연결해서 제 이야기가 통과한 세계를 더듬어보셔도 좋겠네요. 저에 대한 의심을 버려야 형제님이 제 이야기에 더욱 집중하실 테니까요. 자랑은 아니지만, 전 제가 말했던 이야기는 물론이고 형제님의 표정과 주위의 소리와 냄새까지도 완벽하게 기억할 수 있답니다. 그런 능력을 지니고 태어난 건 아니었고, 여기에 십여 년 넘게 머물다 보니 자연스레 그런 능력을 단련하게 됐지요. 아직은 제 이야기에 재미를 느끼지 못하시겠지만 점점 나아질 것이라고 확신해요. 제 목숨과 다를 바 없는 혀를 통째로 걸고 내기할 수도 있어요. 그리고 형제님이 이곳에 머무는 동안 제 이야기를 듣는 것보다 더 쉽고 위생적인 임무를 찾을 수 없다는 사실도 명심하세요. 어쩌면 인간은 무위의 시간을 견뎌내기 위해서 이야기를 발명해냈는지도 모르죠. 이야기가 사라지면 세계와 타인과 자신이 차례대로 사라질 거예요. 설령 세계와 타인과 자신이 완전히 사라지지 않더라도 파편들을 연결하고 있던 끈이 모두 잘려나갈 테니 그때도 우린 세계와 타인과 자신의 정체를 전혀 알아차리지 못하겠죠. 여전히 형제님은 제 이야기보단 다른 사람들, 특히 고상하고 식탐 없고 조용하고 사지가 멀쩡한 자들의 이야기를, 그리고 아직 만들어지지 않은 이야기보다는 이미 만들어진 것들에 더 관심이 많으신 것 같으니까, 제 이야기를 오늘은 여기서 마무리 짓는 게 그나마 서로의 호감을 지켜내는 최상의 방법이겠네요. 휴식이 우리 모두를 더 나은 인간으로 만들어줄 것이라고 믿어요. 염치 불고하고 내일은 가자미구이를 먹을 수 있을까요? 북해에서 갓 잡아 올린 가자미를 해풍에 일주일 정도 꾸덕꾸덕하게 말린 다음 프라이팬에서 낮은 온도로 버터와 함께 구우면 그 맛이 천하제일이죠. 북해가 바라다보이는 식당에 앉아 화이트와인과 함께 그걸 음미하는 게 적절한 예법이겠으나, 이런 몰골의 손님을 환대할 리 없을 테니 진공 포장한 것을 전자레인지로 데워 먹을 수만 있어도 너무 감사하겠어요. 그래도 그 음식을 올려놓을 접시만큼은 근사했으면 좋겠네요. 그걸 삼키면서 저는 제 현실의 경계를 더욱 극명하게 인지할 수 있을 것이고, 욕망의 부피를 더욱 줄이게 될지도 몰라요. 제발, 제 부탁을 방금 전에 죽은 자의 절규처럼 귀담아들어주세요. 화이트와인까지는 언감생심 기대하지 않겠습니다.

어제는 잘 주무셨나요? 물론 저도 상어처럼 잘 잤지요. 하지만 잠에서 깨어나니 또 다른 상어의 입속이더라고요. 꿈이라도 덮고 있을 땐 배를 곯거나 외롭지 않은데 그걸 벗어 던지는 즉시 전 세계가 연옥으로 변합니다. 형제님도 오늘 아침 식탁 위의 폐허를 직접 보셨어야 했어요. 셀리아 수녀는 저를 나무늘보나 개미핥기 정도로 여기는 게 틀림없어요. 그렇지 않고서야 여생을 침대 위에서만 지내야 하는 인간의 식도락을 그토록 잔인하게 파괴할 수는 없지요. 제 살을 뜯어먹다가 끝내 영양실조로 죽게 될까 봐 저는 몹시 걱정돼요. 지금 형제님의 표정이 뭘 말하시려는지 알 것 같습니다. 형제님은 제가 어린애처럼 철없이 행동한다고 생각하시겠죠? 형편없는 수준의 음식이지만 그걸 준비하기 위해 셀리아 수녀가 하루 종일 영혼의 밑바닥에서 길어 올리고 있는 선한 의지를 생각한다면 제 혀끝의 고통 따위는 벼락을 맞아도 마땅하겠죠. 하지만 허기는 결코 악마를 부르는 주술이 아닙니다. 오히려 하느님께 구조를 요청하는 신호랍니다. 그걸 들고도 자비로우신 하느님께서 꿈쩍하지 않으시니 눈치 빠른 악마가 기회를 놓치지 않고 찾아오는 것입니다. 그땐 악마가 우주의 주인 행세를 하는데도 어찌하지 못하겠더라고요. 저도 형제님처럼 냉장고에서 음식을 아무 때고 꺼내 먹을 수만 있다면 아무런 불평도 하지 않으련만, 보시다시피 저는 냉장고 손잡이를 잡아당기기는커녕 포크조차 쥘 수 없으니 미끼처럼 요란한 말들을 앞세워 누군가의 자비를 구걸할 수밖에요. 거창하게 말해서 식도락이지 제가 이곳에서 진귀한 음식을 기대하는 건 절대 아니에요. 사지가 잘려 나간 뒤로 제가 가장 먼저 포기한 게 미각이었으니까요. 제 힘만으로는 빵 부스러기조차 마련할 수 없는 신세로 전락한 만큼, 설령 수챗구멍에서 건져낸 음식이라도 맛있게 먹을 수 있어야겠죠. 그것을 식탁까지 올린 자의 정성과 그걸 나눠 먹은 자들의 감사가 식도락의 핵심이라고 혼자서 끊임없이 중얼거리고 있답니다. 그런데 오늘 아침 셀리아 수녀는 신성한 하루를 창조한 하느님을 모독하기 위해 식탁 위에 콜로세움을 세우고 저희 모두를 사나운 허기 앞으로 내몰았다고요. 그리고 그녀 자신은 마치 로마의 황제인 양 콜로세움의 가장 높은 자리에 앉아서 어느 노예가 가장 먼저 허기에 굴복하는지 확인하고 키득거리기까지 했죠. 빵 한 조각을 두고 저희끼리 싸울 때는 잠자코 보고만 있더니, 식탁 아래 떨어져 있는 빵 조각을 발견하자마자 저희 모두를 힐난하더군요. 제가 그토록 열광하는 오이피클이 아직 냉장고 속에 절반이나 남아 있을 텐데도 셀리아 수녀는 그걸 식탁에 올리지 않았어요. 각설탕 한 조각에 생명의 절반을 포기할 수 있는 자들의 간절한 표정마저 그녀는 모른 척했어요. 얼마나 얄밉던지 문밖으로 나가는 그녀의 등짝을 하마터면 불방망이 같은 욕지거리로 후려칠 뻔했다니까요? 이곳에 머물고 있는 자들 중에서 그녀만 유일하게 살이 찌고 있는 이유가 정말 기도 때문일까요? 저희에게 당연히 돌아가야 하는 음식을 자기 방에 숨어서 혼자 먹어치운 다음에야 전능하신 하느님께 고해성사를 하겠지만, 초인적인 노력으로 식탐을 줄이지 않는 한 아무것도 달라지지 않을 거예요. 애인까지 산 채로 먹어치우고 자신의 죄악을 숨기기 위해 수녀가 됐다는 소문이 어쩌면 사실인지도 모르겠네요. 한 달에 한 번씩 외출할 때마다 고아원에 맡겨둔 딸을 만나거나 종신형을 선고받고 교도소에 수감돼 있는 남동생을 면회한다는 소문도 그럴듯하게 들리지만, 사실은 미슐랭 별점을 받은 고급 식당에서 산해진미를 맛보고 돌아오는 것이 아닌지 의심이 들어요. 음식값은 동석한 자원봉사자들이나 신자들에게 떠맡기겠죠. 외출하고 돌아온 그녀의 표정은 늘 포만감으로 상기돼 있습니다. 그렇게 해서 그녀는 또다시 한 달을 이곳에서 거뜬히 버텨내는 것이죠.

그녀는 여기서 요리뿐만 아니라 육아와 교육까지 책임지고 있고, 자원봉사자들이 부족할 때는 남탕으로 들어와 저희를 직접 씻기기도 하죠. 그녀의 굳은살 박인 손바닥이 우악스럽게 지나가고 나면 살갗은 붉게 달아오르고 비명이 폭죽처럼 이어집니다. 형제님, 왜 그렇게 웃으시는 거예요? 뭘 상상하시는 건가요? 밥그릇에 주둥이를 처박고 식사를 하거나 럭비공처럼 굴러다니면서 배설하다가도 마치 크리스마스 선물 상자에 들어갈 인형처럼 온순한 표정을 지으면서 형제님을 기다리고 있는 제 신세가 갑자기 부러워지기라도 하신 건가요? 값싼 동정이라면 암캐의 배나 불리라고 하세요. 이런 기분으로는 도저히 어제 약속했던 이야기를 이어가지 못할 것 같군요. 그런데 지금쯤이면 제가 묻기 전에 먼저 대답해주실 것 같은데, 제가 어제 간곡하게 부탁드린 가자미구이는 도대체 어디에 있는 건가요? 이 방 어딘가에 숨겨놓으셨다면 제가 냄새를 못 맡을 수 없을 텐데, 정말 이상하군요.

형제님. 물론, 이 치킨버거도 셀리아 수녀의 음식보다야 열 배쯤 더 훌륭했지만 유감스럽게도 가자미구이에 대한 욕망 또한 열 배로 불어나고 말았네요. 그러니 언젠가는 필경 그것 때문에 저나 형제님은 악마가 연출한 사건에 휘말리게 될 것이고 하느님의 심판을 받게 될지도 모르겠네요. 그렇다고 천박한 제가 존귀하신 형제님을 위협하고 있는 건 결코 아니니 오해하지 마세요. 치킨버거 역시 형제님의 선한 의지와 작은 실수 때문에 제게 도착했을 테니 그저 바닥에 이마를 찧으면서 감사하고 또 감사할 따름입니다. 지난번 쇠고기수프처럼 엉터리 요리사가 애매한 조리법으로 어쭙잖게 만든 것보다는 차라리 표준화된 생산 시스템 아래에서 만들어진 치킨버거가 더 훌륭한 음식인 건 분명합니다. 하긴 가자미구이를 먹기에 오늘 날씨가 조금 덥긴 하군요. 그건 추울 때 화이트와인을 곁들여 먹어야 진가를 발휘하니까요. 그걸 먹게 될 기회를 기다리는 것도 인생의 즐거움이 될 수 있겠죠. 행여 형제님께서 오늘의 제 이야기가 어제의 그것보다 더 흥미롭지 않은 까닭이 제 알량한 복수심 때문이라고 오해하실까 봐 몹시 걱정되는군요. 이제 치킨버거도 제 혀가 닿지 않는 먼 과거로 흘러갔으니, 여행 이야기를 계속하겠습니다. 안티과의 화산지대에서 생산되는 커피 한 잔을 형제님께 대접하고 싶지만 그럴 수 없어 안타까울 따름입니다. 만약 커피의 역사가 에티오피아 대신 과테말라에서 시작됐다면 세계의 역사가 완전히 바뀌었을 것이라고 누군가에게서 들었던 것 같은데, 그가 아직도 그런 생각을 하고 있는지 몹시 궁금하네요. 그 말의 정확한 의미를 확인하진 못했습니다만, 중남미 국가들이 서구 열강들의 커피 농장으로 전락한 뒤로 착취와 빈곤, 전쟁과 범죄가 지금까지 이어지고 있다는 뜻으로 저는 이해했지요.

테구시갈파에서 오 렘피라짜리 아침 식사를 마치고 오백 렘피라 지폐를 지불했더니, 식당 여주인은 그걸 햇빛에 비춰 곰곰이 살펴본 뒤 반으로 접어 모서리 한쪽을 메뉴판의 흰 종이 위에 세차게 문지르기 시작했습니다. 저는 놀라서 그 이유를 물었지요. 주인은 그것이 위폐라고 확신했어요. 흰 종이 위에 검붉은 색깔이 묻어 나왔거든요. 그녀는 위폐 감식법이 설명된 유인물을 저에게 보여주었죠. 위폐를 대량으로 유통시키는 범죄 집단이 존재하는 게 분명했어요. 다행히 그녀는 외국인인 저를 운 나쁜 피해자로 간주하는 것 같았어요. 그러니까 그녀는 제 어리석음을 조롱하는 동시에 자신의 명민함을 자랑하려 했던 것이죠. 저는 불순한 의도가 없었다는 사실을 증명하기 위해서 주머니 속의 모든 지폐를 꺼내어 일일이 흰 종이에 문질러보았는데 다행히도 더 이상의 불운은 발견되지 않았답니다. 주인은 진짜 음식의 보상으로 적합한 진짜 화폐를 요구했고, 저는 다른 오백 렘피라 지폐를 건네야 했죠. 그리고 그녀에게서 받은 거스름돈 중 지폐를 모조리 흰 종이에 문질러 진위를 확인함으로써, 그녀와 저 사이에 남아 있을지 모를 오해의 찌꺼기까지 말끔히 없앴답니다. 여주인은 불쾌한 표정으로 위폐를 만들고 유통시키는 데에도 비용이 아주 많이 들기 때문에 작은 단위의 위폐는 제작되지 않는다고 소리쳤지만 저는 믿지 않았어요. 왜냐하면 모든 사람은 땅바닥에 떨어진 동전 하나도 그냥 보아 넘기는 법이 없으니까요. 저는 그녀에게 십 렘피라를 팁으로 건네면서 오백 렘피라짜리 위폐를 어떻게 처리하는 게 좋겠느냐고 물었지요. 그녀는 적어도 이곳의 주민들은 모두가 위폐 감별의 전문가들이기 때문에 그걸 여기서 사용했다가는 문제를 일으킬 수 있으니 그저 지옥에 다녀온 기념품으로 간직하는 게 좋겠다고 충고해주었어요. 그러고는 제가 식당을 나서자마자 휴식을 알리는 간판을 출입문에 내걸더군요. 장사를 시작한 지 고작 한 시간밖에 지나지 않았는데도 말이에요. 식당 앞의 그늘에 앉아 저는 위폐가 제게 숨어들 수 있는 경로를 곰곰이 생각해보았지요. 저는 그때까지도 외국인 여행자들에게서만 돈을 훔쳤고 수상한 환전상 대신 정식 은행에 들러 그 지역의 화폐로 환전했기 때문에 위폐가 제 지갑 속으로 들어올 수 있는 순간이라면 지역 주민들과 거래할 때뿐이었죠. 그 순간 한 장면이 섬광처럼 눈앞에 떠올랐어요. 어제 저녁 호텔에 체크인을 하면서 종업원에게 오백 렘피라 지폐 한 장을 소액의 지폐로 바꿔달라고 부탁했지요. 이곳의 악명 높은 좀도둑에게 전 재산을 털리지 않으려면 수중의 돈을 나

뉘서 보관하고 가능한 한 작은 단위의 화폐를 사용하라는 충고를 여행 가이드북에서 읽었기 때문이죠. 그래서 호텔에서 가까운 술집을 찾아가기에 앞서 만반의 준비를 하려 했던 것인데, 제 돈을 받아 들고 사무실로 들어간 종업원은 십여 분 뒤쯤 돌아오더니 잔돈이 없다면서 오백 렘피라 지폐를 제게 되돌려 주었어요. 그러고는 그 술집에는 무장 경비원들이 곳곳에 배치돼 있어서 개장 후 지금까지 불미스러운 사고가 단한 차례도 일어나지 않았다며 저를 안심시키더군요. 그래서 저는 그 종업원의 친절을 의심할 수 없었죠. 설령 위폐 감별법을 미리 알고 있었더라도 그 종업원 앞에선 차마 시도하진 못했을 겁니다. 그에게 환전을 부탁하기에 앞서 위폐 감별법을 시연해 보이면서 괜한 수작은 부리지 않는 게 좋을 것이라고 미리 경고하지 않은 이상, 결과를 되돌릴 수는 없었습니다. 따지고 보면 이곳의 좀도둑에 대한 악명을 높이는 데저 또한 크게 일조하고 있었으니, 제 불운은 사필귀정의 결과라고 대수롭지 않게 넘겨버리면 그만이었는데도, 적당히배가 부르고 피곤해진 저는 분통함을 억누를 수가 없었습니다. 그래서 호텔로 곧장 달려가서는 퇴근 준비를 하고 있던그 종업원을 불러냈죠. 저는 안티과의 산드라가 가르쳐준 스페인어를 총동원해 위협과 읍소를 번갈아 시도했습니다만그 종업원은 자신의 은밀한 부업을 자백할 마음이 전혀 없었죠. 그는 제가 이 사건에 경찰을 개입시킬 수 없다는 사실까지 이미 간파하고 있는 것 같았어요. 부드럽지만 단호한 표정으로 제 어깨를 두드리면서, 지방의 재래시장 같은 곳에선 전혀 의심받지 않고 원래의 금액만큼 사용할 수 있겠으나 그곳까지 찾아갈 여유가 없다면 딱한 처지의 외국인을 돕는 셈치고 자신이 오십 렘피라에 그 위폐를 구입하겠다고 귀띔하더군요. 전 웃으면서 거절했지만 제 선택을 번복할 기회를 엿보고 있었죠. 그가 자신의 지갑에서 이십 렘피라짜리 화폐를 꺼내어 제 눈앞에서 흔들어 보였어요. 제가 머뭇거리는 일 분 사이에 거래 가격이 삼십 렘피라나 떨어졌습니다. 한없이 선량해 보이던 종업원은 사라지고, 비열하기 이를 데 없는 협잡꾼이 서 있더군요. 결국 거래는 성사됐습니다. 하지만 그가 눈앞에서 완전히 사라지자, 놀랍게도 체념은 의협심으로 변하더군요. 비록 저는 인생의 막다른 골목에 이를 때마다 동전으로 제 운명을 결정해야 하는 실패자에 불과했지만, 제가 겪은 불운을 다른 이들이 반복하도록 방치해서는 안 된다고 생각했습니다. 현지 주민들에게 절대로 피해를 입히지 않는다는 행동 강령을 떠올리기도 했고요. 그래서 저는 그 종업원을 은밀하게 뒤따라가서는 그가 잠시 한눈을 팔고 있을 때 그를 다리 아래 개울로 밀어버렸죠. 그의 주머니 속에 들어 있을지도 모를 위폐들이 물에 젖어 다채로운 색깔로 짓이겨지길 기대하면서 말이에요. 그런데 갑자기 그 자식이 권총을 꺼내 들고 뒤쫓아 올 것 같은 두려움에 사로잡혀 숙소로 돌아가지도 못한 채 곧장 온두라스의 남쪽 국경을 넘었답니다. 그 뒤로 저는 누구에게서든 지폐를 건네받을 때마다 그걸 햇빛에 비춰 보고 흰 종이 위에 문질러봅니다. 심지어 은행의 환전창구 안에서도 그랬더니, 은행원에게서 화폐를 고의로 손상시키는 자에겐 거액의 벌금이 부과된다는 경고를 들어야 했죠.

니카라과의 오메테페섬으로 하루에 한 번씩 여객선이 드나들긴 했지만, 제가 머물고 있는 여관에 외국인이자 투숙객이라곤 일주일 내내 저 혼자뿐이어서 모든 종업원의 호기심이 너무 부담스러웠습니다. 그들은 제가 아주 규칙적으로 생활해준다면, 가령 정해진 시간에 식사를 하고 산책을 하고 바에 들러 맥주를 마신다면, 자신들은 나머지 시간에 긴장감을 풀어헤치고 개인적인 용무에 집중할 수 있겠다고 제게 불평하는 것 같았지요. 그래서 저는 손님으로서의 정당한 권리를 거의 포기한 채 아침부터 밤늦게까지 여관 밖에서 더 많은 시간을 보내야 했어요. 그렇다고 그 마을에 식당이나 술집, 그 밖의 유흥거리가 있는 것도 아니었기 때문에 제가 할 수 있는 일이라곤 호숫가 그늘에서 낮잠을 자거나 수영을 하고 몽상을 하다가 배가 고프면 여관의 식당 주방장이 만들어준 샌드위치를 맥주와 함께 먹는 게 전부였답니다. 그림을 그리거나 악기를 연주하는 능력이라도 지녔다면 외롭거나 무료하진 않았을 거예요. 여행 가이드북을 뒤져가면서 다음 목적지를 탐색하는 일에도 흥미가 붙질 않았습니다. 그곳에 머무는 동안만이라도 개를 키우는 건 어떨까 진지하게 고민한 적도 있죠. 하지만 하루에도 서너 번씩 그곳을 떠나야겠다는 충동에 사로잡혔다가 간신히 풀려났기 때문에 뭣 하나 제대로 결정할 수가 없었죠. 그저 제가 전혀 예상하지 못한 사건이 일어나서 부지불식간에 어떤 결론에 도달할 때까지 막연히 기다리는 수밖에. 그날도 해먹 위에서 낮잠을 자고 일어나서 한 시간 정도 수영을 했는데, 해먹으로 돌아와 보니 옷과 신발이 모두 사라지고 없었어요. 사라진 바지 주머니엔 여관방 열쇠와 여권이 담긴 지갑이 들어 있었으니 제법 흥미로운 사건이 벌어진 셈이었죠. 사방을 헤매다가 덤불 가운데로 난 오솔길 끝에서 너와집 한 채를 발견했습니다. 인기척을 느끼고 집 안으로 들어갔더니 벌거벗은 여자가 속옷을 입기 위해 애쓰고 있는 게 아닙니까? 불청객을 발견한 여자는 집을 통째로 뒤집을 듯한 기세로 비명을 질러댔고, 손에 몽둥이와 농기구를 든 세 명의 남자들이 마치 그 신호를 기다렸다는 듯이 집 안으로 뛰어들어와 저를 둘러쌌습니다. 누가 보더라도 그 상황은, 음탕한 외국인 남자가 정조를 으뜸으로 삼는 원주민 여자를 겁탈하려고 시도했다가 극적으로 중지된 사건으로 해석할 수밖에 없었죠. 함정에 빠진 저는 벌거벗은 몸을 웅크리며 목숨을 구걸했습니다. 그사이 옷을 갖춰 입은 여자는 남자들과 원주민의 언어로 한참 동안 이야기를 했습니다. 우두머리로 보이는 남자가 제게 다가오더니 목숨을 건질 수 있는 방법을 서툰 스페인어로 설명해주었고, 천 쪼가리 하나 걸치지 않은 저로선 그의 제안을 거절할 수 없었죠. 그리하여 결혼하지 않은 여자의 벌거벗은 몸을 본 남자는 피해자의 수치심이 사라질 때까지 남편 노릇을 해야 한다는 원주민들의 규율에 따라, 저는 옥수수 잎으로 만든 옷을 얻어 입은 뒤부터 그 집안의 크고 작은 일을 도맡아 처리해야 했답니다. 때마침 옥수수 씨앗을 파종할 일손이 크게 부족했기 때문에 저는 남편이 아니라 노예가 돼 일주일 내내 하루도 거르지 않고 새벽부터 한밤중까지 밭일을 해야 했습니다. 화산암으로 이루어진 그 섬은 땅이 기름지고 배수가 잘 돼서 옥수수를 재배하기에 최적지였어요. 몽둥이를 든 채 저를 감시하느라 두 명의 원주민 남자들은 거의 아무 일도 하지 않더군요. 녹초가 돼서 집으로 돌아오면 저에겐 빵 한 조각과 옥수수죽 한 그릇, 그리고 건초 더미 침대가 주어질 따름이었습니다. 저를 돌봐주어야 할 아내의 모습은 집 안에서 찾아볼 수도 없었죠. 그래서 저는 탈출을 시도했습니다. 조금만 움직여도 옥수수 잎으로 만든 옷에서 큰 소리가 났기 때문에 저는 그곳에 처음 올 때처럼 벌거벗은 채집을 나섰죠. 하지만 예민한 개들이 쫓아오는 바람에 감시자들에게 붙들리고 말았습니다. 저는 술이든 여자든 정당한 대가를 제공해주지 않는다면 더 이상 노동을 하지 않겠다고 맞섰습니다. 그러면서도 사방에서 세차게 날아들 몽둥이를 걱정하고 있었는데, 감시자들은 몽둥이를 내려놓은 채 원주민의 언어로 한참 동안 이야기를 나누더군요. 그러고는 우두머리가 저를 설득하기 시작했죠. 신성한 옥수수를 파종하는 시기에는 남녀 간의 잠자리가 엄격히 금지돼 있기 때문에 임무를 무사히 끝내는 즉시 정당한 보상을 내리겠다고 약속했어요. 제가 그 여자에게 욕정을 품고 있었던 것은 아니지만 그곳을 빠져나가려면 그 여자의 도움이 절실했기 때문에 짐짓그녀에게 매혹당한 것처럼 연기한 것이죠. 하지만 파종을 마친 뒤에도 여자는 이런저런 이유로 저와의 동침을 거부했습니다. 발정기의 절정에 도달한 수말처럼 저는 한밤중에 마을을 뛰어다니면서 소란을 일으켰고 다섯 명의 장정들에게 붙잡혀 들보에 거꾸로 묶인 뒤에도 분노를 누그러뜨릴 수가 없었지요. 소란을 벌인 지 사흘 만에 저는 겨우 합방을 할 수 있었는데, 목욕을 마친 여자가 나타나길 기다리다가 우연히 그녀의 옷장 안에서 제가 잃어버린 옷과 여권이 담긴 지갑, 그리고 여관방 열쇠를 발견했어요. 그러자 문득 정체불명의 사내들이 몽둥이를 든 채 방 안으로 들어올지 모른다는 두려움에 사로잡혔답니다. 옥수수 씨앗을 땅에 심었으니 이젠 그걸 길러낼 거름이 필요해졌을 것이고, 이방인들을 죽여서 얻은 피와 살로 옥수수를 길러내는 전통이 원주민들에게 있을지 누가 알겠습니까? 그래서 저는 제 원래 옷으로 갈아입은 뒤 소지품을 챙겨 그 방을 은밀하게 빠져나왔어요. 물소리가 나는 어둠 쪽으로 한 시간 정도 정신없이 달렸지요. 아무도 뒤쫓아 오지 않는 것으로 보아, 어쩌면 제가 도망친 게 아니라 그들이 저를 풀어준 것인지도 모르겠어요. 밤새 호수를 따라 걷다가 기적적으로 여관에 닿았지요. 행방을 감춘 지 삼주 만에 돌아온 저를 여관 종업원들은 마치 금의환향한 장군처럼 환대해주었어요. 세 끼의 식사를 한꺼번에 먹어치우면서 제가 겪었던 사건을 종업원들에게 장황하게 들려주었지요. 그들은 제 이야기를 믿을 수 없다는 듯 심드렁한 표정을 지어 보이다가 하나둘씩 자리를 떠났죠. 이야기를 다 마치고 나니, 왠지 청중들마저 수상하게 여겨졌어요. 어쩌면 그 여관의 주인은 옥수수 파종에 필요한 일손을 제공하기로 원주민 부족과 모종의 계약을 맺고, 연극을 연출하고 있는지도 몰랐어요. 의심은 점점 더 크게 자라나 그것이 달라붙은 것은 무엇이든 진실처럼 보이게 만들었죠. 그래서 저는 새벽까지 잠들지 못하고 있다가 발밑이 보일 정도로 사위가 밝아지자 여관을 급히 빠져나왔답니다. 뭍으로 저를 데려다줄 여객선을 기다리는 동안에도 저는 추적자들을 피해 선착장 근처에 몸을 숨기고 있어야 했어요. 여객선의 문이 열리자 원주민들이 염소 떼처럼 줄지어 하선을 했고 마지막에 배낭을 멘 외국인 한 명이 목동처럼 나타났죠. 그는 제게 다가오더니 자신이 묵을 여관으로 가는 길과 그곳에서 즐길 수 있는 유흥거리를 물었는데, 길은 알려줄 수 있었지만 차마 그곳에서 겪은 악몽에 대해선 말해줄 수 없었어요. 그를 이곳에 인질로 남겨두어야 제가 자유를 얻게 될 것 같았기 때문이죠. 벌거벗은 채로 호수에서 수영해서는 안 된다는 충고를 그는 건성으로 듣더군요. 뭍으로 돌아온 이후로 중남미를 떠날 때까지 저는 결코 옥수수를 먹지 않았답니다. 물론 지금이야 옥수수 한 톨에도 영혼을 통째로 팔아치울 만큼 타락해 있지만 사지가 멀쩡했던 시절에는 이따금 알량한 자존심을 앞세워서 허튼짓을 도모한 적이 아주 많았어요.

외국인 여행자들의 주머니를 털어서 여행 경비를 마련하려면 고급 호텔을 사용해서는 안 됐어요. 그런 곳은 첨단 감시 장치들이 곳곳에 설치돼 있는 데다가 도난 사건이 일어나면 수십 명의 경찰이 나서서 모든 투숙객의 알리바이를 확인하고 소지품을 모조리 뒤졌으니까요. 하지만 작은 여관들은 달랐어요. 그곳의 주인이나 종업원들은 하나같이 불명예스러운 사건을 은폐하려 하거나 자신의 잘못을 부인하면서 피해자들의 부주의나 불운 탓으로 돌렸죠. 피해자들의 신고를 받고 뒤늦게 사건 현장에 나타난 경찰이 하는 일이라곤 피해자들이 모국의 보험사에 제출해야 하는 서류를 작성해서 서명을 해주는 것뿐이었어요. 예상치 못한 사건으로 많이 지쳐 있긴 했지만 저는 여전히 저의 행동 강령을 준수하기 위해 최선을 다했답니다. 돈을 훔치긴 했어도 피해자를 완전히 절망시키지 않았고, 죄책감 때문에 그들이 여행을 포기하지 않도록 부단히 격려했죠. 감히 말하는데, 저는 모든 피해자들을 공평하게 다루었다고 자부합니다. 오히려 지나친 측은지심 때문에 완전범죄를 망칠 뻔했던 게 한두 번이 아니었죠. 코스타리카의 몬테베르데에 머물고 있을 때, 어느 날 아침 여관 주인이 투숙객들 전원을 로비로 불러 모으더니 간밤에 일어난 도난 사건을 알리면서 범인에게 자수를 권했지요. 주인은 보기 드물게 책임감이 강한 미국인이었어요. 하지만 저는 아무것도 돌려주고 싶지 않았어요. 왜냐하면 제 나름의 원칙에 맞춰 피해자를 선택하고 정당하게 처우했기 때문이었죠. 그리고 장물은 이미 밤사이에 처리한 뒤여서 범행을 들킬 위험도 거의 없었답니다. 잠이 덜 깬 투숙객들이 불평을 늘어놓자, 여관 주인은 자기 목에 빨랫줄을 몇 바퀴 감더니, 지금부터 이십사 시간 동안 어느 투숙객도 여관을 나갈 수 없으며—다행히 숙박비를 추가로 요구하진 않았습니다—범인이 자신의 범죄를 반성하고 훔쳐 간 돈을 원래 주인에게 돌려주지 않는다면 자신은 명예를 지키기 위해서라도 내일 아침 이 시간에 자살하겠다고 선언했죠. 그러자 투숙객들은 사태의 심각성을 깨달았고 설전을 벌인 끝에 각자 얼마씩 갹출해 피해자의 손해를 만회해주기로 결정했습니다. 저도 몇 푼 보태기는 했습니다만 결코 죄책감 때문은 아니었습니다. 어쨌든 감격스러운 인류애를 직접 경험한 피해자는 손해배상을 청구하겠다는 의사를 철회하고 인질들을 모두 풀어달라고 여관 주인에게 요구했죠. 여관 출입이 재개됐지만 여관 주인은 끝까지 범인을 잡아내겠다며 목에서 빨랫줄을 풀지 않았어요. 결국 투숙객들은 돈을 좀더 갹출해서 그날 저녁 성대한 파티를 열고 피해자와 여관 주인을 초대했답니다. 그들은 아주 즐거운 시간을 보냈어요. 여관 주인의 목에서 풀어 헤친 빨랫줄을 파티 참석자들이 돌아가면서 자기 목에 휘감고 술 마시기 게임까지 했죠. 하지만 저는 그 파티에 참석하진 않았어요. 술에 취한 자들이 마치 각국에서 파견된 평화 사절이라도 되는 것처럼 거들먹거리는 모습을 상상하니 너무 역겹더라고요. 게다가 저는 이미 여관 주인의 주머니에서도 백 달러를 훔쳤기 때문에 내일 아침 또다시 그는 목에 빨랫줄을 두른 채 투숙객들을 로비에 집합시킬 게 분명했어요. 여관 종업원들이 파티에 기웃거리는 사이에 프런트 데스크의 금전출납기를 열어젖힐 수도 있었지만 저는 큰 욕심을 부리지 않았어요. 파티가 한창일 무렵 저는 혼자서 체크아웃을 하고 그 여관에서 그리 멀지 않은 숙소로 들어가 다음 날 정오까지 늦잠을 잤답니다. 하지만 내심 기대했던 소식은 들려오지 않았어요. 하긴 백 달러 정도 손해 봤다고 자살을 시도할 만큼 곤궁하거나 낭만적인 미국인이 존재할 리 없었고, 제 배려심이 불미스러운 사건을 막았다고 할 수도 있었죠. 형제님은 도둑인 주제에 제가 너무 뻔뻔하다고 생각하시겠죠? 그리고 누구도 훼손할 수 없는 정의가 저를 적절히 처벌해주길 은근히 바라고 계실 수도 있어요. 아닌가요? 물론 제가 항상 행운의 카드를 뽑을 수 있었던 것만은 아니랍니다. 산호세의 숙소에 머물고 있을 때 경찰들 세 명이 인기척도 없이 들이닥쳤어요. 저와 같은 방을 쓰고 있던 체코 대학생 녀석이 거리에서 마약을 구입하다가 현장에서 붙잡혔기 때문이었죠. 경찰들은 저 역시 마약중독자라고 확신했는지 제 배낭까지 세심하게 조사했어요. 제 가방 속엔 그곳의 투숙객들에게서 훔친 귀중품들이 들어 있었기 때문에 저 역시 긴장하지 않을 수 없었죠. 오후에 게으름을 피운 게 큰 실수였습니다. 장물들은 반드시 범죄 당일 처리하는 게 원칙이었는데, 머리를 잘라내기 전까진 그칠 것 같지 않은 두통의 기세에 눌려 꼼짝할 수 없었죠. 감옥에 갇히는 건 두렵지 않았지만 아직 닿지 못한 세계를 놔두고 여행을 그만두어야 한다는 사실은 너무 억울하더군요. 전 모든 걸 운명에 맡긴 채 형제님이 응원하시는 정의의 처분을 묵묵히 기다리고 있다가 또다시 기적을 경험했답니다. 제 배낭 속에서 그 체코 녀석의 여권과 소지품이 발견된 게 아니겠어요? 아마도 녀석은 마약에 취해서 배낭을 헷갈렸던 것 같아요. 냄새나는 옷들과 음식 부스러기로 가득 차 있는 체코 녀석의 배낭을 슬그머니 차지하면서 저는 배신감에 몸서리치는 시늉을 했고, 졸지에 피해자로 분류돼 처벌을 또다시 피할 수 있었죠. 경찰이 피의자에게 절도죄까지 추가하길 희망하느냐고 제게 묻더군요. 평정심을 회복한 저는 아주 관대한 사람처럼 그 모든 상황이 마약 때문에 일어났으니 가중처벌을 원하지 않는다고 대답한 뒤에 경찰 한 명이 보는 앞에서 다른 경찰의 주머니에 이백 달러를 슬쩍 찔러주면서 선처를 부탁했습니다. 경찰서로 연행된 체코 대학생이 어떻게 됐는지는 직접 듣진 못했습니다만, 아마도 뇌물을 주고 풀려났을 것 같아요. 마약사범은 경찰이나 교도관에게 모두 골칫덩어리인 데다가 외국인 범죄자들을 다루려면 통역이나 인권 등을 추가로 신경 써야 하기 때문에 그냥 훈방하는 게 최선의 조치라고 판단했을 겁니다. 어떻게 그걸 확신할 수 있느냐고 묻고 싶으신가요? 그렇다면 제가 중남미로 떠나기 전까지 모국에서 십여 년 동안 교도관으로 살았다는 사실을 밝혀야겠네요. 수감 중인 범죄자들의 흥미진진한 이야기를 듣다가 퇴근 시간을 놓치기 일쑤였고 밤새 뒤척이면서 출근 시간을 기다릴 때도 아주 많았죠. 그들 중에는 예술가로 분류돼야 마땅한 자들도 많았는데, 범상치 않은 예술이 동시대인들에게 범죄로 간주될 수밖에 없다는 사실을 그때 이해했죠. 그들의 딱한 사정을 차마 모른 척할 수 없어서 몇 차례 인정을 베풀었다가 그 사실이 동료 교도관들을 통해 상부로 보고되면서 저는 해고됐고, 그 뒤 연쇄적인 사업 실패로 범죄자로 전락할 위기에 내몰리자 도망치듯 비행기에 올랐던 겁니다. 목적지로 중남미를 선택한 까닭도 교도소에서 만난 어느 재소자의 이야기 때문이었어요. 같잖게 들리시겠지만, 저는 구차한 삶이 아니라 존엄한 죽음에 마지막 희망을 걸고 있었던 것이죠.

형제님, 이제 저는 교도관이 아니라 재소자의 신분으로 이곳에 갇혀 있답니다. 저를 가두고 있는 건 제 운명이고, 그걸 관리하고 있는 이는 당연히 하느님이시죠. 그분은 더 이상 제가 스스로를 죽일 수 없도록 완벽하게 조치하신 다음, 셀리아 수녀님과 형제님을 제게 보내시어 맹수와도 같은 제 허기를 돌보게 하셨죠. 봉사 기간이 한정돼 있는 형제님과 달리 저와 셀리아 수녀는 이곳에서 평생을 지내야 한다는 사실을 떠올리신다면, 형제님은 지금보다도 훨씬 더 적극적으로 속죄 활동에 참여하실 수 있을 것 같아요. 십여 년 동안 교도관으로 살면서 제가 분명하게 배운 사실이 있다면, 범죄자들을 독방에 가두거나 종교에 귀화시키는 방법만으로는 그들의 죄악을 조금도 없앨 수 없다는 것이었죠. 그건 그들의 흉악한 범죄로 여전히 고통받고 있는 피해자들을 그들의 여생에서 말끔히 지워주는 선처에 불과합니다. 자유를 구속받는 대가로 마음의 평화를 제공해주는 건 아주 불공평한 조치예요. 한 인간이 저지른 죄악이 여러 인간의 운명을 강제로 바꾸어놓는 이상, 결코 어떤 인간도 자신이 저지른 죄악을 줄이거나 없앨 수 없죠. 이보다 더 끔찍한 사실을 귀띔해 드리자면, 현재의 사법제도가 범죄자들을 제대로 처벌할 수 없다는 사실을 깨달은 피해자들은 자신의 치유를 위해서라도 또 다른 범죄를 시도하고 있고, 이런 연쇄반응을 따라 죄악이 더 빠르고 더 멀리까지 퍼지면서 범죄자와 피해자의 구분은 더욱 어려워지는 반면 모두가 감당해야 하는 상처는 더 불어나고 있답니다. 자신의 죄악은 이미 다른 이에게 옮겨갔고 규모도 훨씬 커졌으니 굳이 속죄해야 할 이유나 방법을 알 수 없게 되는 것이죠. 범죄자들에게 진정한 속죄를 기대하려면 그들을 감옥 안에 격리시키고 귀족처럼 대접할 게 아니라 사회의 어둡고 낮은 곳으로 보내어 노예처럼 일하도록 만들어야 해요. 피해자들에게 전가한 고통을 정확하게 인지할 수 있어야 비로소 그들은 자신들에게서 시작된 죄악의 연쇄 반응을 중지시키는 데 여생을 쏟아붓기 시작할 겁니다. 이런 이야기를 장황하게 들려드리는 까닭도 제가 형제님의 갱생을 진심으로 돕고 싶기 때문이에요. 저를 비롯해 이곳에 갇혀 있는 자들의 고통이 자신에게서 비롯됐을지도 모른다고 의심하는 순간부터 형제님의 울분은 잦아들 것이고 천 시간이 지나고 나면 하느님의 사려 깊으신 조치에 감격하게 될 거예요. 만약 형제님이 제 부탁대로 송아지스테이크를 오늘 준비해 오셨더라면 저는 좀더 길게 이야기할 수 있었겠지만, 너무 배가 고파서 더 이상 떠들지 못하겠어요. 피로까지 겹치니 몹시 우울하군요. 이런 상태에서 셀리아 수녀의 잔소리마저 듣게 된다면 밤새 지옥을 드나들게 될 것 같아요. 내일은 어떤 음식을 먹을 수 있을까요? 형제님은 여전히 제 식탐을 모멸하고 싶으실 테니, 수챗구멍에서 건져온 음식이라도 형제님 앞에서 기꺼이 맛있게 먹어드릴게요. 그래도 만에 하나 제게 일말의 동정을 베풀고 싶어지시거든, 형제님이 직접 요리하신 음식을 맛보게 해주세요. 일류 요리사의 솜씨를 기대하는 건 절대 아니에요. 그저 신선한 재료를 골라 그 신선도를 해치지 않을 수준의 조리법이면 충분해요. 저와 형제님 사이에 생겨났을지도 모를 신뢰감의 부피를 확인하고 싶은 것뿐이니까요. 그건 맛이나 영양가로는 환산할 수 없겠죠. 대신 레몬즙은 별도로 챙겨 와주시면 좋겠네요. 가련한 예술가를 위해 그 정도는 배려해주실 수 있잖아요? 형제님이 오체투지로 통과해가셔야 할 길은 험하지만 제 이야기를 듣다 보면 조만간 이정표를 만나실 수 있을 거예요.

2

  너는 아주 아름답게 자랐구나. 내가 너를 마지막으로 봤을 때가 십삼 년 전이었으니 첫눈에 알아보지 못한 게 전혀 이상하지 않을 수도 있겠다. 하지만 너를 만나지 못한 시간 동안에도 네 눈동자와 보조개, 웃음소리와 머리카락 냄새, 상처의 형상과 피부의 촉감까지 똑똑히 기억하고 있다고 자신했던 내게 이 갑작스러운 만남은 무력감과 수치심을 선물했다. 이런 곳에서 만나게 될 것이라고 전혀 상상하지 못했기 때문에 널 알아보는 데 시간이 많이 필요했다. 하긴 너 역시 나와 한참 동안 눈을 마주치고도 나의 정체를 알아내려고 애쓰지 않더구나. 인간은 상상할 수 없는 것은 절대로 이해하지 못하는 족속이다. 반대로 말해, 이미 알고 있는 것만을 상상할 수 있다. 다만 매 순간 스스로 상상하려고 하지 않으니 이따금 누군가 알려주어야 한다. 하지만 아무도 너에게 나의 근황에 대해 일러주지 않은 게 분명하고, 너는 그 사건이 나의 운명에 미쳤을 부정적인 영향에 대해 결코 상상할 수 없었을 것이다. 우리가 이런 곳에서 십삼 년 만에 다시 만났다는 사실로부터, 각자의 운명이 희망했던 바대로 전개되지 않았고 최근까지도 실패를 부정하느라 불평과 후회를 거듭했을 것이라고 짐작할 수 있다. 박복한 나야 이토록 수치스러운 현실을 대수롭지 않게 받아들일 수 있겠다만, 너처럼 유복하게 자라난 젊은이에게 이곳은 전혀 어울리지 않는다. 네불행이 왠지 내 잘못인 것 같아서 잠시 미안해졌다. 그도 그럴 것이 우리가 처음 만났을 때 너는 자신과 세계를 구분할수 없을 만큼 어렸고 운명을 작동시키는 원리의 비가역성을 이해하지도 못했다. 너는 그 대단한 일탈을 통해, 마치 위대한 성인들이 그러했던 것처럼, 단숨에 고통의 바다를 건너가 지락至樂의 뭍으로 들어서게 될 것이라고 기대했겠지만 그건 사춘기의 성장통이 만들어낸 환각에 불과했다. 너에게서 사라진 고통은 주변 사람들에게 고스란히 옮겨가 깊은 상처를 남겼지만 아무도 네게 알려주지 않았으니, 미성숙한 심신에서 시작된 죄악은 아무런 해악도 입히지 않은 채 시간과 함께 완전히 사라진다는 너의 확신을 아무도 책망하거나 단죄할 수 없겠다. 하지만 네가 벗어던진 죄악을 나 혼자서만 감당해야 하는 이유를 나 역시 그 당시엔 알지 못했고, 그것이 무엇이든지 간에 적어도 너와 나를 이해시킬 수 없을 것이라는 생각은 나중에 했다. 그래, 운명은 우리를 기만했고 우리는 무력했을 뿐이다. 나는 너를 사랑해서는 안 됐고, 너 또한 나를 한꺼번에 버리려 해서도 안 됐다. 처연한 파국 이후로 나는 더 이상 운명 따위에 조종받지 않게 됐으나 그렇다고 행복해진 것도 결코 아니다. 너와 같은 운명을 나눠 쓰다가 강제로 분리된 이후로 나는 소멸하고 그 사건만 살아남았다. 내가 기억하는 한 그것은 항상 현재형이며 시작을 반복할 수 는 있어도 결코 끝낼 수는 없을 것이다. 우주의 역사에서 그 사건만큼은 완전히 없앨 수 없겠지만, 내가 죽기 직전이나 죽은 직후라도 가해자와 피해자가 뒤바뀐 채 그 사건이 다시 한번 시작되길 간절히 기대하는 것이다. 그때가 되면 숨겨 져 있던 진실이 분명하게 드러날지도 모르겠는데, 죽은 내게 더 이상 필요도 없는 것으로 너를 영원히 괴롭히고 싶진 않 다. 그것은 오직 내 죽음을 완성하기 위해서만 필요할 뿐이 다. 나는 십삼 년 동안 하루도 빠지지 않고 그 사건이 일어난 순서와 배경, 논리와 확률, 영향과 책임까지 일일이 검토했 으며, 내 기억에 단 하나의 오류도 없이 그 사건을 완벽하게 복기했다고 자부했다. 하지만 십삼 년이라는 시간이 너와 네 세계 모두를 바꿔놓을 수 있다는 사실을 간과하고 말았다. 내 기억 속을 네가 들여다본다면 정작 너 자신을 발견해낼 수 없을지도 모르겠다. 그 사건을 영원히 감추기 위해 네 부 모가 의도적으로 네 모든 것을 파괴하고 너와 무관한 정보들로 네 운명을 채워 넣은 게 분명하다. 그건 부모가 자식에게 베풀 수 있는 지고지순한 사랑이자, 칭송받아 마땅한 헌신이다. 하지만 그 맹목적인 사랑과 헌신은 한 사람을 살리는 대신 다른 한 사람을 희생시킬 수밖에 없었다. 왜냐하면 빛을 강조할수록 어둠은 더욱 깊어지기 때문이다. 너를 살리고 있던 위안은 나를 죽이는 독약이 됐다. 그 사건이 발생하고 삼 년이 지나는 동안 나는 너를 찾아내기 위해 지옥을 드나들었다. 처음부터 복수할 작정은 아니었고 어딘가에 외롭게 쓰러져 있을 너를 일으켜 세워 격려해주고 싶었다. 두 명의 인간이 절반씩 파괴당하는 것보다 한 인간에게 모든 상처를 옮겨놓고 다른 인간을 온전히 살리는 게 낫다고 생각했다. 완전히 파괴당해야 하는 쪽은 당연히 나여야 했다. 하지만 내가 살고 있던 지옥 어디에도 너는 없었다. 삼 년이 지나서 문득 나는 네가 지옥 밖에 머물고 있을지도 모른다는 의심을 하게 됐다. 왜냐하면 내가 삼 년 동안 출입할 수 없었던 곳은 오로지 천국뿐이었기 때문이다. 설상가상으로 이곳에 갇히게 되면서 추적은 더욱 어려워졌다. 초조했던 것도 사실이었고, 이해 없는 용서를 스스로에게 강요한 적도 많았다. 자신이 원하지 않는 자리까지 이미 흘러와버린 인생을 굳이 기억의 자리로 옮겨놓으려는 시도 또한 인생을 낭비하는 짓이라고 자위하기도 했다. 하지만 이곳에서는 기억 이외의 모험을 시도할 수가 없고, 운명이 멈춰 선 곳에 닿으려면 그 사건을 다시 일으켜 모두를 이곳으로 소환하는 방법이 유일하다. 벼린 적의는커녕 낭패감조차 잊어가고 있을 때, 기적처럼 네가 내 앞에 나타났다. 그리고 나와 정면으로 마주치고도 네가 나를 전혀 기억하지 못한다는 사실이 나를 몹시 흥분시켰다. 그때는 네가 너무 어려서 복수를 감행할 수 없었지만 지금은 성인으로 자랐으니 더 이상 죄책감을 느끼지 않고 진실을 칼처럼 너에게 들이댈 수 있을 것 같았다. 완벽한 생명체를 천 시간 안에 완전히 파괴하려면 서둘러야 했다. 그래서 나는 이전의 기억을 모두 흩어놓은 다음 시간의 순서 대신 공간의 크기에 따라 다시 조립했고, 나의 복수를 실행할 시나리오와 이에 동원할 조력자들까지 확보했다. 나는 네가 삼킨 내 운명을 네 발밑에다 모조리 게워낼 때까지 결코 내 정체를 드러내지 않을 것이다. 그러는 편이 네 갱생에도 이롭다는 건 말할 필요가 없다.

정말 너는 그 사건을 깡그리 잊었단 말이냐? 아니면 네가 그 사건과 연관돼 있다는 사실만을 지운 것이냐? 공포 영화 속 사건 정도로 기억하는 것은 아니냐? 사건의 등장인물들이 가해자와 피해자로만 구분되지 않는다고 확신한 것이냐? 모든 걸 기억하고 있지만 짐짓 모르는 척하는 게 정말 아니냐?

진실이 두려운 것이냐, 아니면 우스운 것이냐? 십삼 년이란 시간이 비참의 진창에서 오직 너만을 완벽하게 건져내주었다는 사실을 나는 결코 받아들일 수 없다. 네가 내 어깨를 밟고 올라섰을 수는 있겠지. 네 덤덤한 반응에 위선적 요소가 전혀 섞여 있지 않다면, 나는 네 부모가 약물이나 거짓을 동원해 네 뇌를 말끔히 씻어냈다고 짐작할 수밖에 없구나. 네 부모라면 충분히 그럴 수 있겠다. 남들이 감히 범접할 수 없을 만큼의 재력과 명예를 지녔으면서도 그걸 조금이라도 빼앗기지 않으려고 남들의 하찮은 존재감마저 빼앗거나 파괴하는 언행도 서슴지 않았으니까. 너에 대한 애정도 사실은 경쟁심 때문에 과장됐고, 그 감정의 기저에는 결핍의 공포가 자리 잡고 있을 것이다. 네게 형제를 남길 수 있었더라면 네 부모는 네 인생에 그토록 과민하게 집착하지 않았겠지만, 육체적 결함 때문에 그럴 수 없었다. 그 사건을 담당한 경찰의 실수를 통해, 나는 네 부모가 너를 낳기 전까지 얼마나 깊은 슬픔 속에 살고 있었는지 알게 됐다. 일곱 차례의 인공수정이 모두 실패하자 아프리카 출신의 소녀를 대리모로 고용하기도 했다. 그 대리모에게서 검은 피부의 아이가 태어나면서, 자칫하면 네 형이 될 뻔했던 아이는 아프리카의 슬럼가로 돌려보내졌다. 네 부모는 이웃에 살던 십대 미혼모에게서 너를 은밀하게 구입했다. 거래 사실을 숨기기 위해 네 어머니는 친척과 이웃 앞에서 열 달 동안 거짓으로 임산부 행세를 해야 했고, 너를 낳은 소녀는 친권 포기 각서를 네 아버지에게 넘긴 뒤 외국으로 추방됐다. 이 비밀을 알고 있는 자는 오로지 네 부모와 경찰과 나뿐이다. 장담하건데, 네 부모는 아직까지도 네게 이 사실을 알려주지 않았을 것이다. 네 출생에 대한 비밀을 자신의 생명처럼 다루던 네 부모가 정작 경찰에게 순순히 털어놓을 수밖에 없었던 까닭 역시 너에 대한 지극한 사랑 때문이었겠지. 네가 저지른 죄악으로부터 너를 건져내기 위해서 네 부모는 실정법의 틈새를 찾아 필사적으로 저항했고, 조금이라도 판결에 유리한 정보라면 서슴없이 드러내고 과장했다. 혈육이 아닌 아이를 자식으로 받아들이고 최선을 다해 양육하고 있던 자신들은 청소년 시절에 누구나 저지를 수 있는 실수가 자식의 인생을 완전히 파괴하는 걸 결코 지켜보고 있을 수만은 없으니, 가혹한 처벌을 피할 수만 있다면 여생을 사회봉사에 매진하겠다는 메시지를 네 부모는 사법부에 끊임없이 전달했던 것 같다. 경찰은 실수를 가장해 내게 너의 비밀을 흘리고 측은지심에 내가 잠시 머뭇거리는 사이 내 약점을 찾아내 네 부모에게 전달하려 했는지도 모르겠다. 네 비밀을 듣고 나는 몹시 혼란스러웠다. 소년의 실수를 담대하게 용서하지 못한 나에게 오히려 문제가 있을지도 모른다고 의심했다. 소년은 빠르게 자라나면서 허물을 벗어던질 것이므로. 시간이 치유해줄 상처를 기어이 소년에게 들이밀고 처벌을 강요하거나 보상을 요구하는 행동은 성숙한 어른으로서 해서는 안 되는 범죄 같았다. 그래서 나는 내 상처가 마치 태어날 때부터 그곳에 있었던 것처럼 무시하려고 노력했다. 그리고 그게 실패한 사랑에 대한 최소한의 의무라고 생각했다. 하지만 애써 외면할수록 상실감은 더욱 커졌고 나중엔 내 인생 전체가 상처 하나에 매달려 위태롭게 흔들렸다. 등에 난 종기는 인간을 좌절시킬 수 없어도 손등의 티눈 때문에 인간이 자살할 수 있다는 격언을 이해했다. 내가 내 삶을 정상으로 되돌리기 위해 할 수 있는 일은 거의 없었다. 상처를 없애기 위해서는 그것의 숙주를 제거해야 한다는 결론에 이끌려 나는 세 번쯤 자살을 감행했다. 무의식 상태에서 죽음 쪽으로 걸어간 적은 그보다 훨씬 많았으나 횟수를 세어보진 않았다. 첫 번째 시도는 지나치게 감상적인 방법 때문에 실패했다. 방법의 성공 확률보다 의미와 과정을 너무 앞세웠다. 자살에 실패한 자는 더 이상 삶과 죽음의 균형을 유지할 수 없다. 모든 언행은 죽음을 찬양하는 데 동원된다. 온전히 내 몫이었어야 할 삶의 주도권을 빼앗긴 마당에 모든 인간에게 공평해야 할 죽음마저 내 스스로 선택할 수 없다는 사실이 견디기 어려웠다. 그래서 두 번째와 세 번째 자살 시도를 앞두고 죽음에 대한 기대가 전혀 개입하지 못하도록 세심하게 준비했으나 이마저도 실패하고 말았다. 두 번째 방법은 주변 사람들이 나의 죽음을 미리 알아차릴 수 있을 만큼 너무 많은 정보를 노출했고, 세 번째 방법은 죽음에 이르는 과정을 너무 지루하게 설계했다. 세 번의 실패 이후에 비로소 나는, 내가 그 상처 때문에라도 죽을 수 없다는 사실을 깨달았다. 왜냐하면 그 사건 이후로 나는 이미 죽어 있었기 때문이다. 죽일 수 없는 자라면 이미 죽은 자가 아니겠느냐? 내가 이미 죽었다고 생각하니, 역설적이게도 맹렬히 살고 싶어졌다. 그러려면 상처를 고스란히 살려놓아야 했고, 그 상처가 태어난 사건의 전모를 냉정하게 파악해야 했다. 그리하여 마침내 용서가 아닌 복수만이 내 삶을 정상으로 되돌리는 유일한 방법이라고 확신하게 된 것이다. 복수야말로 피해자가 가해자의 의도를 정확히 파악하고 그 사건의 결과를 마침내 자신의 운명으로 수긍하는 방법이 아니고 무엇이란 말이냐? 그 뒤로 나는 온전한 죽음을 맞이하기 위해서 너를 맹렬히 추적했으나 미세한 흔적조차 발견하지 못했다. 그래서 나는 너 역시 이미 죽은 자라고 의심하기 시작했다. 네 부모의 능력이 아무리 뛰어나다고 하더라도 자식의 갑작스러운 죽음까지 막을 수는 없었을 테니까. 비록 나는 살아 있는 너를 결코 용서하지 않았으나, 네가 휘발한 내 삶은 아무런 의미가 없어졌으므로 내 죽음이 복수를 완성할 수 있을 것이라고 기대했다. 망각이 아닌 기억의 중지가 곧 죽음이 아니겠느냐? 그러니 우리는 끝까지 만나지 말았어야 했다. 하지만 하느님께선 자신의 피조물들 사이에서 악마가 승리하는 걸 원치 않으신 게 분명하다. 죽어가는 내 앞에 너는 십삼 년 만에 나타났고, 너에 대한 복수심이 나를 급격히 살려내고 있다. 나는 네가 남긴 상처만을 따로 떼어내 죽일 수가 없어서 너를 통째로 죽이려 한다. 그리고 네 죽음은 나의 죽음으로 이어질 것이다. 죽음은 모두에게 결코 공평할 수는 없겠지만 모두를 침묵시킬 순 있을 테니 그것만으로도 우리의 죽음은 합목적성을 지닌다. 우리의 소멸 뒤에서 네 부모는 지겨운 사회봉사를 그만두고 재력과 명예를 마음껏 향유할 것이다. 미리 밝혀두는데, 앞으로 이곳에서 벌어질 일련의 사건은 네 운명이 연출한 연극에 불과하고, 관객들이 모두 객석을 빠져나가면 무대 위로 올라가 조명 스위치를 내리는 임무가 내게 주어질 것이다.

지금까지 나는 그 사건의 전말에 대해서 단 한 번도 누군가에게 직접 이야기한 적이 없다. 경찰의 집요한 추궁과 협박에도 나는 오로지 네 미래만을 걱정해 침묵했다. 불순한 의도를 지닌 주변인들이 그 사건의 배경과 인과를 왜곡하고 피해자와 가해자의 정체를 뒤섞은 다음, 처벌은 불가능하지만 용서는 가능한 사건으로 결론지어가는 걸 도저히 용납할 수 없었다. 그리고 앞으로도 나의 입장을 결코 바꾸지 않을 것이다. 그러니 네가 그 사건을 정말로 잊어버렸다고 하더라도 전혀 괘념치 않겠다. 네게는 일어난 적 없는 사건이 오로지 내게만 일어난 것이라면 나는 오히려 분명한 목적과 단순한 방법을 선택할 수 있을 것 같다. 그 사건이 내게 남긴 상처들을 끼워 맞추는 것만으로도 네 죄악은 완성될 것이고 뒤늦게 그걸 부정하려 해도 네 기억은 아무런 기능도 하지 못할 테니까. 죄인이 먼저 존재하고 그다음에 죄악이 존재하는 게 아니라, 죄악이 먼저 발명되고 죄인의 이름이 나중에 불릴 것이다. 이 가역적 반응은 철저히 고독과 어둠, 이성과 침묵 속에서 천천히 진행될 것이기 때문에 결과가 원인을 확정한 뒤에는 어느 누구도 그 함정에서 빠져나갈 수 없다. 구차한 변명이나 비논리적 추론은 거부되고 반론 불가능한 인과와 형량만 확정될 것이다. 거듭 말하지만, 네 죄악은 용서받을 수 있는 한도를 넘어섰다. 너는 인류 전체의 이름으로 내게 죄악을 저질렀고, 나는 인류 전체와 함께 희생됐다. 그러니 너를 무작정 용서한다면 그 뒤는 어느 누구도 자신이 저지른 죄악 때문에 처벌받지 않게 될 것이고, 인류 전체는 가해자이자 동시에 피해자가 돼 아무런 반성이나 교화의 과정 없이 속수무책인 상태에서 천천히 공멸해갈 것이다. 그걸 막기 위해서라도 필히 너를 단죄해야 하는데, 죄는 미워하되 사람은 미워하지 말라는 궤변 따위에 또다시 속아 넘어가진 않겠다. 네 파멸의 결과가 네 부모에게 도달하는 과정까지 지켜보느라 내 인생을 낭비할 생각은 추호도 없다. 그래서 나는 네가 사라지는 즉시 이곳을 떠나 아무도 찾지 못할 곳으로 숨어들 것이다. 그리고 그곳에서도 어떤 인간이 자신의 죄악 때문에 정당하게 처벌받는 사건이 일어난다면, 나는 하느님의 정의로운 법정이 완성된 것으로 알고 크게 기뻐할 것이며 내가 처벌받을 차례를 덤덤히 기다릴 것이다. 만약 아무도 나를 화형대 위에 세우지 않는다면, 너 또한 처벌을 피했고 그 대신 인류 전체가 공멸의 위기에 빠져들었다고 해석하겠다. 그때는 나 스스로 죽음을 향해 뛰어들겠다. 누구나 실수를 할 수 있지만 누구나 그것을 용서할 순 없으며, 죄악의 정체나 규모를 정확히 파악하지 못한 상태에서 섣불리 그 죄를 용서한다면 그것은 그 죄악을 없애는 행위가 아니라, 마치 독버섯을 나눠주고 그것의 맛을 기억시키는 것처럼, 죄악을 오히려 권장하는 것에 지나지 않는다. 가해자들은 피해자들의 침묵을 용서로 해석하자마자 자신들의 죄악을 깡그리 잊는다. 이를 멈추게 하기 위해서라도 정당한 복수는 불가피하다. 그러니 네 변명을 더 이상 나는 듣지 않을 것이고 주변 사람들의 협박에도 꿋꿋이 저항할 것이다. 너에 대한 나의 복수는 네가 내게 저지른 사건과는 무관한 것이라고 나는 생각하기 시작했다. 하지만 두 사건의 결과만큼은 똑같을 수도 있겠다. 하긴 운명을 부여받은 인간 중에서 파멸하지 않은 자가 있었더냐? 인간에게 탄생과 죽음은 모두 똑같은 사건에 불과할 것이며, 어쩌면 두 가지의 사건 중 단 한 가지만 일어나는지도 모르겠다. 가령 그리스도에게는 탄생의 사건만 일어났고, 그와 함께 골고다에서 처벌받은 도둑들에겐 일생 동안 죽음뿐이었다.

그 사건이 일어난 지 일주일쯤 지났을 때 네 아버지가 은밀하게 나를 찾아왔다. 사건을 접수한 경찰은 가해자와 피해자를 특정하고, 그들을 격리시켜야 하는데도—첫 번째 임무는 당연히 사건 현장을 보존하는 것이지만 그것조차 건성으로 해치웠다—가해자의 부모가 경찰을 대동하지 않은 채 피해자를 찾아온 것이다. 사건 현장에 최초로 출동했던 경찰보다는 구급차에서 나를 문진했던 구급대원이 개인 정보를 네 아버지에게 전달해주었을 것이라고 추정한다. 의사 가운을 입고 있던 네 아버지는 자신의 신분을 철저하게 속인 채 안타까운 표정을 지어 보이면서, 마치 피해자가 정상적으로 진술할 수 있는지 확인해달라는 경찰의 공식 요청을 받고 찾아온 권위자처럼 내게 이런저런 질문을 던지고 내 대답을 녹음했

다. 그의 외모에선 너와의 공통점을 발견할 수 없었고―내가
조금만이라도 여유를 되찾았더라면 네가 선호하던 브랜드의
구두를 그도 신고 있다는 사실을 알아차렸을 것이다. 왜냐하
면 그것은 자신의 계급을 드러내고 싶은 자들에게만 집중적
으로 소비되는 상품이었기 때문이다―나는 의사의 전문적
인 소견이야말로 어느 누구도 부정할 수 없는 증거라고 확신
했기 때문에, 공포와 수치심을 누른 채 사건이 벌어지고 있
는 동안 내가 느꼈던 감정과 신체적 변화까지 자세히 설명했
다. 그는 내가 격정을 추스를 수 있도록 충분한 시간을 허락
했을 뿐만 아니라, 이해하지 못하거나 오류가 포함돼 있다고
판단된 장면에선 내게 물과 캔디를 건넸다. 내 이야기를 들
으면서 그는 한숨을 쉬며 난감한 표정을 지어 보였는데, 처
음에 나는 그런 행동이 인간의 잔혹함에 대한 실망과 무기력
함을 드러내고 있다고 생각했다. 하지만 그가 별다른 인사
도 없이 병실을 나가자 불현듯 불길함에 사로잡혔다. 그의
멍한 시선, 말투, 숨소리, 손가락으로 머리카락을 쓸어 넘기
는 방법, 손톱을 깨무는 습관, 그리고 얼굴의 땀을 닦는 순서
까지 전혀 낯설지 않았다. 그제야 나는 함정에 빠져들었다는
사실을 깨닫고 내 육신의 안팎이 뒤바뀔 정도로 십여 분 동
안 비명을 질러댔다. 건장한 남자들 세 명이 나를 붙잡은 뒤
에야―한 명은 자신의 손으로 내 입을 막으려다가 손가락을

깨물렸다—간호사가 내 몸속에 진정제를 찔러 넣을 수가 있었다. 나는 얼음처럼 녹아드는 의식 속에서도 발성기관의 기능에 집중해 네 아버지의 인상착의를 자세히 설명했지만 그들은 수상한 방문자의 정체를 알아차리지 못했을 뿐만 아니라, 법적 규정에 따라 내가 격리돼 있는 회복실에는 의료진밖에 출입할 수 없다고 단언했다. 그들은 마치 내가 유령이라도 되는 것처럼 쳐다보았는데, 유령이 유령을 본 이야기를 자신들이 굳이 귀담아들을 의무가 없다고 말하는 것 같았다. 나중에 경찰에게도 네 아버지의 불법적 취조에 대해 똑같이 증언했지만 진실을 확인해줄 목격자를 찾아보겠다는 대답만들었을 뿐이다. 하지만 경찰에겐 나를 보호해줄 의지가 전혀 없었기 때문에 그 병원에 널려 있던 목격자를 단 한 명도 찾아내지 못했고 나와의 약속도 슬그머니 파기했다. 그 대신 하루에 한 번씩 병실을 들러 청소하는 노파에게서 나는 수상한 방문객의 정보를 얻을 수 있었다. 그는 그 병원의 설립자이자 심장병 수술 권위자로 유명한 의사였고, 사회봉사에 적극적인 재력가에다 사회의 모범이 될 만큼 화목한 가정을 꾸리고 있던 가장이었다. 노파는 그의 외아들 또한 의사라는 사실을 기억해냈다. 그 사실을 알게 된 이상 그 병실에 머물수 없었다. 나는 자살 소동을 벌이면서까지 경찰과 병원 측에 격렬하게 항의했지만 그들은 내가 피해자에게 일반적으로 나타나는 자기부정의 과정에 진입했다고 결론 내린 뒤 완력과 약물로 나를 간단히 제압했다. 사지가 묶인 채로 침대 위에서 깨어났을 때 새롭게 그 사건의 조사를 맡게 된 경찰은 자신의 이름과 소속을 알려주면서, 내가 지목한 의사의 정체가 노파의 말과 크게 다르지 않다는 사실을 확인했으나 아직 사건 경위 보고서가 완성되지 않은 상태에서 그를 가해자로 추가할 수 없다고 말했다. 그때까지만 하더라도 그 경찰은 자신의 경험과 직관을 근거로 나를 피해자로 확신한 것 같았으나, 상부에 두어 차례 불려 갔다 온 뒤로 태도를 완전히 바꾸더니 가해자를 다루듯 내게 길게 질문하는 대신 대답은 열 마디를 넘지 못하도록 압박했다. 설령 피해자와 가해자를 명확히 구분할 수 없더라도 그 사건의 결과만큼은 요지부동했고 피해자를 심문한 절차대로 가해자를 추궁했더라면 인과를 해독하는 데 필요한 증거들을 얼마든지 확보할 수 있었겠지만, 경찰은 내 불평을 거의 들으려 하지 않았다. 나는 피해 사실을 자세히 설명하려 하면 할수록 역설의 함정에 더욱 깊이 빠져들었다. 공황 상태에 빠진 피해자가 어떻게 이성적으로 사건을 설명할 수 있다는 말이냐? 그건 내가 그 경찰에게 하고 싶은 말이었는데 오히려 그 경찰이 내게 먼저 그렇게 물었다. 내 진술을 모조리 부정하기 위해 던진 폭탄이었다. 아마도 네 아버지가 녹취해 간 자료가 내 약점을 찾아내는 데 큰 도움이 됐을 것이다. 급기야 담당 의사가 서명한 진단서가 나를 쓰러뜨렸다. 결국 나 하나를 패배시키기 위해 전 세계가 결탁했다는 인상을 떨쳐버릴 수 없었다. 그래서 나는 간호사가 아침에 교대하는 사이를 틈타 병원에서 탈출했고, 피해자가 사라진 이상 가해자만으로 죄악은 완성될 수 없었으니 너와 네 부모는 명예를 되찾을 수 있었을 것이다. 병원 폐쇄카메라에 찍힌 영상만 잠시 확인했더라면 경찰은 나를 쉽게 추적할 수 있었을 텐데도 굳이 그렇게 하지 않은 까닭 역시, 네 아버지가 그 병원의 설립자이자 심장병 수술 권위자로 유명한 의사이고, 사회봉사 활동에 적극적인 재력가에다, 사회의 모범이 될 만큼 화목한 가정을 꾸리고 있던 가장이기 때문인 것 같았다. 그리고 그것은 그 불미스러운 사건 이후에도 여전히 네 아버지가 너를 몹시 사랑하고 있다는 방증이기도 했다.

그 후 십 년 동안 나는 지옥을 떠돌며 죽은 자처럼 살았다. 차마 제 손으로 생명을 거둬들일 용기가 없어서, 어떤 자비로운 사건에 우연히 휘말려 일생을 갑작스레 마감하게 되길 소망하면서 몸을 함부로 굴렸으나 정작 뜻을 이루지 못했다. 만신창이가 된 나는 해류나 바람에 떠밀려 이곳으로 왔다. 그게 삼 년 전의 일이다. 더 이상 먹고사는 일에 신경을 쓰지 않고 오롯이 제 생명 현상에만 집중할 수 있게 되자, 십여 년의 시간이 가사假死 상태로 만들어놓은 상처와 기억을 자연스레 다시 살려내지 않을 수 없었다. 늦게나마 그 사건에 대한 네 변명을 들을 수만 있다면 복수는 그것으로 충분했다. 너는 엄연히 성인이 됐을 테니 엉터리 변명이라도 스스로 만들어낼 수 있을 것이라고 기대했다. 네 변명을 듣고 내가 크게 실망하는 것으로 우리의 악연을 영원히 끝내려 했다. 하지만 나는 너와 네 부모를 찾을 수가 없었다. 네 아버지가 설립했던 병원을 찾아갔을 때, 네 아버지는 의사나 봉사자로서의 명예를 버린 채 가족을 데리고 외국으로 이민을 떠났다는 이야기를 들었다. 네 가족이 새로 정착한 곳을 아무도 알려주지 않는 것으로 보아 네 아버지는 내가 언젠가 병원을 다시 찾아올 것에 대비해 직원들에게 미리 입단속을 시킨 게 분명했다. 네 아버지가 누리고 있던 기득권은 가족을 위해 포기할 수 있을 만큼 하찮은 것이 결코 아니었기 때문에 난 병원 직원의 말을 거의 믿지 않았다. 차라리 네 아버지가 외딴섬을 통째로 사서 그곳에다 새로운 국가를 세웠다는 이야기를 들었다면 곧이곧대로 믿었을 것이다. 기껏해야 너를 외국으로 유학 보냈을 것이라고 생각했다. 그 사건을 담당했던 경찰을 직접 찾아가거나 전화로 확인하는 방법도 있었으나, 네 아버지의 재력 안에서 번영하고 있을 그 경찰 역시 병원

직원과 똑같은 이야기를 반복할 게 뻔했다. 그게 아니면 그는 십삼 년 전에 작성한 보고서에서 피해자와 가해자의 이름을 뒤바꾼 뒤 내게 서명을 받아내려 할지도 몰랐다. 그러다가 나는 그 사건의 진실을 파헤치려고 애쓰던 신문기자를 어렴풋이 떠올리고 그에게 연락했다. 이미 신문사의 고위 간부가 된 그는 그 사건을 거의 기억하지 못했다. 하지만 특종 기사를 완성할 수 있을지도 모른다고 직감했는지 그는 나와의 통화 시간을 이어가려고 애썼다. 나는 이틀 뒤 같은 시간에 전화를 걸 때까지 네 아버지의 소재를 알아봐준다면 기사 작성을 돕겠다고 말하고 전화를 끊었다. 하지만 그 기자에게 두 번 다시 전화하지 않았다. 네 아버지의 영향력을 고려해본다면, 그 신문기자 또한 위험을 무릅쓰고 진실을 추적하려 하지 않을 것 같았기 때문이다. 그랬더니 나흘 뒤에 그 기자가 네 아버지와 관련된 신문 기사를 짧게 실었다. 그 기자는 나와 거래할 준비를 마쳤다는 사실을 알려온 것이다. 네 아버지는 이민을 떠나지 않고 병원과 집만 이웃 도시로 옮긴 채 여전히 이 세계에서 의사와 재력가로서 권력을 행사하고 있었다. 그 기사에 따르면, 유망한 성형외과 의사이자 자신의 외아들이 성매수 현장에서 경찰에 체포되자 네 아버지는 물의를 일으킨 책임을 지고 모든 공적 직위를 반납한 뒤 낙향해 조림 사업에 매진하겠다고 발표했다. 나는 그 기사가 너와 연관됐다는 사실을 한참 동안 깨닫지 못했다. 의사인 아버지를 증오하던 네가 네 아버지처럼 의사가 됐을 것이라고는 도저히 상상할 수 없었기 때문이다. 모든 것을 지닌 네 아버지가 너와 네 어머니를 버린 뒤 다른 여자와 결혼해서 자식을 낳았거나, 네 어머니가 의학기술의 놀라운 발전 덕분에 신체적 결함을 극복하고 네 동생을 낳았을 수도 있었고, 그것도 아니라면 네 부모가 또 다른 아이를 입양해 너를 대체했을 수도 있었다. 혈육이 아닌 네가 훗날 또다시 치욕스러운 죄악을 저지를 때를 대비하고 싶지 않았을까? 너를 이곳에서 다시 만난 뒤에야 비로소 나는 네 부모가 나만큼이나 어리석다는 사실을 확인할 수 있었다. 그리고 네가 제 발로 이곳을 찾아와 천 시간 동안 나와 함께 지내게 됐으니, 나는 네 부모를 거대한 자괴감 속으로 다시 떠밀어 넣을 준비를 서둘러야 했다.

네 아버지의 고급 승용차에서 내린 네가 원장신부의 환대를 받으며 이 건물로 들어올 때부터 너는 이미 소문의 중심에 있었다. 큰 키에 군살 없는 몸매, 한눈에도 값비싸 보이는 옷과 액세서리, 그리고 고통이라곤 전혀 투영돼 있지 않은 표정. 멀리서 본 너는 마치 영화배우나 패션모델 같았다. 그래서 이 건물의 사람들은 텔레비전 프로그램이나 영화를 촬영하기 위해 네가 찾아왔다고 생각했다. 원장신부는 이곳의 운영자금을 마련하기 위해 이런저런 자선 행사를 기획한 뒤 신문사나 방송국에 연락하곤 했다. 이곳에서 멀리 떨어진 세계에 살면서 권태와 무기력 사이를 오가고 있는 이웃들은 자신보다 더 불행한 자들에 대한 소식을 이따금 확인하면서 생의 의지를 회복하고 있었으므로 원장신부의 제안이 거절당하는 경우는 거의 없었다. 이곳을 찾아온 기자들은 실업률이 증가하고 가족이 해체되면서 노인들이 부랑자로 전락하고 있다든지, 성적 타락과 입양에 대한 사회적 편견 때문에 버려지는 신생아들의 숫자가 매년 증가하고 있다든지, 사회적 약자들이 범죄자로 전락하는 걸 막으려면 보호시설을 늘려야 한다든지 하는 낡은 논제를 동원하면서, 이곳의 수용능력이 너무 적고 편의시설은 너무 낡아서 수용인들이 인간으로서 누려야 할 최소한의 권리마저 침해받고 있다는 사실까지 부각시켰다. 그러면 원장신부가 한없이 긍정적이고 겸손한 자세로 기자들 앞에 서서, 이웃의 멸시와 편견에 대해선 전혀 불평하지 않은 채, 이곳에서 열릴 예정인 부활절 기념 연주회나 바자회 등에 대한 소식을 알렸다. 다음 날부터 전국에서 몰려든 방문객들과 성금 덕분에 우리는 한두 달 동안 반찬 투정 없이 지낼 수 있었다. 좌절된 사랑 때문에 삶의 의미를 잃고 방황하는 젊은이들이 이곳에서 자원봉사를 하면서 자신의 운명과 화해한다는 줄거리의 드라마나 영화 서

너 편이 촬영되기도 했고, 각 지역의 관광 명소를 소개하는 텔레비전 프로그램에 등장하면서 관광객들의 발길이 이어지기도 했다. 유명 영화배우나 운동선수로 구성된 봉사단체가 이곳을 방문할 때마다 그들의 팬들과 기자들이 구름처럼 몰려와 이곳을 통째로 허공 위로 들었다가 내려놓고 돌아갔다. 그래서 우리는 홍보사절들이 이곳에 나타나면 각자 어떤 표정을 짓고 어떻게 행동해야 하는지 너무 잘 알고 있다. 원장신부가 너를 데리고 다니면서 시설 곳곳을 설명할 때에도 우린 네 정체를 의심하지 않았다. 하지만 그다음 날부터 네가 자원봉사자들에게만 지급되는 작업복을 입은 채 하루 종일 여기저기 드나드는 걸 보고 우리의 추측이 틀렸다는 사실을 인정했다. 너와 똑같은 옷을 입은 건장한 남자가 네 뒤를 그림자처럼 뒤따라 다니면서 너 대신 궂은일을 도맡아 했기 때문에, 네가 유명인이거나 그들의 자녀로서 중대 범죄를 짓고 법원으로부터 사회봉사 명령을 받아 이곳에 배치됐다는 데 우리의 의견은 일치했다. 네 환심을 사서, 또는 너를 협박해서 부당한 이익을 챙기려 시도한 자가 우리 중에 한두 명이 아니었으나 네 그림자와 같은 남자의 방해로 뜻을 이루진 못했다. 실망한 자들이 너에 대한 악의적인 소문을 퍼뜨렸는데, 악명 높은 범죄 조직의 우두머리가 자신의 후계자에게 세상의 밑바닥을 가르쳐주기 위해 너를 이곳으로 보냈고 네 주변에는 중무장한 암살자와 경호원 수십 명이 어슬렁거린다는 소문까지 흘러 다녔다. 술 취한 원장신부가 실수로 원장실을 청소하던 직원에게 진실을 발설하기 전까지, 이곳의 어느 누구도 너의 정체를 정확히 파악할 수 없었다. 너보다 조금 앞서 이곳에서 자원봉사를 시작한 자들은 원장신부가 너에게만 특혜를 베푸는 것 같아 불만이었다. 형벌의 크기를 측정하는 일만큼이나 그걸 집행할 때도 법은 평등하게 적용돼야 하는 만큼, 네 경호원이 너를 대신해서 형벌을 수행한 시간은 사회봉사 시간에서 제외해야 한다고 주장했다—그들은 네 아버지가 악명 높은 범죄 조직의 우두머리라는 소문을 듣지 못한 게 분명하다. 원장신부는 너를 두둔하는 데 급급했다. 전도유망했던 젊은이가 악마의 유혹을 하느님의 은총으로 착각해서 실수를 저질렀기 때문에 하느님의 사랑을 경험하게 해주어야 한다고 원장신부는 호소했다. 그리고 네 아버지가 약속한 기부금이 우리의 미래를 어떻게 바꿀 수 있는지 이해시키려고 노력했다. 하지만 네 배경이 주목을 받을수록 너에 대한 평판은 더욱 나빠질 따름이었다. 심상치 않은 분위기를 전해 들은 네 아버지는 네 그림자와도 같은 남자를 즉각 철수시켰다. 만약 그 결정이 조금만 늦어졌더라면 이곳의 자원봉사자들 중 절반은 원장신부의 부적절한 처신에 항의해 태업을 시작했을 것이고 나머지 절반은 이곳에서 도망쳤을 것이다. 너는 마치 벌거벗겨진 아이처럼 잔뜩 주눅이 든 채 자신에게 겨눠져 있는 적의를 매 순간 감지하면서 속죄 의식을 이어갔다. 우리는 너를 노예처럼 부릴 수 있는 기회를 얻을 때마다 우리가 너보다 더 완벽한 인간이라는 사실을 증명하기 위해 발악을 했다. 그렇다고 정신적 우월감을 얻으려는 목적은 결코 아니었고, 그저 너를 겁박해 작은 편리나 부당한 이득을 얻기 위해서였다.

원장실을 청소하던 직원이 술 취한 신부에게서 들었다는 이야기를 요약해보면—이곳에서 지내는 사람들 중에서 관찰력과 이해력과 언변이 가장 뛰어난 자에게 원장실 청소의 임무를 맡겨야 한다고 우리는 요구한다. 왜냐하면 풍문으로 가득 채워진 이곳에서 진실의 실마리를 제공할 수 있는 자가 바로 그 인물이기 때문이다—단 하루도 진료실을 떠나지 못하는 아버지와 그런 남편에게 늘 불만이었던 어머니 사이에서 너는 외로운 유년 시절을 보냈다. 속마음을 터놓을 형제나 친구만 있었어도 네 성장통은 크게 줄어들었을 것이다. 예술가적 기질을 타고났지만 너는 아버지의 강요에 따라 의사의 길을 가야 했다. 그래도 가난한 사람들에게 의술을 베풀겠다는 목표로 열심히 공부한 끝에 너는 의과대학을 무난히 졸업할 수 있었다. 네 아버지는 자신의 병원을 네게 물려

줄 준비를 하고 있었으나 정작 너는 아버지의 그늘로부터 영원히 도망칠 기회를 엿보고 있었다. 하지만 너의 심신은 네 운명을 싣고 가기엔 너무 허약했다. 결국 너는 네 아버지의 과오에 희생되고 말았다. 네 아버지에게서 심장 수술을 받은 환자 중 한 명이 반년 만에 급사했다. 유족들은 병원의 과실 여부를 놓고 일 년여 동안 법적 공방을 벌였지만 모두의 예상대로 네 아버지를 패배시킬 순 없었다. 그러자 미망인은 전 재산을 털어 네 아버지에게 복수할 계획을 세웠다. 아버지의 유명세를 감추려고 매사에 극도로 조심했던 너와는 반대로 네 아버지는 틈만 나면 네 존재를 세상에 자랑했다. 그는 어느 날 제약회사 회장이 주최한 파티에 자신을 대신해 너를 보냈고 너는 그곳에서 파리스의 사과처럼 매혹적인 여자를 만났다. 너와 그녀는 서로에게 느낀 호감을 애써 감추려 하지 않았기 때문에 다른 젊은이들이 그러하는 것처럼 함께 술을 마시고 춤을 추다가 호텔에 가서 잠을 잤다. 너무 취한 나머지 호텔에서 일어난 일들을 너는 거의 기억하지 못했다. 잠에서 깨어났을 때 침대 위에 너는 혼자였고 여자는 흔적 없이 사라져 있었다. 두통과 당혹감 속에서 너는 술이 아니라 약물 때문에 어제의 기억이 휘발했다고 의심했다. 호텔 종업원은 너와 함께 투숙한 여자가 새벽에 호텔을 급히 떠났다고 증언했다. 방 안에서 아침 식사를 하고 있을 때 호텔 지배인이 찾아와, 너와 함께 잠든 여자가 미성년자인 것 같았다고 귀띔해주었다. 그것은 주요 고객에게만 호텔에서 특별히 제공하는 서비스였는데, 조만간 법적 분쟁에 휘말릴지도 모르니 개인 변호사와 대응 방법을 사전에 논의하라는 메시지이기도 했다. 지배인은 이미 폐쇄카메라에 기록된 영상을 모조리 지웠다며 너를 안심시켰으나 너의 내부는 불길한 예감으로 들끓었고 또다시 네 아버지를 실망시키게 될지 모른다는 불안감에 몸서리쳤다. 너는 어제 파티가 열린 나이트클럽을 찾아가 그 여자의 정체를 수소문해보았지만 아무도 그녀를 기억하지 못했다. 겁먹은 너는 하는 수 없이 네가 처한 상황을 네 아버지에게 털어놓았고 그는 너를 그 파티에 혼자 보낸 걸 뒤늦게 후회했다. 너를 보호해줄 변호사가 선임되자마자 너는 미성년자와의 성매매 혐의로 피소됐다는 사실을 경찰에게서 통보받았다. 법적 제약을 위반하지 않으면서 사랑의 감정을 실현할 능력이 네겐 전혀 없었기 때문에, 경찰이 보여준 호텔 폐쇄카메라의 영상 앞에서 네 변호사는 침묵해야 했다. 호텔 지배인의 말을 곧이곧대로 믿은 게 네 세 번째 실수였다—첫 번째 실수는 아버지의 명령을 거역하지 못한 채 파티에 참가한 것이고, 두 번째는 정체를 알지 못하는 여자에게 속수무책으로 매혹당한 것이다. 그가 공범이거나 공익 신고자라는 사실은 전혀 중요하지 않았다. 너는 네 아버지만이 너를 공포 속에서 꺼내줄 수 있다고 굳게 믿고 애걸복걸했다. 네 아버지는 자신의 명예와 재력을 지켜내기 위해서 너를 또다시 보호해주기로 결심했다. 네 변호사와 한참 동안 이야기를 나눈 뒤 자리로 돌아온 경찰은 네가 아버지의 신뢰를 회복할 수 있는 마지막 방법을 은밀하게 제안했다. 네 아버지는 너를 함정에 빠뜨린 자의 정체를 밝혀냈지만 더 이상의 소란을 원하지 않았기 때문에 항소를 포기했다. 너는 사랑의 진실을 밝히지 못한 채 범법자로 분류돼 이곳으로 보내졌다. 형벌을 수긍한 이상 너는 피해자에게 굳이 사과할 필요가 없으며 다만 훗날 네가 군림하게 될 세계의 법적 질서를 존중하겠다는 의지를 증명해야 한다. 네 아버지는 네가 천 시간의 봉사 활동을 통해 비즈니스 세계의 냉혹함과 함께, 인간의 추악함과 나약함까지 배우길 희망한다. 네가 이 지옥에서 하루에 여덟 시간씩 백이십오 일 동안의 수치와 무위無爲를 견뎌내고 나면 너는 더 이상 순수한 사랑에 대한 알량한 동경 때문에 인생을 통째로 위태롭게 만드는 실수를 두 번 다시 저지르지 않을 것이다.

내가 너에게 인간의 추악함과 나약함을 가르쳐주겠다. 이곳에서의 천 시간이 너를 어떻게 바꿀지 아무도 알 수 없다. 최악의 경우 너는 이곳에 올 때와 똑같은 인간으로 이곳을 떠날 수도 있다. 하지만 약속하건대, 네가 나에게 저지른 죄악에 대해서만큼은 반드시 정당한 처벌을 받게 할 것이다. 그런데도 네가 전혀 바뀌지 않는다면 하느님이 너를 용서했다고 간주하고 나 역시 너를 용서하겠다. 내가 너를 용서하는 방법은 오로지 나를 죽이는 것이다. 하긴 네게 복수하는 방법도 이와 별반 다르지 않다. 그러니 내가 살아 있는 한 너는 여전히 연옥에 갇혀 있다고 생각하는 게 네 초조함을 조금이나마 줄이는 방법일지도 모르겠다. 복수 또는 용서의 시공간에서 네가 탈출하지 못하도록 나는 불철주야 네 일거수일투족을 세심하게 감시할 것이다. 도망치려 할수록 처벌은 더 무겁고 잔혹해질 뿐이다. 설령 내가 죽는다고 해도 복수나 용서가 끝나지 않을 수도 있다. 입안의 뜨거운 감자를 삼키거나 뱉지 못한 채 바닥을 뒹굴고 있는 사람처럼, 너 역시 네 죄를 없애거나 버리지 못한 채 평생 고통받길 나는 진심으로 바란다. 결코 지워지지 않는 화인火印을 네 심신에 깊이 새겨 넣기 위해 나는 이카로스의 신화를 참고했다. 주제도 모른 채 한계를 뛰어넘었다가 파멸한 인간 말이다. 추락의 속도가 빠를수록 교훈은 더욱 극명해질 것이므로 인간을 가능한 한 높이 쏘아 올리려면 그의 심장을 오만함으로 가득 채워서 두려움이 틈입할 수 없게 만들어야 한다. 나는 네가 어려서부터 예술가적 특질을 발휘했다는 사실에 주목했다.

위대한 예술가는 제 뜻대로 외부 세계를 파괴할 수 없을 때 세상으로 향한 칼끝을 자신에게 돌리는 법이다. 그러니 네 영혼에 묻혀 있을 뇌관을 찾아내어 작동시킨다면 네 운명을 내 목적대로 사용할 수 있을 것 같았다. 이 사실을 전혀 눈치채지 못한 너는 파멸해가면서도 한껏 우쭐대겠지. 그래서 나는 이곳에서 지내는 모든 이를 적절히 동원해 네가 오래전에 거세당한 허영심을 부추길 것이다. 네게 악기나 캔버스를 건넬 수는 없지만 영감으로 가득한 이야기를 들려줌으로써 네가 범죄자라는 사실을 감춰줄 것이다. 이곳처럼 폐쇄된 공간이야말로 위대한 예술이 잉태되고 제 쓸모를 강화해가는 자궁으로 손색없다. 마치 지구상에 최초의 생명체가 등장하던 시대처럼 모호한 적의와 열기로 가득 차 있어서 미세한 자극에도 화학반응을 연쇄적으로 일으켜 최초의 망상이 부화하고, 그걸 듣고 전달하는 자들의 무능과 아집을 통해 전혀 다른 이야기들로 분화한다. 그리고 국경과 언어와 세대를 넘으면서 수백만 가지의 돌연변이들이 부침하는 것이다. 외국어를 전혀 사용할 줄 모르는 원주민이었기 때문에 평생을 정신병원에 갇혀 지내야만 했던 화가가 있었는가 하면, 동성애자라는 이유로 반평생 감옥을 드나들며 고문받았던 소설가도 존재했고, 감옥이나 병원에서 돌아올 때마다 마약 투약량을 두 배씩 늘리는 바람에 끝내 무대에 다시 설 수 없었던 음악가들도 허다했다. 하지만 그들은 정상적 일상으로 돌아오 길 희망하는 가족이나 친구들의 도움을 완강히 거부했다. 왜 냐하면 자신들은 인류의 예술 수준을 한 단계 높이기 위해 태어난 것이지 평범한 인생을 답습하기 위해 태어난 게 결코 아니라는 사실을 확실하게 자각하고 있었기 때문이다. 이런 이야기를 듣게 된다면 너 또한 네가 처해 있는 현실이 너무 갑갑해서 극적인 일탈을 갈망하게 될 게 뻔하다. 그때 내지령을 받은 자들이 너의 연민과 공분을 부추길 것이고, 네가 구원자의 이름을 참칭해 폭동을 주도했을 때 나는 슬그머니 너의 추종자들을 거둬들이는 대신 공권력을 불러들여 너를 처참히 패배시킬 것이다. 그 일련의 과정에서 너는 인간의 추악함과 나약함을 혐오하게 될 것이고, 그 뒤로 인간은 하느님의 권위를 확인하기 위해 수시로 동원되는 꼭두각시에 지나지 않는다고 주장하게 될지도 모르겠다. 마침내 너는 네 아버지의 재력과 명예가 곧 네 성공의 배양액이라는 사실을 인정하게 될 것이다.

네게서 경호원이 제거된 뒤에도 원장신부는 너를 일반 병실에 배치하지 않고 자신의 집무실에서 서류를 정리하거나 전화를 받는 업무를 맡기려고 했다. 그래서 나는 너를 일반 병실로 끌어내리기 위해 부득이 셀리아 수녀와 마테오 수사

를 동원하지 않을 수 없었다. 셸리아 수녀는 식당에서 허드
렛일을 맡아줄 자원봉사자가 필요하다고 원장신부에게 요구
했고, 마테오 수사는 수용인들을 매일 한 번 목욕시키는 일
이 너무 힘에 부친다고 불평했다. 하지만 그들은 원장신부를
설득하지 못했다. 우리가 '겟세마네'라고 부르는 중증환자실
의 수용인들이 적기에 나서서 고약한 요구 사항들을 늘어놓
지 않았더라면 나는 너에 대한 복수의 기회를 허무하게 잃었
을지도 모르겠다. 티아고 노인이 생사의 위기에 내몰리자 지
근에서 그를 돌봐줄 사람이 필요해졌다. 원장신부는 그 노인
에게 기적이 너무 자주 일어나기 때문에 굳이 자원봉사자를
추가로 배치해야 할 당위성에 공감하지 못했다. 하지만 네
가 전문의라는 사실을 알게 된 산티아고 박사가 원장신부에
게 너를 간병인으로 강력히 추천하는 바람에 원장신부도 마
지못해 승인할 수밖에 없었다. 네 적절한 조치 덕분에—그
래봤자 상의를 벗기고 찬물로 심장 주위와 손발을 마사지한
것이 고작이지만—티아고 노인은 가쁜 숨을 멈추고 고요하
게 잠들 수 있었다. 네가 기적을 행한다는 소문이 퍼지자 겟
세마네의 수용인들이 그리스도의 현신인 너를 자신들의 병
실에 배치해달라고 원장신부에게 읍소했다. 폭력배 출신 필
리페는 자신들의 요구가 받아들여지지 않을 경우 단식 투쟁
이나 할복을 하겠다며 원장신부를 협박했다. 하지만 원장신

부는 경멸의 자세로 수용인들에게 맞섰다. 설령 그들이 할복을 할 수는 있을지언정 단식 투쟁만큼은 결코 시도하지 않을 것이라고 원장신부는 빈정댔다. 할복을 하기에도 그들에겐 손발의 숫자가 너무 부족하다는 사실을 굳이 확인할 필요도 없었다. 하지만 이 소식이 너를 통해 네 아버지의 귀에까지 들어가는 걸 걱정한 원장신부는 수용인들의 간절한 요구를 끝까지 거절하지 못했다. 그래서 난처한 표정으로 네 얼굴을 쳐다본 것이고, 네가 눈을 질끈 감자 그걸 동의의 뜻으로 받아들였다. 그래서 너는 이곳에 도착한 지 나흘 뒤부터 겟세마네에서 하루 여덟 시간씩 지내게 된 것이다. 수용인들을 돌보는 일에 넌더리가 나서 네가 무단이탈을 하지 않도록, 나는 그곳의 수용인들이 네 앞에서 반드시 지켜야 할 규칙들을 일러주고 그걸 어긴 자에겐 잔인한 처벌을 가하겠다고 공표했다. 그리고 네 예술적 기질이 잠시라도 잠들지 못하도록, 이곳에서는 '붉은 라디오'로 통하는 파블로에게 너를 맡겼다. 네가 파블로를 맡은 게 아니라, 파블로가 너를 맡았단 말이다. 식탐이 많은 그는 음식을 얻어먹을 수만 있다면 사흘 정도는 쉬지 않고 갖가지 이야기를 똑같은 톤으로 떠들 수 있다. 어쩌면 파블로 역시 감옥이나 병원에 오랫동안 갇혀 지내면서 예술적 재능을 계발했을지도 모르겠다. 그가 중남미를 여행하면서 겪은 에피소드에 매료되지 않은 자를 나는 이곳에서 본 적이 없다. 심지어 셀리아 수녀가 그를 통명스럽게 대하는 이유도 그의 이야기를 좀더 듣고 싶은 속셈 때문이었지만 파블로는 자신의 식탐을 해결해주지 못하는 자 앞에서는 이야기를 길게 늘어놓지 않는다. 나는 인터넷으로 그 이야기의 진위를 여러 차례 확인해보았는데, 그의 이야기에 등장하는 지명들은 모두 실재했고 그의 여행 경로 역시 직접 경험하지 않고선 상상만으로 연결할 수 없는 것이었다. 하지만 다음의 네 가지 사실들은 네게 미리 알려주는 게 좋을 것 같다. 첫째, 그는 자신이 전직 교도관이었다고 소개했지만 오랫동안 교도소를 드나들었던 필리페의 증언과 일치하지 않는 사실들이 그의 이야기 속에서 자주 발견된다. 둘째, 그가 중남미 여행을 하면서 도둑질만으로 체류 비용을 마련했다고 하는데 그가 단 한 번의 실패도 없이 거대한 중남미 대륙을 삼 년 동안 무사히 통과할 수 있을 확률은 지극히 낮다. 셋째, 멕시코에서 시작된 여행을 아르헨티나의 우수아이아에서 마친 그가 스스로 팔다리를 잘라낸 뒤 군용 수송기를 타고 귀국했다는 고백도 신빙성이 떨어진다. 왜냐하면 개인의 비극에 개입할 수 있을 만큼 이 나라가 경제적으로 넉넉하지 못한 데다가 군사정권은 나약한 개인을 극도로 혐오하기 때문이다. 넷째, 그는 팔다리뿐만 아니라 시력까지 잃었다고 말하지만 그가 맹인이 아니라는 증거는 차고 넘친다. 국민의 세금으로 운영되는 보호시설에서 쫓겨나지 않으려면 납세자들 모두가 측은하게 여길 정도로 완벽한 장애를 지녀야 한다고 그는 생각했다. 팔다리가 모두 잘린 자들은 이곳에 많지만 팔다리에 시력마저 잃은 자는 단 한 명도 없기 때문에 그는 중증환자실에 배치될 수 있었다. 관리인들과 자원봉사자들이 모두 떠나고 방 안이 암실처럼 어두워지면 그는 슬그머니 눈을 뜨고 주변을 살피는 게 분명하다. 그리고 이따금 눈을 뜬 채 잠이 든다. 나는 새벽의 어렴풋한 빛 속에서 그의 눈동자가 빛나는 걸 여러 차례 보았다. 누군가 어둠 속에서도 자신을 감시하고 있을지 모른다고 의심하게 된 뒤로 그는 엎드려 잠들고 있다.

노파심에서 미리 말하는데 나는 적어도 원장신부나 파블로는 절대 아니다. 이곳의 수용인들 중 한 명일 수 있고, 관리자들이나 자원봉사자들에 섞여 있을 수도 있다. 아니면 한 명이 아니라 서너 명이거나, 앞서 말한 자들 전부일 수도 있다. 그러니 나를 찾아내려고 정력을 낭비할 필요는 없다. 천 시간이 지나고 나의 복수가 완성된다고 하더라도 너는 결코 나를 알아보지 못할 것이다. 그땐 나도 너를 완전히 잊었을 테니 나를 붙잡고 뭔가를 물어봐도 아무 소용 없다. 네가 나의 정체를 몹시 알고 싶어 한다면 지금이라도 귀띔해줄 수도 있지만 그게 네 치유에 어떤 도움이 될지 모르겠다. 설령 네 아버지가 너의 두 번째 불운을 십삼 년 전의 사건과 용케 연관 짓는 데 성공하더라도 내 앞에서 선뜻 자신의 추리를 펼치진 못할 것이다. 왜냐하면 그 사건이 일어나고 십삼 년이 흘러가는 사이에 내 얼굴과 몸과 목소리가 모두 바뀌었기 때문이다. 나는 이국에서 성전환수술을 받았다. 복수를 생각해서 그랬던 건 아니었고, 그저 나 자신을 치유하기 위한 목적이었다. 나는 너에게 처참하게 버려진 심신을 혼자 거둬들일 용기가 나지 않았다. 육신의 형상대로 영혼도 기괴하게 뒤틀려 있을 것 같았다. 상처만을 잘라낼 수가 없어서 육신을 통째로 바꾸었는데도 영혼은 그대로 남았다. 서로 점점 멀어지고 있는 육신과 영혼 사이에서 고통이 들끓고 있다. 이 고통을 너에게 돌려주지 않는다면, 죄 없는 이웃이 피해를 입게 될 것 같아 두려웠다. 나의 기도가 하늘에 닿아 네가 이곳으로 왔으니, 나는 이웃의 안녕을 위해서라도 너를 처참히 파괴할 것이다. 너는 너를 향해 천천히 날아오고 있는 소행성의 존재를 아직까지 감지하지 못한 게 분명하다. 네가 나를 상상하지 못하는 한, 너는 나의 복수를 피할 수 없다. 그리고 네가 나의 정체를 알아차렸을 때 나는 이미 너의 세계 안에 존재하지 않을 것이다. 사실 나는 나 이외의 인간이 어떻게 살고 죽는지 전혀 관심 없다.

3

그래요. 바로 이런 음식을 학수고대했어요. 제가 말씀드린 것처럼, 천국은 이곳에서 결코 멀지 않은 곳에 있다니까요. 천국이란 항구적으로 존재하는 시공간이 아니라 찰나에 잠시 인간 내부에서 완성되는 열락의 상태인 게 분명해요. 어제 이걸 먹을 수만 있었더라면 악몽에 시달리거나 형제님을 증오할 이유가 없었을 텐데 너무 아쉽군요. 정말로 이걸 형제님이 직접 만드셨단 말인가요? 정말 감동이네요. 너무 맛있어요. 최근에 먹어본 음식 중에 단연 으뜸입니다. 초밥에 사용한 생선도 싱싱하고, 생선살 두께도 적당한 것 같고. 무엇보다도 밥물을 정확히 조절해서 너무 질거나 푸석하지 않은 게 주효했어요. 어떤 요리사는 녹차나 다랑어 껍질을 우려낸 물로 밥을 짓는다던데, 형제님의 비법은 뭔가요? 기회가 된다면 셀리아 수녀에게도 형제님의 비법을 가르쳐주시길. 거듭 감격했고 너무 감사할 따름입니다. 아직도 입안을 맴도는 풍미에 혀와 뇌가 마비돼서 이야기를 어디서부터 시작해야 할지 모르겠어요. 천국에서 추방당하지 않을 수만 있다면 지금 당장 죽어도 상관없을 것 같아요. 만약 악마든 하느님이든 지금의 기회를 놓치신다면 저를 계속해서 살려두셔야 할 거예요. 그래야 제가 둘 중 하나는 세상에 반드시 존재한다는 사실을 증언할 수 있을 테니까요. 천국에는 흥미로운 이야기가 존재하지 않는다는 격언이 문득 떠오르는군요. 결핍과 불만에서 욕망과 감정이 생겨나는데 천국에는 아무것도 부족하지 않으니 누가 누구에게 애써 이야기할 필요가 없는 거죠. 천국에 다녀온 자들이 없는 게 아니라 그곳에 다녀온 자들이 아무 이야기도 하지 않기 때문에, 이승 사람들은 천국을 찾지 못하는 게 아닐까요? 아무튼 누군가 지금 제게 천국에 가본 적이 있냐고 묻는다면 저는 입은 닫은 채 천천히 손가락을 펴서 이 초밥을 가리키겠습니다. 그 밖의 언어나 몸짓은 천국을 파괴하는 행위에 지나지 않아요. 솔직히 형제님이 저와의 약속을 지키실 것이라고는 전혀 기대하지 않았답니다. 그래서 이 감격에 어울릴 만한 이야기를 미처 준비하지 못했어요. 사실 지금은 무슨 이야기를 한다고 해도 형제님을 실망시킬 것 같군요. '내가 너에게 천국을 보여주었는데 네 보답이 고작 이것밖에 안 된단 말이냐?'고 저를 나무라신다면 저는 혀로 형제님의 신발이라도 핥는 수밖에요. 물론 어제의 이야기를 이어갈 수도 있겠으나, 경찰에게 붙들릴 위기를 간신히 벗어난 뒤로 저는 한동안 외국 여행객들을 의도적으로 멀리했기 때문에 수중에 돈이 거의 없었고, 돈이 없는 이상 진기한 모험을 시도할 수도 없었어요. 게다가 이동 경로마저 너무 밋밋해서 오래 기억할 만한 풍광을 만나지 못했답니다. 천국의 마지막 증거를 삼키면서 문득 든 생각인데, 우리 사이의 돈독한 신뢰를 위해, 그리고 형제님의 빠른 적응을 위해서라도 이곳의 주요 인물들에 대해 알려드리는 게 나을 것 같아요. 그 전에 물을 좀 마실 수 있을까요? 혀 위에 남은 천국의 지도를 말끔히 지워야 비로소 이야기를 시작할 수 있을 것 같아서요.

바깥 사람들은 이곳을 '겟세마네'라고 부르지만 저희는 '주사위'라고 부르지요. 일곱 명이 함께 지내고 있는 이 방은 주사위의 여섯 면 중에서 여섯 개의 흑점이 새겨져 있는 면이라고 할 수 있어요. 주사위의 마주 보는 두 면에 찍힌 흑점의 총합이 일곱이라는 사실은 알고 계시죠? 원하든 원하지 않든 간에 저희는 모두 일정한 관계로 속박돼 있다고 할 수 있죠. 이곳에는 일곱 개의 침대가 놓여 있어서 저흰 그걸 번호 대신 대륙 이름으로 부른답니다. 중남미, 북미, 아시아, 유럽, 아프리카, 남극 그리고 오세아니아. 출입문으로 들어서자마자 오른쪽에 보이는 침대가 중남미예요. 거기 사는 녀석의 세례명은 페드로인데 성격이 워낙 공격적이고 하루 종일 쉬지 않고 불퉁거려서 저희는 그가 세례받기 전에 시몬이었다는 사실을 끊임없이 상기시키죠. 오토바이를 타고 가다가 사고를 당해 하반신이 잘려나갔어요. 그래도 그가 허리까지 이불을 두른 채 누워 있으면 마치 방금 전에 격렬한 사랑의 행위를 끝내고 잠시 잠에 빠져든 젊은이처럼 보이기도 합니다. 그도 자신의 처지를 잊어버린 채, 침대 위에서 팔굽혀펴기나 윗몸일으키기를 시도하다가 갑자기 체온이 사십 도 이상 오르는 바람에 응급처치를 받기도 했죠. 그의 첫인상에 호감을 느끼고 있던 자원봉사자들도 그의 사라진 하반신을 직접 확인하는 순간 낮은 탄식과 함께 기묘한 배신감에 사로잡히기까지 한답니다. 그런 상황이 시몬을 더욱 냉소적으로 만들었고, 그 때문에 주변 사람들은 더욱 그를 멀리하게 됐지요. 그를 배신하지 않은 유일한 친구가 있다면 라디오인데, 그가 매일 즐겨 듣는 라디오 방송이 진행되는 밤 열 시부터 자정까지 이곳의 모든 수용인들은 마치 물고기라도 된 듯 침묵해야 해요. 그렇다고 마음대로 잠을 잘 수도 없어요. 자다가 코를 골거나 잠꼬대를 한다면 녀석은 어김없이 욕설과 함께 손에 잡히는 물건들을 닥치는 대로 던지기 때문이죠. 이곳에서 독재자로 군림하고 있는 필리페일지라도 시몬의 발작 앞에선 속수무책이랍니다. 원래 이곳은 밤 아홉 시에 소등하고 전원 취침에 들어야 하는 게 규칙인데 녀석은 그걸 드러내놓고 위반하고 있죠. 마테오 수사에게 열 번쯤 라디오를 빼앗겼는데도 자해 소동이나 단식 투쟁을 벌여서 열한 번쯤 돌려받았어요. 결국 동료들의 취침을 방해하지 않는다는 조건으로 마테오 수사는 시몬에게 이어폰을 건넸고 그 뒤로 이곳의 평화는 위태롭게나마 유지되고 있지요. 시몬이 머물고 있는 자리는 출입문과 가까워서 시끄러운 데다가 화장실의 지린내가 끊임없이 밀려들기 때문에 자원봉사자들은 시몬의 불평에 좀더 예민하고 신속하게 대응해야 하죠. 그렇다고 현재의 중남미인들이 남들보다 훨씬 더 성마르게 행동하고 있다는 은유는 결코 아니고요. 그 대신 중남미의 하늘 위에 뚫린 창문을 통해서 여자 수용인들이 머물고 있는 방을 들여다볼 수 있고 복도를 오가는 사람들의 이야기도 엿들을 수 있으니, 저라면 시몬처럼 매 순간 불퉁거리지는 않을 거예요. 정보는 누군가에게 막강한 권력을 제공해주니까요.

중남미와 북미 사이에 놓여 있는 캐비닛과, 그것의 주인인 양 그 위에 매달려서 눈을 부릅뜨고 있는 남자의 초상화가 보이시나요? 북미 대륙을 차지하고 있는 후안은 그 그림을 너무 싫어해서 원장신부나 마테오 수사에게 없애거나 바꿔달라고 여러 번 요청했지만, 이곳의 초대 원장신부가 직접 그린 그림이라는 이유 앞에서 끝내 뜻을 관철시킬 수 없었어요. 초상화 속의 남자 덕분에 이곳이 지상에 생겨났고 저희 같은 낙오자들이 의탁하게 됐으니 후안의 요구는 배은망덕으로 해석될 수 있었죠. 각지에서 기부금이 답지하는 것이나 자원봉사자들이 이곳에서 노예처럼 일하는 까닭도, 저 남자가 인류 전체, 아니 적어도 기독교도 전체를 대신해서 이천 년 동안 한시도 쉬지 않고 대속代贖의 의례를 주관하고 있기 때문이니까요. 하지만 후안이 정작 못마땅해하는 건 초상화 속의 남자가 아니라 그의 성스러운 숙명을 전혀 재현해내지 못한 화가의 무능력이랍니다. 구도와 색 그리고 질감은 어린이조차 간단히 능가할 수준이라고 후안은 비난했어요. 그는 원래 유명한 화가였다더군요. 파리나 런던에서 개인전을 열었을 뿐만 아니라, 모국의 국립 미술관에 자신의 작품이 상설 전시돼 있다고 자랑했어요. 재력과 명성을 모두 지니고 있다가 무절제한 음주와 도박, 그리고 난잡한 여성 편력 때문에 마흔 살이 되기도 전에 파산하고 사지가 굳는 병까지 얻었다죠. 붓을 입에 문 채 그림을 그리려고 여러 번 시도했지만 만족할 만한 작품을 완성하지 못하자 병든 몸을 이끌고 집을 떠나 세상을 떠돌기 시작했대요. 가족이나 지인들과는 연락을 끊은 지 오래고요. 야산에서 들짐승들에게 잡아먹히기 직전에 등산객에게 발견돼 이곳에 왔다고 들었습니다. 처음 일 년 동안 후안은 해독 불가한 외국어만을 쏟아냈지요. 그래서 이곳 사람들은 그가 외국인이라고 생각했어요. 하지만 일 년쯤 지난 어느 날부터 그는 모두가 알아들을 수 있는 언어를 사용하기 시작했는데, 그의 언어에는 수식어뿐만 아니라 시간이나 장소와 관련돼 있는 단어가 거의 포함돼 있지 않았죠. 아마도 그는 영광스러운 기억과 누추한 현실 사이에 놓여 있는 다리를 파괴하기 위해 의도적으로 그렇게 말했던 것 같아요. 영광의 기억을 많이 덜어낼수록 남루한 현실에 더 쉽게 적응할 테니까요. 그의 머리맡에 설치된 환풍기가 그를 더욱 신경질적으로 만들었을 수도 있고요. 후안은 이곳의 암울한 분위기를 바꾸기 위해 노력했죠. 신문이나 잡지에서 잘라낸 사진과 그림을 방 곳곳에 붙이고, 위대한 예술가들의 작품과 일생이 담긴 책들을 배치하고, 자원봉사자들을 동원해 이곳의 가구와 벽에 총천연색 페인트를 칠했지요. 흰색 대신 연두색이나 노란색 이불을 요구하기도 하고, 인근의 초등학생들을 초대해 복도의 회벽에 그림을 그려 넣는 행사를 기획하기도 했답니다. 그의 활약 덕분에 저희는 잠시나마 눈앞의 비극을 외면한 채 젊은이들처럼 활기와 자유를 만끽할 수 있었죠. 초대 원장신부가 그렸다는 저 초상화가 이 방에 걸리기 전까지 말이에요. 두 번째 원장신부는 후안에게 복종과 갱생의 의무를 가르칠 수 있는 이는 그리스도뿐이라고 생각했어요. 그래서 후안이 누워 있는 침대의 맞은편 벽에 그걸 걸었지요. 그때부터 후안의 고통은 시작됐답니다. 그리스도의 인생과 신념을 찬양하기 위해선 그와 필적할 만한 예술가에게 초상화를 맡겨야 한다고 후안은 주장했죠. 그렇지 않은 자들의 작품은 허영의 쓰레기일 뿐이라고 소리쳤어요. 하지만 이곳에서 그리스도의 업적만큼이나 초대 원장신부의 그것을 부정할 수 있는 자는 단 한 명도 없었어요. 현재의 원장신부가 나서서 이 방에 붙어 있던 사진과 그림, 그리고 불순한 책들을 모두 없앴지요. 자원봉사자들은 가구와 벽의 색깔을 원래대로 무채색으로 돌려놓았어요. 후안은 항복을 선언하는 대신 그 초상화가 보이지 않는 자리, 즉 유리창 너머 정원이 보이는 아시아 대륙에 머물게 해달라고 요구했지만 그마저도 거절당했습니다. 자리에 대한 불만을 없애기 위해서 저희는 한 달에 한 번씩 시계 반대 방향으로 침대의 위치를 옮기고 있어요. 그러면 칠 개월마다 원래의 자리로 되돌아올 수 있죠. 그래서 후안이 내놓은 타협안이라는 게, 자신의 침대가 놓여 있는 벽에 그 초상화를 걸어준다면—즉 자신이 침대에 누워 있는 동안만이라도 보이지 않도록 조치해준다면—반항을 즉각 멈추고 이곳의 규칙에 복종할 것이며 기꺼이 천주교도로 개종하겠다는 것이었답니다. 그 제안이 받아들여지면서 이 방의 모든 벽 중앙에는 성인 남자가 팔을 뻗어야 닿을 수 있는 높이로 못이 박혔죠. 후안의 침대가 한 달에 한 번씩 시계 반대 방향으로 이동할 때마다 그 초상화도 함께 회전한답니다. 후안에게 그 그림은 원죄이자 단두대의 칼날이 됐고 예술가로서의 반항심은 매 순간 억제당하고 있죠. 더욱이 필리페 팔뚝에 문신을 그려주었다가 땡볕에 늘어진 개처럼 두들겨 맞은 뒤로 그는 하루에 고작 두어 마디 중얼거리는 게 전부랍니다.

아시아 대륙을 혼자서 차지하고 있는 저 자식이 바로 이 방의 폭군인 필리페죠. 형제님처럼 훌륭한 가문에서 부모의 사랑을 흠뻑 받으면서 성장한 분이라면 저런 자식이 어떻게 저 나이가 될 때까지 범죄로 들끓는 세계에서 뚜렷한 직업 없이 살아남을 수 있었는지 도저히 이해하실 수 없을 거예요. 조금이라도 빛이 덜 들어오는 곳을 찾아 벽에 등을 붙이고 앉는 버릇이야말로 그의 신산했던 일생을 말해주죠. 저 자식은 곰팡이나 기생충 같은 놈이에요. 한 국가의 존립을 좌지우지할 정도로 거대한 범죄 조직의 중간 보스였다고 뻐겼지만 확실한 증거를 직접 확인하지 못한 이상 곧이곧대로 믿을 수가 없네요. 그의 말이 사실이라면 조직원 한두 명쯤은 지금까지도 자신의 수족처럼 부리고 있어야 하는데, 저 자식이 이곳에 버려진 뒤로 그를 찾아온 방문객은 단 한 명도 없었으니까요. 저 자식의 허풍대로 중간 보스였다고 하더라도 저 자식이 소속돼 있던 범죄 조직의 세력은 한 마을의 경계를 뛰어넘었을 것 같지 않고, 가난하고 병든 이웃들에게서 푼돈을 뜯어내거나 코흘리개들에게 마약을 파는 것으로 조직 운영비를 마련했을 게 분명합니다. 어느 조직에나 있기 마련인, 사고방식이 아주 단순해서 잔인하기 이를 데 없지만 변덕 때문에 보스마저 혀를 내둘렀던 조직원이 바로 저 자식이었을지 누가 알겠습니까? 필리페는 경쟁 조직의 습격을 받아 두 다리가 절단되고 왼쪽 손목이 잘려 나갔지만 초인적 능력을 발휘해 보스의 목숨을 구한 뒤 제 혼자 힘으로 이곳까지 기어서 찾아왔다고 잘난 척했는데, 술과 마약에 취한 상태에서 길거리의 여자를 차지하기 위해 행인들과 싸움을 벌였다가 처참하게 패하고 이곳에 버려졌다는 소문이 진실에 더 가까운 것 같아요. 저 자식의 허벅지에서부터 발목까지 이어졌다던 백상아리 문신 중 지금 남아 있는 부분이라곤 꼬리뿐이어서 저희는 그를 '첸첸'이라고 부르지요. 어쩌면 저 자식의 두 다리를 잘라낸 자들은 상어 지느러미 요리를 주문받은 중국인 요리사였을지도 몰라요. 저 자식의 양쪽 팔뚝에는 호랑이 얼굴과 매릴린 먼로 얼굴이 각각 새겨져 있어서, 그 자식이 양팔을 움직일 때마다 마치 차광 시설이 불량한 영화관에 앉아 자연 다큐멘터리와 할리우드 고전 영화를 동시에 관람하고 있는 것 같은 착각에 빠지기도 하죠. 벌거벗은 매릴린 먼로가 호랑이를 타고 등장하는 영화를 상상하면 몸이 뜨거워지기도 한답니다. 상처가 아물자마자 저 자식은 최상위 포식자로서 이곳에 군림하기 시작했어요. 팔뚝에 새겨진 문신 따위가 두려워서 굴복한 게 아니라, 이런저런 소란에 휩싸이지 않으려고 애써 외면하다 보니 그가 스스로 왕관을 쓰고 있는데도 저희는 별다른 항의를 하지 않았던 것이죠. 비록 혼자 힘으로는 생리적 현상조차 해결하지 못하는 처지의 인간들이 모여 있긴 하지만 이곳도 엄연히 탐욕과 갈등으로 가득 찬 인간 사회의 일부여서, 질서를 유지하려면 권력과 서열이 필요하답니다. 그건 원장신부 이하의 관리자들에게도 큰 도움이 되겠죠. 그래서 필리페가 권력을 장악하는 과정에서 일으킨 각종 위법 행위들이 묵인됐어요. 저 자식은 동료들뿐만 아니라 원장신부와 마테오 수사, 셀리아 수녀, 그리고 자원봉사자들까지 협박해 갖가지 이득을 챙겼죠. 자신에게 아직도 두 다리와 왼쪽 손목이 남아 있다고 착각하는지 저 자식은 자신의 결정에 모두가 복종해야 한다고 생각해요. 수용인들의 항의에 원장신부는 마지못해 저 자식에게 두어 차례의 근신 처분을 내렸는데도 끝내 그의 특권 의식을 해체하지는 못했어요. 그 뒤로 저희와 이곳의 모든 사물은 저 자식의 소유가 됐죠. 이곳 수용인들 사이에서 둘레시아 공주로 추앙받는 마리아 간호사에게 청혼했다가 보기 좋게 퇴짜를 맞고 잠시 침울해하긴 했지만 이내 실연의 상처를 치유하더니—저 자식은 후안을 시켜 마리아의 얼굴을 오른쪽 가슴 위에 그려 넣으려다가 실패했지요—더욱 잔인하고 집요한 방법으로 저희를 괴롭혔답니다. 물론 저 자식이 저희 모두에게 도움을 줄 때도 있지요. 개별적으로 요구해서는 결코 받아들여질 리 없는 제안도 그가 저희를 대표해서 말하면 원장신부는 단숨에 거절하지 못하고 임시방편이나 거짓말을 찾아내야 했으니까요. 저희가 매달 침대를 시계 반대 방향으로 옮길 수 있게 된 것도 그의 노력 덕분이지요. 후안이 그리스도 초상화를 등지고 지내는 것처럼, 저 자식의 침대 맞은편에는 항상 시계가 걸리는데 그것도 그의 투쟁이 가져다준 성과랍니다. 마치 자신이 저희의 시간마저 통제하고 있다는 것처럼 그는 으스대곤 하죠. 저 자식은 시계와 초상화를 번갈아 쳐다보면서 저희에게 갖가지 명령을 하지만 정작 자신은 청소처럼 중요한 임무에서 슬그머니 빠져나갑니다. 저 자식이 점유한 캐비닛에는 그가 젊어서 사용했던 권총이나 단검이 숨겨져 있다는 소문도 있어요. 그래도 저 자식이 정해놓은 규칙 안에서 모두 평화롭게 지내고 있는 만큼, 그가 가장 먼저 목욕탕에 들어가서 가장 나중에 나오더라도 크게 불평하는 자는 없답니다. 왜 매달 시계 반대 방향으로 옮겨가는 것이냐고요?

허허, 이 순진한 형제님은 세상 물정을 좀더 배우셔야겠네요. 그야 이곳에 있는 모든 수용인들에게, 그리고 그들을 돌보고 있는 사람들에게까지도 현재보다 과거가 더 쓸모 있기 때문이죠. 저희는 시간을 거슬러 올라가고 싶었던 것이고, 그래서 매달 한 번씩 자리를 옮길 때마다—저희는 그것을 '정기 순례'라고 부르면서 그날만큼은 각자가 지닌 최상의 옷으로 갈아입지요—저희는 각자의 침대를 타임머신으로 상상한답니다. 오늘 이야기는 여기서 마무리하기로 하죠. 저 고약한 자식에 대해 떠드느라 극단의 감정 사이를 오갔더니 에너지가 완전히 방전되고 말았네요. 얼른 목욕하고 일찍 잠자리에 들고 싶군요. 형제님. 천국 한 곳을 처참히 무너뜨린 제가 내일 저녁엔 포르투식 문어구이를 부탁한다면 너무 염치없는 일이 될까요? 아니라고 제발 제게 말해주세요. 그리고 소금을 너무 많이 뿌리지 말고 레몬즙은 별도의 플라스틱 통에 넉넉히 담아달라고 요리사에게 꼭 부탁해주세요.

겉으로 보기엔 그럴듯했는데, 씹을수록 쓴맛이 배어 나오는 걸 보니 이걸 만든 요리사가 냉동 문어를 사용한 게 분명해요. 재능에 비해 품질이 너무 낮은 식재료를 선택했어요. 게다가 더 용서할 수 없는 건, 양심에 반하는 행동을 했으면서도 음식 가격을 깎아주지 않았다는 사실이죠. 자신도 생선

장수에게 속아 어쩔 수 없었다고 변명하기에도 민망할 만큼 너무 많은 향신료를 사용했어요. 요리사가 재료비 따위를 먼저 걱정하는 건 도저히 용납할 수가 없어요. 식당 주인과 요리사의 역할이 같아야 할 이유가 뭡니까? 형편없는 음식을 손님의 테이블로 날랐다가 온갖 욕설을 들은 종업원들은 누구에게 위안을 받아야 한단 말입니까? 그리고 손님은 비열한 속임수를 알아차리고도 무조건 돈을 건네줘야 하는 은행 직원입니까? 너무 화가 치미는군요. 형제님, 당장 그 식당에 발길을 끊으세요. 훌륭한 음식에 미슐랭 별점을 매기는 것처럼, 공신력 있는 단체나 개인이 최악의 음식과 식당에도 주홍 글씨를 붙여준다면 좋으련만. 능력 없는 요리사나 그를 고용한 식당 주인에게 막대한 벌금을 물리든지. 더 이상 삼킬 수 없는 건 휴지통에 던져버리고, 어제 못다 한 이야기를 계속 들려드릴게요. 그게 형제님을 위로하는 방법일 테니까요.

티아고 노인의 입안엔 이가 고작 세 개 남아 있기 때문에 저흰 그를 '다묵장어'라고 불러요. 그런 물고기를 보신 적이 있으신지? 뱀을 닮은 물고기인데 뱀보다 더 혐오스러운 모습을 하고 있죠. 그는 병마보다 허기 때문에 자신이 죽게 될 것이라고 걱정해요. 하긴 이가 충분치 않아서 음식을 삼키는 데에도 남보다 느릴 수밖에 없긴 하죠. 위장이라도 튼튼하다면 뱀처럼 음식을 통째로 삼킬 수도 있겠지만 유감스럽게도 평생 위장병으로 고생하고 있답니다. 그런데도 그는 자신이 겟세마네에서 유일하게 장기 기증 서약서에 서명하지 않았기 때문에 박해받고 있는 것이라고 주장하는데, 이곳에서 가장 나이 많은 자신은 그 서약서에 서명하는 즉시 안락사를 당하게 될 것이라고 걱정해요. 조만간 자신을 데리러 오겠다던 아들의 십 년 전 약속 때문에 다묵장어 노인이 안간힘을 쓰고 있다고 믿고 싶군요. 이유야 어쨌든 이 방의 수용인들은 그가 일찍 죽지 않아서 불만이 많답니다. 그는 원래 옆방에서 지내고 있었죠. 하지만 죽음의 입구까지 두 번이나 다녀오면서 이곳으로 옮겨왔죠. 그의 침대가 놓여 있는 유럽 대륙에는 위급 상황에서 구급차가 드나들 수 있도록 비상구가 숨겨져 있답니다. 두 번째 위기를 간신히 넘긴 다묵장어 노인을 이곳에 배치하면서 마테오 수사는 며칠 안에 불편한 상황이 끝날 테니 조금만 참아달라고 저희를 설득했는데, 두 달이 지난 지금까지도 노인은 멀쩡하게 살아 있지요. 두 번의 위기가 오히려 그의 생명 줄을 더 팽팽하게 당겨준 것 같아요. 한 달에 한 번씩 시계 반대 방향으로 자리를 옮겨야 하는 규칙마저도 그 노인에겐 적용되지 않아서, 그곳의 창문으로 내다볼 수 있는 정원 풍경도 두 달째 그 혼자서 독차지하고 있죠. 창문 사이로 맑은 공기가 드나들고 환풍기 소음이

나 화장실 냄새에서 가장 멀리 떨어져서 지내고 있으니 어쩌면 그는 저희보다 더 오래 살게 될는지도 모르겠네요. 졸지에 자신의 자리를 다묵장어 노인에게 빼앗긴 토머스는 두 달전의 세계로 되돌아갈 날을 학수고대하면서, 필리페가 자리를 잠시 비울 때마다 다묵장어 노인에게 상스러운 욕지거리와 저주를 퍼붓고 있답니다. 하지만 매일 별다를 것 없는 일상이 이어지고 있는 이곳에서 아이러니하게도 그런 모욕마저도 다묵장어 노인에게는 유익한 자극으로 작용하는 게 틀림없어요. 노인은 마테오 수사가 관리하고 있는 정원에다 꽃을 심고 가꾸고 싶어 하죠. 그리고 후안에게 자신의 장례식에 사용할 초상화를 부탁하기도 했답니다. 하지만 저 노인을 불쌍하게 여기는 자는 유감스럽게도 이곳에 아무도 없어요. 저희가 살아보고 싶어 하는 나이까지 그는 이미 살았으니까 선뜻 양보할 때도 됐는데 여전히 불평하고 요구하는 일에만 열심이죠. 사실은 엄청난 부자인 다묵장어 노인이 병원비와 보험료를 아끼기 위해 자신의 재산을 아들에게 모두 물려준 채 자발적으로 이곳을 찾아왔다는 소문도 들은 적이 있답니다.

아프리카 대륙에는 앵무새가 살고 있어요. 그의 정식 세례명은 토머스죠. 새벽 퇴근길에 강도의 둔기에 얻어맞아 두개골 한쪽이 함몰됐는데도 수차례의 수술 끝에 간신히 살아났어요. 하지만 더 이상 정상적인 생활을 할 수 없게 되자 가족에게 버림받았죠. 어쩌면 기억을 완전히 잃어버린 게 그에겐 큰 행운일 수 있어요. 저런 기괴한 몰골에 갇혀버린 자신을 받아들이거나, 쓰레기장에 자신을 내다 버린 가족을 용서하는 일은 정상적인 상태에선 거의 불가능했을 테니까요. 그는 스스로 생각하지 못하고 그저 상대의 말을 따라 하기 때문에 '앵무새'라는 별명을 얻었죠. 인간의 말을 따라 하는 능력만을 따지자면 앵무새보다 구관조가 더 뛰어날지도 모르겠으나 굳이 그를 앵무새라고 부르는 까닭은 그가 세상 사람들에게 환영받길 저희 모두가 희망하기 때문이죠. 검은색은 전 세계 어디에서도 불길한 죽음을 상징하는 만큼 그를 구관조라고 부를 수는 없었어요. 원래부터 그랬는지 아니면 사고 이후 달라진 것인지는 아무도 모르지만, 토머스가 다채로운 옷과 장식들을 좋아한다는 사실도 고려했죠. 그래서 화려한 옷이나 액세서리를 하고 나타난 자원봉사자들이 가끔씩 그에게 곤욕을 치르기도 한답니다. 자신을 매료시킨 물건을 빼앗지 않고서는 그가 스스로 발악을 멈추는 법은 없으니까요. 마테오 수사가 대체품을 들고 그를 설득해보지만 소동은 결국 마리아 간호사의 진정제 주사가 동원된 뒤에야 끝나기 일쑤죠. 그래서 마테오 수사는 새로운 자원봉사자들이 이곳에 도착할 때마다 그들의 복장과 장신구를 일일이 검사하고 있는데도 불미스러운 사건은 좀처럼 줄어들지 않네요. 왜냐하면 일부 자원봉사자들은—물론, 형제님은 이들과 아무 관련이 없으시니 안심하셔도 좋아요—수용인들 앞에서 자신의 우월함을 증명하기 위해서라도 작업복을 벗고 화려한 액세서리를 주렁주렁 매단 채, 엄연히 반입이 금지돼 있는 휴대전화로 기념사진을 찍어대기 때문이죠. 그들 눈에 저희는 인간이 동물에서 진화했다는 이론을 증명해주는 구경거리일 따름이죠. 삼삼오오 몰려다니면서 더 희귀한 피사체들을 경쟁적으로 찾아내기도 하더군요. 그 과정을 조용히 지켜보고 있던 토머스는 구경꾼이 자신의 침대로 다가오는 순간 수렵물의 목에 매달려 옷이나 장신구를 떼어내려 악다구니를 쓴답니다. 물론 마테오 수사의 경고에 잘 따른 자원봉사자들은 앵무새가 자신의 말을 여러 톤으로 따라 할 때마다 유쾌한 분위기에 잠시 빠져들기도 하죠. 앵무새는 틈만 나면 오른쪽 손목에 채워진 아날로그시계를 쳐다보는데 '다섯 시 이십육분'에 멈춰 있는 두 개의 시곗바늘은 아마도 불행의 한순간을 기록하고 있는 것 같아요. 그 시간에 봉변을 당한 것인지, 아니면 목숨을 건진 것인지는 알 수 없어요. 마테오 수사가 배터리를 교체해주려고 그의 손목시계를 만졌다가 큰 봉변을 당한 적이 있죠. 앵무새가 자해 소동까지 벌이는 바람에 한

동안 그의 손발을 침대에 묶어두어야 했답니다. 또 한 번은 왼쪽 손목에 채워져 있던 시계를 도둑맞았다고 생각했는지 밤새 손톱으로 왼쪽 손목을 후벼 파서—오른쪽 손목에는 시계가 정상적으로 채워져 있었습니다—침대 시트를 붉은 피로 물들이기도 했어요. 그래서 마테오 수사는 중고품 상점에서 똑같은 손목시계를 사 와서 배터리를 없애고 시곗바늘을 다섯 시 이십육 분에 맞춘 뒤 그의 왼쪽 손목에 채워줬고, 그 뒤로 앵무새는 확실히 안정을 되찾았답니다. 저희 중 누군가 시간에 대해 이야기한다 싶으면 어김없이 앵무새가 끼어들어 "지금은 다섯 시 이십육 분이야"라고 말해주지요. 그럴 땐 누구라도 앵무새의 말에 즉각 호응해야 합니다. 오전이든 오후든 다섯 시 이십육 분의 세상에서 일어날 수 있는 사건들 중 하나를 건성으로 말해주면 그만이죠. 이런 곳에서 앵무새를 키우는 건 결코 쉽지 않아요.

출입문에 들어서서 왼쪽에 보이는 침대는 남극 대륙에 비유할 수 있는데, 이 방에서 가장 나이 어린 수용자가 차지하고 있다는 점에서 지질학적인 사실과 정확히 일치합니다. 팔다리 없이 태어난 그는 한 달 전에 열 번째 생일을 맞이했지요. 하지만 그가 자신의 생존을 기적으로 간주하고 있는지는 아무도 모릅니다. 생일 케이크 앞에서 힘없이 웃는 그의 모습을 형제님께서 보셨다면, 그가 고작 열 살짜리 소년에 불과하다는 사실을 결코 믿지 않으셨을 거예요. 이곳으로 들어오는 도로 입구에 버려진 핏덩어리를 마테오 수사가 거두어 지금껏 제 자식처럼 돌보고 있죠. 하루에도 수십 번씩 몸이 불덩이처럼 달아오르는 아이를 들쳐 업고 대학병원 응급실을 뛰어다니면서 마테오 수사의 삼십대는 단숨에 흘러가버렸답니다—그래서 소년의 침대를 일부러 추운 남극에 놓아둔 것이죠. 어쩌면 기적은 마테오 수사가 만들었는지도 몰라요. 물론 그 또한 그걸 기적으로 여기고 있는지는 확인하지 못했습니다. 지금까지 변함없이 마테오 수사가 소년에게 편파적으로 쏟고 있는 애정을 시기하고 질투하는 수용인들이 적지 않습니다만, 실체를 파악할 수 없을 만큼 거대하고 두꺼운 보호막 안에서 소년은 잘 자라나고 있답니다. 최근 사춘기에 들어선 소년이 마테오 수사의 애정과 수용인들의 질투 사이에서 균형을 잡지 못한 채 혼란스러워하고 있는 것 같아 좀 걱정되긴 합니다만, 여태껏 잘 지내왔으니 앞으로도 잘 견뎌낼 것이라 믿고 침묵으로 응원할 수밖에 없네요. 마테오 수사도 소년의 반항을 짐짓 모른 척하고 있는 것 같아요. 그 소년의 세례명은 안드레지만 저희는 그를 '아술레호 Azulejo'라고 부릅니다. 스페인어로 '푸른색 타일'이란 뜻인데, 그 소년의 창백한 얼굴은 아름답지만 쉽게 깨질 것처럼 불안해 보여서 그런 별명이 붙여졌죠. 마테오 수사는 그 별명을 극도로 싫어하기 때문에 그가 듣는 곳에선 절대로 그걸 입에 담아선 안 돼요. 그랬다간 두고두고 해코지를 당하게 될 겁니다. 눈치 없는 후안이 무심코 발설했다가 한동안 목욕을 할 수 없었고, 저는 음식이 가득 담긴 식판을 두 번이나 빼앗겼어요. 앵무새도 마테오 수사 앞에서 실수를 했지만 그는 자신의 생각을 스스로 말할 수 없다는 사실이 정상참작돼 간신히 박해를 피할 수 있었죠. 그를 대신해 이 방의 나머지 사람들이 마테오 수사의 분노를 누그러뜨리기 위해 영혼의 절반을 팔아야 했답니다. 마음씨 착한 안드레는 마테오 수사가 없는 자리에서 피해자들에게 일일이 사과했죠. 말만으로는 모자랐는지 목욕 차례를 후안에게 양보했고 자신의 음식을 제게 덜어주기까지 했어요. 자원봉사자들에게 특별히 부탁해서 얻어낸 에펠탑 열쇠고리를 앵무새에게 선물했고요. 유행병이 번지거나 냉난방 시설이 고장 나면 안드레는 이따금 여자 수용인들 방으로 보내져서 한참 동안 머물다 돌아오는데, 그때마다 남녀 수용인들에게 각각 성적 판타지를 제공하거나 뚜쟁이 노릇을 하기도 하죠. 남녀상열지사가 벌어지고 있는 광경이나 그때의 감정을 얼마나 오달지게 묘사하는지, 어떨 땐 그가 수백여 명의 자손을 세상에 퍼뜨린 난봉꾼 노인처럼 여겨질 정도라고 말한다면 형제님은 믿으시겠어요?

그걸 모두 책에서 읽고 배웠다고 하는데 그가 열 살 이후로는 더 자라지 않을까 봐 몹시 걱정돼요. 호기심이 꿈틀거려야 아이가 어른으로 자라는 게 아닐까요? 인간과 세계를 너무 많이 알고 있어서, 또는 그것들을 전혀 알고 싶어 하지 않아서 안드레는 아이에서 곧장 노인으로 변신해버릴지도 모르겠어요. 다묵장어 노인이 자신의 침대를 안드레에게 물려주지 않길 저희 모두는 간절히 기도하고 있답니다.

최대 여섯 명까지 수용할 수 있는 공간에 일곱 명이 함께 지낼 수밖에 없게 되자, 한 사람은 바다 한가운데 떠 있는 오세아니아 대륙처럼 자신의 침대를 방 한가운데로 끌고 나와야 했지요. 전등 아래에 침대가 놓여 있어서 책을 읽기엔 더할 나위 없긴 한데, 정수리에서 흔들거리고 있는 전등이 당장이라도 떨어져 내릴 것 같아 불안해서 쉽게 잠들지 못한다는 단점이 있긴 하죠. 그 침대 위에 허리를 꼿꼿이 세운 채 앉아 있으면 창문이나 시계, 초상화를 동시에 가리기 때문에 자신의 의지와 상관없이 늘 침대에 누워 있어야 하고, 방 안으로 식사 배급용 트레일러가 들어오거나 부피가 큰 가구를 꺼내야 할 때마다 침대를 한쪽 벽으로 옮겨야 하니까 휴식을 자주 방해받을 수밖에 없어요. 캐비닛마저 멀리 떨어져 있어서 그곳에 자신의 물건을 넣어두고 사용하는 것조차 불편하기 이를 데 없답니다. 지탱할 벽이 없으니 잠을 자다가 침대 바닥으로 굴러떨어지는 일도 다반사죠. 그래서 오세아니아를 순례하는 자들은 한 달의 시간이 경주마처럼 달려가길 닦달하지만 이곳은 너무나 비좁아서 아무도 누군가의 방해 없이 제 뜻을 이룰 수가 없어요.

새삼스럽긴 합니다만 저에 대해서 좀더 알려드리자면, 저는 지금보다 더 나빠질 수 없다고 믿으면서 모두와 사이좋게 지내고 있답니다. 그러니 저한테 논리나 명분 따윈 전혀 중요하지 않아요. 이곳에서 여생을 마칠 수만 있다면 공산주의자나 이교도에게도 기꺼이 굴복할 것이고 그걸 부끄러워하지도 않을 거예요. 그래도 이곳에서 함께 지내고 있는 사람들에 대한 제 의견을 밝힘으로써 형제님과 좀더 돈독한 신뢰 관계를 구축하고 싶군요. 앵무새는 자신의 이야기를 하지 않고 남의 이야기만 따라 하기 때문에 저는 그를 경멸합니다. 그가 청중을 가리지 않은 채 제 이야기를 무한 반복하는 바람에 정작 저는 만난 적도 없는 사람들과 설화舌禍에 휘말리게 될까 봐 몹시 두려워요. 게다가 그의 다섯 시 이십육 분에 멈춰진 시계는 문학과 여행의 장애물이죠. 다묵장어 노인에게 저는 일말의 동정심도 느끼지 않아요. 그가 현재의 자리를 제게 양보해준다면 제 이야기는 지금보다 훨씬 풍요로워질 것이라고 확신합니다. 특히 창문 밖의 정원을 수시로 관찰하다 보면 그동안 제가 잊고 지낸 사람들과 사건들을 똑똑히 기억해낼 수 있을 것 같아요. 늙은이들은 양보할 줄은 모르고 늘 요구할 줄만 안다는 주장에 저도 대체로 동의합니다. 폭군 필리페에 대해선 솔직히 할 말이 없네요. 그 자식은 현학적인 자를 본능적으로 싫어하기 때문에 그 앞에서는 가급적 말수를 줄이거나 목소리를 낮추는 게 상책이지요. 가끔씩 그 자식이 흡족해할 이야기를 들려주면서 환심을 사는 일도 피곤할 따름이에요. 새로운 폭군이 나타나 그에게서 권력을 빼앗아준다면 저는 새로운 질서에 기꺼이 복종할 작정이에요. 저에겐 권력 대신 권력자의 보호가 절실하니까요. 후안에게선 가끔 경쟁심을 느끼곤 하지요. 그래서인지 저는 이곳에서 그를 가장 싫어하는 것 같아요. 그도 이 사실을 이미 눈치챘을 수도 있어요. 제가 형제님과 이야기할 때마다 그가 경멸하는 시선으로 우리를 쳐다보고 있다는 걸 형제님도 간파하셨겠죠? 하지만 전 그걸 그의 자격지심 정도로 폄하하죠. 이곳에선 그림보단 이야기가 훨씬 적절한 예술 형식이라는 사실을 이제 그도 순순히 인정해야 해요. 안드레의 불행은 안타깝지만, 그는 완성되지 않은 운명에 갇혀 단 한순간도 자신의 의지대로 살아보지 못했기 때문에 제 이야기에서 감동을 얻거나 지혜를 배울 순 없을 거예요. 제 생각엔 오로지 시몬만이 제 이야기의 완벽한 청자聽者가 될 능력을 지녔고 체계적인 훈련을 받는다면 훌륭한 예술가로 거듭날 수도 있을 것 같아요. 결핍이 클수록 예술은 단단해지죠. 시몬이 등장했을 때 저는 그가 필리페의 권력을 위협할 수 있는 유일한 경쟁자라고 생각했어요. 그래서 그와 가깝게 지내기 위해 제 이야기를 자주 들려주었건만 제 기대와는 달리 그의 존재감은 아직까지 필리페를 긴장시키긴 못하고 있네요. 저는 두 명의 자원봉사자들과 의기투합해서 그를 이곳에서 탈출시켜 세상을 좀더 많이 경험하게 하고 싶었는데, 거사 직전에 계획이 발각되는 바람에 실행에 옮기진 못했답니다. 그래도 언젠가는 필리페가 새로운 독재자에게 구차하게 목숨을 구걸하는 사건을 경험하게 되리라고 굳게 믿고 있죠. 새로운 대관식에 대비해 근사한 이야기를 준비하고 있답니다.

마테오 수사는 저희의 생명과 고통의 원천이죠. 담배를 피우거나 술을 마실 수 있다면 그에 대해 좀더 편안하게 이야기할 수 있으련만, 제 몸은 더 이상 그것들의 위안을 받아들일 수 없게 됐으니 그저 손톱을 깨물고 어금니를 갈면서 견뎌내는 수밖에 없군요. 그가 어떻게 수사가 됐고 무엇이 그를 이곳까지 이끌었는지는 거의 알려지지 않았지만, 적어도 이곳에 도착한 이후로 오로지 성서의 가르침에 따라 생각하고 행동한다는 사실만큼은 아무도 부정할 수 없지요. 필경 그는 성서의 행간 속에서 죽을 것이고 그의 무덤은 끝내 발견되지 않을 거예요. 마치 고행만이 인간의 원죄를 증식시키지 않는다고 믿는, 로마시대의 지하도시를 건설한 초기 신자 같아요. 그는 오물 덩어리 같은 이곳 수용인들과 하루 종일 몸을 부대끼면서도 자신의 사명에 불평하는 법이 없죠. 피하거나 줄이려고 하지도 않아요. 통째로 받아들인 뒤 자신의 심신 안에서 모조리 삭이죠. 대신 그는 저희의 언행이 일반적 도리에서 벗어났다고 판단될 땐 여지없이 불화살을 날릴 뿐만 아니라, 원장신부나 셀리아 수녀에게 쓴소리를 하는 것도 주저하지 않는답니다. 모두 그의 진심을 의심하지 않고 충고에 따르려고 노력하지만, 융통성 없는 그의 성격 탓에 마음이 상할 때가 종종 있었어요. 사람들이 정작 두려워하는 건 거짓과 폭력이 아니라 외로움이나 자괴감이고 고양이가 쥐를 쫓을 때에도 도망칠 구멍을 만들어주는 법이건만, 마테오 수사는 이따금 선의와 열정에 너무 도취된 나머지 세상을 흑백으로 명확히 나누고 자신에게 반대하는 자들을 궁지에 몰아넣은 다음 마치 고문하듯 항복을 강요하지요. 완벽한 승리나 완벽한 패배가 있을 수 없는데도 그에게 타협이란 악마가 하느님을 굴복시키는 방법으로 받아들여지는 것 같아요. 그럴 때면 그는 저희가 결코 만난 적 없는 사람으로 변신하지요. 하지만 원장신부나 셀리아 수녀도 엄연히 자신의 의지와 목적을 지닌 채 태어난 하느님의 자식인지라, 자신들의 자괴감이나 외로움 앞에서 마테오 수사의 선의나 열정을 매번 찬양할 수는 없지 않을까요? 매 순간 하느님처럼 행동할 수 있는 자는 오로지 그리스도 단 한 명뿐이고 그는 부활해 승천하셨으니, 적어도 지상에서 그를 직접 만나겠다는 희망을 버려야 성서나 꿈에서나마 그를 만날 수 있을 겁니다. 더욱 비관적인 사실은, 아무리 저희가 마테오 수사의 생각과 행동을 전적으로 지지한다고 하더라도 잠자리나 음식을 박탈당할 수 있는 위험 앞에서 선뜻 진심을 드러낼 수 없다는 것이지요. 스스로 제 목숨을 건사할 수 없는 저희에게는 심히 유감스럽게도, 저희를 돌봐주는 자가 설령 독재자이거나 악마라고 할지라도 그들의 손길을 완강히 거부할 용기가 없답니다. 그래도 마테오 수사가 돌보지 않는 세계를 상상하는 것 또한 몹시 괴로운 일이죠. 보다 못한 다묵장어 노인이 마테오 수사에게 처세술을 귀띔해주었는데도 그는 자신의 운명에 대해 이미 알고 있는 것처럼 말없이 웃었을 뿐이에요. 이따금 그는 번개를 기다리고 있는 피뢰침 같아 보였어요. 번개를 따라 그의 심신은 하늘로 급히 끌어올려지겠지만 그가 남긴 선한 유산은 다른 이에게 건너가지 못한 채 불태워지겠죠. 인류에게 한없이 유익한 그마저도 오랫동안 악의적

인 소문으로 고통받은 적이 있었는데, 저희는 그게 거짓이라
는 사실을 너무 잘 알고 있으면서도 재미 삼아 악마의 꼬리
처럼 흔들고 다녔답니다—악마는 인간 앞에서 몸통을 숨긴
채 꼬리만 드러낸다고 들었어요. 그러면서도 그게 애정 어린
행동이라고 자위했으니, 수치심에 얼굴이 달아오르는군요.
아무튼 저희는 한때, 조직폭력배였던 마테오 수사가 몸에 들
어찬 상처와 문신을 감추기 위해서 목욕탕에서도 결코 소매
나 바짓단을 걷어 올리지 않는다는 이야기에 열광했죠. 또
다른 소문에 따르면, 동성애를 즐기는 그가 욕정을 해결하기
위해 숙직을 자청하는데 그의 제안을 거부한 자들은 새벽을
맞이하기도 전에 목숨을 잃고 산속에 버려진대요. 그래서 그
가 숙직을 하는 밤이면 베개 밑에 흉기를 하나씩 숨긴 채 그
의 접근을 대비해야 한다고 저희끼리 쑥덕이기도 했답니다.
어린 안드레를 제 자식처럼 보살피는 이유도 그의 성적 취향
과 관련 있다는 의심까지 받았지요. 마테오 수사는 자신과
관련된 소문과 반응을 끝까지 모른 척했어요. 그걸 없애는
데엔 그가 만든 정원이 큰 역할을 했죠. 자갈밭이었던 마당
에 부엽토를 덮고 묘목을 심은 뒤 삼 년 남짓 단 하루도 빠뜨
리지 않고 거름과 물을 준 덕분에, 현재 모든 방문객이 찬탄
해 마지않는 정원이 탄생했죠. 그가 과실수나 화초 대신 상
록수만을 정원에 심은 까닭은, 방 안에 갇힌 저희가 무위의

시간을 감지하지 못하도록 배려했기 때문이라고 들었어요. 저희도 엄연히 계절풍에 따라 욕망의 방향과 세기가 바뀌는 인간들이니까요. 그걸 깨닫자 그와 관련된 소문을 지어내거나 퍼뜨리는 일은 마치 자신이 싼 똥을 삼키는 일처럼 역겹게 여겨졌답니다. 누군가 그에 대한 소문을 확인할라치면 저희의 질펀한 욕지거리부터 먼저 상대해야 했죠. 그 뒤로 악마는 더 이상 마테오 수사를 찾아오지 않았고, 다묵장어 노인은 이따금 마테오 수사를 그리스도로 착각하고 영생의 비밀을 요구하기도 한다네요.

셀리아 수녀를 떠올릴 때마다 화가 나고 배도 고파지니까, 그녀에 대한 이야기는 건너뛰는 게 좋겠어요. 그래도 그녀 역시 저희의 위대한 수호성인인 이상, 그리스도의 영광 아래 위장병이나 성인병의 고통 없이 천수를 누리길 기도할게요.

마리아 간호사야말로 이곳에서 지내는 모든 이의 기쁨이자 축복이죠. 매일 저녁 저희는 잠들기에 앞서 그녀가 무사히 집에 도착해서 행복한 꿈을 꾸다가 내일 아침 아무런 사고 없이 이곳으로 돌아오길 간절히 기도한답니다. 그녀의 집은 여기서 삼십여 킬로미터나 떨어져 있는 데다가 흉악한 범죄가 끊임없이 발생하고 있는 도시 내부에 위치하고 있어서 마음을 놓을 수가 없네요. 그녀는 저희 모두의 어머니이자 아내이고 딸이니까요. 그녀를 매일 등에 업고 출퇴근을 시켜 주고 싶지만 보시다시피 전 거북이조차 부러워해야 할 처지이니 애만 태울 수밖에 없군요. 그녀가 없는 곳이 곧 밤이자 지옥이고, 그런 상태가 이틀 이상 이어진다면 저희 중 절반은 미치거나 자살할지도 몰라요. 그녀가 이곳의 정문을 통과하는 순간부터 비로소 아침이 시작되고 모든 이의 얼굴에 생기가 돌죠. 그녀의 옷차림은 그날의 날씨이자 하느님의 메시지예요. 그리고 그것은 저희가 매일 분배받는 욕망의 땔감이기도 하고요. 가난한 그녀는 값싼 옷 서너 벌을 지녔을 뿐이지만 최선의 조합을 찾아내느라 아침마다 거울 앞에서 고민하는 게 분명해요. 어쩌면 그녀는 옷차림에 대한 저희의 반응에 따라 퇴근하는 경로를 바꾸고 있는지도 몰라요. 환호를 많이 받은 날이면 그녀는 일부러 다운타운까지 버스로 갔다가 환청을 들으면서 집까지 걸어가겠죠. 반대로 저희의 반응이 기대에 미치지 못하면—단언컨대 저희가 그녀에 대한 환호를 멈췄던 날은 결코 없었고, 다만 그녀의 기분을 살펴 짓궂은 농담을 줄여야 했던 적은 몇 번 있었죠—그녀는 하루 종일 의기소침해 있다가 어둠의 통로를 따라 자신의 집까지 단숨에 달려갔을 겁니다. 그래서 저희는 그녀가 자신의 가난과 외로움, 그리고 모호한 미래를 눈치채지 못하도록 매일 최선을 다해 그녀를 격려하고 있는 것이죠. 그녀를 괴롭히고 있는 자들이 제 발로 이곳을 찾아온다면 더 이상 그녀의 인생에 그림자를 드리울 수 없도록 잔혹하게 복수해줄 수 있으련만. 아무튼 저희에게 그녀는 경이로운 생명 현상 그 자체예요. 그녀의 앳된 목소리와 순수한 표정을 확인하려면 꾀병을 부려서라도 진료실을 찾아가야 하죠. 꾀병 연기로는 안드레를 능가할 자가 없어요. 저희 중에서 가장 음탕한 그는 자신에 대한 동정심을 적절하게 활용하고 있어요. 그가 침대에 누워 비명을 지르는 순간, 마테오 수사나 셀리아 수녀, 그리고 마리아 간호사는 하던 일을 멈추고 달려온답니다. 그 덕분에 저희는 다른 병실의 수용인들보다 마리아 간호사를 좀 더 자주, 가까운 곳에서 오랫동안 지켜볼 수 있지요. 다른 자들도 안드레의 방법을 따라 해봤지만 마테오 수사나 셀리아 수녀에게 불순한 의도를 들키는 바람에 꾸지람만 들어야 했죠. 그런 불쾌한 소란들이 늘어나자 마리아 간호사는 진료실에 더 오래 머물렀고, 저희는 적어도 두 번 이상의 거짓말 검사를 통과한 다음에야 겨우 그녀를 만날 수 있게 됐답니다. 그녀는 환자들의 호소를 주의 깊게 들어주고, 비록 의사가 아니라서 진료나 처방을 직접 할 순 없지만 적어도 의사와 간호사의 역할에서 모두 누락돼 있는 치료 행위, 가령 마사지나 냉온찜질, 스트레칭, 심지어 사혈瀉血까지 직접 해주

죠. 그녀의 세심한 손길이 닿는 곳마다 꽃이 피고 노래가 들
려요. 그걸 진심으로 감사히 여긴다면 저희는 겟세마네로 돌
아와서 거짓 모험담을 늘어놓아서는 안 됐어요. 망측한 소문
에 상처를 받은 마리아 간호사는 며칠 동안 진료실로 환자들
이 찾아오지 못하게 한 적도 있어요. 명백한 병증을 보이는
자는 직접 찾아갔는데, 목부터 발목까지 가려지는 흰 가운
을 입고 모자와 장갑, 마스크로 자신의 모습을 완전히 가리
고 있었죠. 그러니 그녀를 통해 기쁨과 축복을 발견하려 했
던 자들은 크게 실망하면서도 그녀의 눈동자나 귓불, 그리
고 모자 사이로 흘러나온 머리카락에 집중해야 했답니다. 당
연히 수용인들의 불만이 이어졌어요. 그리고 실제로 많은 이
가 크고 작은 병을 앓았죠. 우울증이 인간, 특히 사지가 잘려
나간 자들의 건강에 얼마나 치명적 영향을 끼치는지 저도 그
때 깨달았어요. 설상가상으로 마리아 간호사가 이직을 심각
하게 고민하고 있다는 소문이 사실로 밝혀졌죠. 밤과 지옥의
전조를 확인한 셀리아 수녀가 마리아 간호사에게 스카프를
생일 선물로 건네면서 파국을 겨우 피할 수 있었답니다—오,
셀리아 수녀에게도 그리스도의 지복이 함께하길. 두 명 이상
의 사람들이 모여 있는 곳이면 어쩔 수 없이 바이러스와 이
야기가 증식할 수밖에 없다는 사실을 마리아 간호사도 마침
내 수긍하게 된 것이죠. 그녀가 사복 차림에 평소 신지 않던

하이힐까지 신고 이틀 동안 회진을 돌자, 놀랍게도 수용인들의 각혈이 멈추고 체온은 정상으로 돌아갔으며 밤에는 달콤한 잠 속에 빠져드는 게 아니겠어요? 갑자기 식욕이 들끓는 바람에 셀리아 수녀가 밤늦게까지 뒤치다꺼리를 해야 했죠. 공공선을 지키기 위해 저희 사이에서 일종의 자정 활동이 진행된 이후로 마리아 간호사가 얼굴을 붉힐 만한 사건은 거의 일어나지 않았답니다. 필리페가 그녀와 잠자리를 가졌다고 저희 앞에서 자랑스럽게 폭로하는 바람에 잠시 위기를 맞기도 했지만, 다행히 그녀는 그의 허풍을 침묵과 미소로 단숨에 제압할 수 있었죠. 그녀에게 치근대던 자원봉사자들은 원장신부의 단호한 조치 때문에 뜻을 이루지 못했죠. 그래도 산티아고 박사와 연애를 하고 있다는 소문만큼은 결코 거짓이 아니길 바랐는데, 오히려 그 소문 때문에 둘 사이의 친밀감이 박살 난 건 아닐까 몹시 걱정되는군요. 이렇게 착한 여자를 이런 곳에 너무 오래 가둬둔다면, 인간이 인간을 구원할 수 있다는 하느님의 말씀을 믿는 자들은 점점 줄어들 거예요. 형제님 또한 이곳에서 저희를 더 이상 돌보려 하지 않으시겠죠. 왜냐하면 형제님은 선행을 베풀기 위해서가 아니라 죄악을 씻기 위해 이곳에 오신 것이니까요. 피 묻은 손을 깨끗한 피로 씻을 순 없어요. 그렇다고 곡해하지는 마시길. 저는 처음부터 지금껏 형제님의 해방을 열렬히 응원하는 쪽이니까요.

산티아고 박사는 일주일에 한 번씩 이곳에 들르는데, 요일을 정해두고 찾아오는 게 아니어서 아침에 정문으로 그가 들어오는 걸 처음 본 사람이 소식을 긴급히 전파해준 뒤에야 비로소 이곳의 환자들은 검진받을 준비를 시작한답니다. 하지만 의사로서 그가 하는 일이라곤 마치 판사처럼 저희 모두에게 병명을 하나씩 선고해주고 진통제 몇 알을 나눠 주면서 위생관념을 강조하는 게 고작이죠. 그는 모든 인간은 불치의 유전병을 한두 가지씩 지닌 채 태어나고 의사보다 군인의 숫자가 훨씬 많은 상황에서 모든 병의 치유법을 찾아내는 건 마치 해변에서 정육면체의 모래 알갱이를 찾아내는 것만큼이나 불가능한 일이므로, 인생이란 그저 자신의 환우를 적절히 관리하면서 버텨내는 것이라고 확신했어요. 그리고 평소에 목욕을 자주 한다면 죽은 뒤에 천국으로 들어갈 수 있다고 설파했죠. 그에게 천국이란 병원균이 살지 않는 무균실 같은 곳이니까요. 사실 그가 저희에게 선고한 병명의 대부분은 의학사전에는 전혀 존재하지 않는 것들이랍니다. 두어 개의 병명을 뒤섞거나, 자신이 알고 지내는 사람들의 이름을 빌리거나, 책이나 영화의 제목, 심지어 식당 상호나 음식 이름에서 따온 것들도 있답니다. 그 사실은 이곳으로 자원봉사를 나온 젊은 의사들에 의해 나중에 밝혀졌죠. 그들은 저희의 병명을 듣고 폭소를 터뜨렸어요. 아마도 저희의 무지를 조롱하기 위해서 그들은 더 큰 소리로 웃었을 거예요. 하지만 저희 중 어느 누구도 산티아고 박사에게 그 사실을 알리거나 항의하진 않았답니다. 자원봉사자들이야 당장 내일부터 발길을 끊더라도 일상생활에 크게 영향을 받지 않겠지만, 이곳의 유일한 의사가 일주일만 나타나지 않아도 병실은 갑자기 공동묘지로 변할 게 분명했죠. 산티아고 박사의 자격증이 진짜라는 사실은 마리아 간호사가 직접 확인해주었으니, 저희에게 필요한 진실은 그것만으로 충분했어요. 모두 똑같은 병명을 진단받은 열 명의 환자들은 자신의 증상을 대수롭지 않게 생각하겠지만, 서로 다른 병명을 진단받는다면 각각의 차이를 파악하려고 애쓸 것이고 치료와 예방 활동을 위해 더욱 연대할 것 같더라고요. 산티아고 박사는 저희 각자가 어떤 병을 선고받았는지 거의 기억하지 못하기 때문에, 마리아 간호사가 그의 옆에서 자신의 수첩에 기록된 내용을 읽어주어야 하죠. 그러면 그는 이내 여유로운 표정을 되찾고 간단한 처방전을 써준 뒤 주머니에서 알약을 꺼내요. 그의 주머니에 가득 차 있는 알약들은 개별 포장돼 있거나 표면에 약명이 음각돼 있지도 않지만 산티아고 박사는 순전히 색깔과 크기로 그것들의 쓸모를 구분하는 것 같았습니다. 그걸 몇 개씩 챙기고 나면 마치 저희는 적어도 일주일 동안의 생명을 연장받은 것처럼 감격해서 연신 머리를 조아리죠. 생각해보니, 그 알약을 나눠 주던 산티아고 박사의 표정이 사뭇 오병이어五餠二魚의 기적을 일으키고 계신 그리스도의 그것과 닮아 있었던 것 같아요. 후안이 가지고 있던 책에서 그 장면을 모사한 그림을 본 적이 있거든요. 그렇게 자애로운 박사에게도 불행은 어김없이 찾아와서, 그는 반년 전에 아내를 교통사고로 잃었죠. 저희처럼 미천한 자들은 갖가지 기적을 경험하면서 기괴한 모습으로나마 살아남았건만, 그의 아내처럼 고귀한 자는 그리 대수롭지 않은 상처를 제대로 다루지 못해 목숨을 빼앗기고 말았어요. 아마도 천국을 아름답게 꾸미기 위해서 하느님께서 그녀를 일찍 데려가신 것 같아요. 그녀에 비하면 저흰 잡동사니와 다름없으니까요. 산티아고 박사는 상실감을 주체하지 못하고 장례식 내내 휠체어에 앉아서 오열했다던데, 장례식을 마친 지 사흘 만에 두 발로 걸어서 이곳을 찾아와 저희를 감격시켰죠. 그래서 저는 마리아 간호사가 산티아고 박사의 아내가 돼도 좋겠다고 말했던 것입니다. 비록 나이 차이가 많이 나지만, 타인에 대한 그들의 사랑과 열정은 거의 똑같기 때문에 동반자로서 너무 잘 어울릴 것 같았어요. 저희에게 매우 중요한 인물들을 동시에 붙잡아둘 수 있는 방법이 그것밖에는 생각나지 않는군요. 산티아고 박사의 유산은 더 이상 마리아 간호사를 가난하거나 외롭게 만들지 않겠죠. 그들의 결혼을 방해할 수 있는 자가 있다면 산티아고 박사의 장성한 아들과 하느님, 그리고 후덕하신 형제님뿐이지요. 미리 말씀드리지 않았지만, 전 형제님이 유력 가문 출신의 성형외과 의사라는 사실을 이미 알고 있답니다.

이쯤에서 원장신부에 대한 이야기를 시작하지 않을 수가 없군요. 하지만 셀리아 수녀가 요리하고 있는 음식의 냄새가 여기까지 도착한 걸 보니, 그 이야기는 내일 시작하는 게 나을 것 같아요. 산티아고 박사가 매번 강조하는 것처럼, 식사에 앞서 심신을 편안한 상태로 만들어야 모든 음식이 몸속에서 약처럼 작용할 수 있을 테니까요. 셀리아 수녀가 만든 음식을 제 입속에 석탄처럼 쑤셔 넣는 모습을 형제님께서 직접 목격하시게 된다면 인간에 대한 최소한의 경외감조차 내동댕이치실 것 같아서 차마 이곳에 더 오래 머무르시게 할 순 없네요. 어서 집으로 돌아가세요. 그리고 내일 같은 시간에 뵙죠. 내일 오시는 길에 쿠키를 좀 가져다주시겠어요? 땅콩 가루나 기름이 포함되지 않은 것이면 좋겠어요. 그걸 입안에 넣고 있으면 좀더 부드러운 단어와 억양으로 원장신부에 대해 이야기할 수 있을 겁니다. 적당히 배가 고파야 이야기에 집중할 수 있을 것 같으니 너무 거창한 음식은 정중히 사양하겠어요. 이곳에서 단 한 번도 음식을 거절하거나 남겨본 적이 없는 제가 형제님의 선의를 미리 사양했다는 건, 제가 원장신부에 대한 위험한 이야기를 형제님께 간절히 들려드리고 싶어할 만큼 형제님을 깊이 신뢰하게 됐다는 의미로 받아들여주시면 고맙겠네요.

이건 어느 나라의 전통 과자인가요? 쿠키 안에 든 해바라기씨가 너무 적거나 많지 않아서 식감이 아주 좋네요. 거친 말이 나오려고 할 때마다 그것이 적당히 씹히면서 격정을 억제시켜주는군요. 말소리가 불분명하게 들리더라도 이해해주세요. 이걸 씹지 않고선 원장신부에 대한 이야기를 시작할 수 없을 것 같으니까요. 어제 형제님과 헤어진 뒤부터 방금 전까지 원장신부에 대해 형제님께 어떤 이야기를 들려드려야 할지 많이 고민했지요. 몇 가지 에피소드를 복기하는 과정에서 갑자기 혈압이 오르고 숨이 가빠지는 바람에 마테오 수사의 응급처치를 받아야 했답니다. 마테오 수사의 등에 업혀 한밤에 정원을 두 바퀴 돌다가 침대로 돌아와서야 겨우 진정할 수 있었어요. 후안이 사탕을 건넸지만 전 그걸 받지 않았죠. 그 대신 이불을 씹으면서 기억을 확인하느라 밤새 잠을 설쳤어요. 피곤함 덕분에 기억은 오히려 선명해져서,

행간에서 길을 잃지 않고 이야기를 마무리할 수 있겠다는 자신감까지 생겨났어요. 엉너리는 여기서 멈추고 이야기를 시작할게요. 현재의 원장신부가 오 년 전에 부임해 올 때만 하더라도 이곳 분위기는 지금처럼 삭막하지 않았죠. 전임 원장신부가 검소와 자율을 강조했다면, 새로운 원장신부는 효율과 조화를 앞세우더군요. 타인의 헌신과 희생으로 저희가 생존하고 있는 이상, 적어도 사회에서 용납되지 않는 생각이나 생활 태도를 지녀서는 안 된다는 게 현재 원장신부의 지론이에요. 신부가 되지 않았다면 그는 아마 사업가가 돼서 큰돈을 벌었을 거예요. 그의 사업가적 수완에 혀를 내두르지 않는 자가 없을 정도죠. 부임하자마자 그는 이곳이 건립된 이후로 수십 년 동안 바뀌지 않았던 규칙들부터 손보기 시작했어요. 시대에 뒤떨어진 내부 행사들을 과감히 폐지하고 이웃들이 참여하지 않는 사회 활동도 모두 중단시켰습니다. 낡은 시설을 개보수하겠다는 계획이야 모두에게 환영받았지만, 시설 관리 직원들의 숫자를 절반으로 줄이겠다는 발표는 거센 비난에 직면했죠. 그래서 원장신부는 감원 계획을 철회하는 대신 수용인들의 숫자를 두 배로 늘리는 방법으로 자신의 의지를 끝내 관철시켰답니다. 그는 외부 강연이나 언론과의 인터뷰에 적극 참여해서 이곳의 비참한 현실을 널리 알리고 후원금을 끌어오는 데 온 힘을 쏟았어요. 그의 노력 덕분에 저희의 식단은 크게 개선됐고 자원봉사자들의 숫자도 급격히 늘어났지요. 하지만 부작용의 폐해도 결코 무시할 수준은 아니었습니다. 수시로 들이닥치는 외부인들 앞에서 비참함을 실제보다 과장해야 했기 때문에 저희는 항상 긴장해 있어야 했어요. 정해지지 않은 시간에 낮잠을 잘 수도 없었고 몇 명의 중환자들을 제외하고 나머지 수용인들은 대소변을 해결하기 위해 제힘으로 화장실까지 굴러가야 했으며, 식사를 하다가도 손님들이 찾아오면 스푼과 포크를 식탁 위에 내려놓은 채 감사의 기도를 올리거나 찬송가를 불러야 했죠. 외부인들이 참석하는 일요 미사에 빠지는 일은 상상할 수조차 없었습니다. 미사에 늦거나 미사 시간에 졸다가 발각된 자들은 다음 미사 때까지 하루에 한 끼 이상을 먹을 수 없고 성서의 〈레위기〉 편을 갱지 위에 베껴 써서 매일 제출해야 한다는 규정도 생겨났죠. 그걸 고의로 어긴 자들은 고해소에 갇혀이틀 이상 아무도 만나지 못하는 징계를 받기도 했습니다. 이 상자 속의 쿠키를 저한테 모두 주신 게 맞다면 이쯤에서 하나 더 먹어도 되겠죠? 잇몸과 입천장을 뚫고 거친 말들이 자라나는 것 같으니 잠시 숨을 돌리는 게 좋겠네요. 해바라기 씨앗뿐만 아니라 호두도 섞여 있었군요. 견과류가 치매 예방에 도움이 된다는 이야기를 들은 것 같은데, 정말로 이걸 삼키니 방금 전까지 기억나지 않던 사건과 감정이 갑자기 떠오르네요. 악마가 그리스도를 배신하게 만들기 위해 인간에게 기억하는 능력을 심어주었다는 주장이 사실이 아니길.

원장신부가 미사 때 들려주는 강론이 유명세를 타면서 성당 곳곳에 카메라와 마이크가 설치됐고, 녹화 영상을 팔아서 막대한 수익을 얻기 시작했죠. 각계에서 쇄도하는 강연 요청에 부응하느라 원장신부가 이곳에서 일요 미사를 집전하지 못하는 상황이 늘어나자, 저희는 성당 대신 방 안의 텔레비전 앞에 모여 앉아 그가 외부에서 진행하는 미사를 실시간 중계로 시청해야 했죠. 원장신부가 이곳의 열악한 재정을 개선하기 위해 야심 차게 진행한 또 한 가지 사업은 호스피스 양성 교육이었어요. 호스피스를 직업으로 삼으려는 자들을 이곳에서 반년 동안 교육한 뒤 자격증을 발급해주는 프로그램이었는데, 교육생들은 학비와 시설이용료를 납부해야 했죠. 이곳의 수용인들을 원래 있던 자리로 되돌려 보내는 걸 자신들의 의무로 굳게 믿고 있던 성직자들은 인간을 고통 없이 죽이는 방법을 가르치려고 하지 않았는데도 원장신부는 기어이 자신의 계획을 강행했고 결국 이 년 뒤에 완전한 실패를 확인해야 했어요. 그의 계획이 실패한 진짜 이유는, 비록 육신이 기괴하게 망가져 있긴 해도 저희는 자신의 죽음을 순순히 받아들일 수 없을 만큼 아직 너무 젊고 활기로 가득 차 있다는 사실을 그가 전혀 이해하지 못했기 때문이었죠.

숙명에 고분고분할 줄 알았던 저희에게서 자주 욕설을 듣거나 먹살을 붙잡히게 되자 교육생들은 이곳이 호스피스 양성교육을 받기엔 적당하지 않다고 생각했어요. 그래서 전체 교육 과정의 절반을 마치기도 전에 중도 하차하는 교육생들이 늘어났고, 간신히 교육 과정을 수료했는데도 만족스러운 직장을 얻을 수 없었던 졸업생들이 이곳으로 몰려와 교육비 환불을 요구하면서 새로운 사업은 중단되고 말았답니다. 원장 신부는 실패의 모든 책임을 자신의 뜻에 반대했던 성직자들에게 돌렸다가 또다시 비난을 받았고, 설상가상으로 공금횡령 죄목으로 경찰에 고발되면서 절체절명의 위기를 맞았죠. 다행히 각계 지도자들과 수용인들의 탄원서 덕분에 그는 불명예 퇴진을 간신히 모면할 수 있었답니다. 그 뒤로는 일절 외부 강연이나 언론 인터뷰에 응대하지 않은 채 오로지 일요 미사에만 집중하고 있죠. 미사에 불참할 수 있는 예외 조항이 크게 줄어든 대신 허락 없이 불참한 자들에 대한 처벌은 더욱 강화됐지만, 식사 도중에 찬송가를 불러야 하거나 낮잠을 억지로 참아야 하는 경우는 거의 사라져서 그나마 다행이에요. 만약 호스피스 양성 사업이 성공했다면 저희는 호스피스 교육생들의 교보재로 활용되다가 모두 추방되거나 살해됐을지도 몰라요. 그런 생각을 하다 보니 지난밤에 갑자기 혈압이 오르고 숨이 가빠지더라고요. 낌새를 눈치챈 마테오 수사가 이유를 물었지만 저는 원장신부에 대한 적의를 끝까지 발설하지 않았어요.

원장신부에 대한 이야기를 마치기 전에, 자원봉사자들과 관련된 이야기를 추가하고 싶군요. 성서의 교조적 해석에 경도된 기독교도들, 무료한 일상으로부터 탈출하고 싶은 주부들, 각종 불용품들을 생산하고 있는 기업의 직원들, 늘쩍지근한 공무원들, 어른 흉내를 내고 싶은 학생들, 심지어 기념사진이 필요한 관광객들까지 원장신부의 유명세를 좇아 몰려들면서 매일 이곳은 아침부터 저녁까지 수산물 시장처럼 북적였지요. 어떤 날은 수용인들보다 자원봉사자들의 숫자가 많아서 일부를 돌려보낸 뒤 두 그룹으로 나눠서 한나절씩 배치해야 했어요. 뜨거운 관심은 저희 대부분에게 재앙과 같았어요. 왜냐하면 자원봉사자들은 선민의식과 허영에 한껏 고무돼 규정을 어겨가면서까지 사진을 찍거나 쓰레기를 버리고 저희에게 굴욕적인 질문을 서슴없이 던졌기 때문이죠. 자칫 그들과 말다툼이라도 벌어지면 늘 처벌받는 쪽은 저희였고, 원장신부는 후원금이 줄어들까 봐 전전긍긍하면서 틈만 나면 자원봉사자들 대신 저희에게 서비스 정신을 강조했죠. 각계 고위층 인사들이 언론사 기자들을 대동하고 찾아오기 일주일 전부터 시설 곳곳을 청소하느라 끼니를 거르기도 했죠. 사회적 물의를 일으킨 자들에게도 이곳은 속죄의 퍼포 먼스를 벌일 최적의 장소로 선호됐어요—오해하지 마세요, 후덕하신 형제님을 조롱하려는 건 결코 아니니까요. 죄책감 없이 이곳으로 찾아온 자들 중 일부가 그렇다는 거예요. 내 부의 불만을 뒤늦게 감지한 원장신부는 이곳의 낙후된 설비 를 교체할 수 있을 만큼의 후원금이 모이는 대로 방문객들의 숫자를 크게 줄이겠다고 약속했지만 그의 약속을 곧이곧대 로 믿는 자는 거의 없었어요. 그런데 소문에 따르면, 원장신 부는 사회 고위층 인사들에게 일정한 후원금을 받는 대신 그 들의 자녀들이 이곳에서 봉사했다는 증명서를 허위로 발급 해준다더군요. 그 증명서를 가지고 아이들은 유명 대학에 입 학하거나 병역 문제를 해결할 수 있다죠. 역대 원장신부들 이 이곳을 관리할 때만 하더라도, 아니 적어도 현재의 원장 신부가 유명세를 타기 전까지, 순수한 인류애와 원죄의식을 지닌 시민들이 자발적으로 봉사에 참여했고 아무도 그들에 게 종교와 신분과 나이와 국적과 목적을 묻지 않았죠. 자원 봉사자들은 이곳에서 수용인들의 수발을 돕거나 예술 공연 을 진행하고 정치적 집회를 열기도 했습니다. 역대 원장신부 들은 저희 역시 엄연히 시민으로서의 권리를 지니고 있기 때 문에 종교 이외의 분야에 관심을 가져야 하고 공공의 목적을 지닌 주장도 적극적으로 피력해야 한다고 생각하셨죠. 그래서 저희는 자력갱생에 필요한 교육을 받아야 했고, 자원봉사자들은 자신들의 활동을 봉사가 아니라 협동으로 여겼어요. 하지만 현재의 원장신부가 등장하면서 자원봉사자들의 자격이 제한되고 활동 범위도 크게 줄어들었답니다. 꾸준히 늘어나는 외부 방문자들을 관리하기 위해 전자 신분증과 출입 시스템이 새롭게 도입됐고, 그들을 위한 주차장과 휴게실, 식당, 탁구장, 전자오락실까지 추가되면서 이를 관리할 직원들 역시 자연스레 필요해졌죠. 자원봉사자들은 귀가하기 전에 기념품과 수료증을 받았습니다. 그러다 보니 사흘 이상 머무는 자원봉사자들보단 한나절 잠깐 얼굴을 보였다가 돌아가는 자들이 훨씬 많아졌어요. 도난 사건이나 안전사고가 수시로 일어나자 건물 안팎에 폐쇄카메라가 벌집처럼 매달리기 시작했어요. 고작 한나절 머물면서도 손쉬운 임무를 차지하기 위해 자원봉사자들끼리 주먹다짐을 하기도 하고, 수용인들에게 모욕을 당했다면서 법적 처벌과 손해배상을 요구하는 자들마저 생겨났죠. 원장신부는 이곳의 질서를 관리하는 역할까지 자원봉사자들에게 맡기더군요. 하지만 그들이 이곳의 전통까지 파괴하고 있다고 뒤늦게나마 깨닫고 신부 한 명을 규율 담당으로 다시 지목해야 했어요. 그 신부는 자원봉사자들을 쫓아다니면서 조언이나 경고를 하느라 한시도 쉴 수 없었답니다. 온실에서 살고 있던 자원봉사자들이 사막

같은 이곳에서 처리할 수 있는 일이라곤 고작 청소와 식재료 운반뿐이었는데, 한두 명이 충분히 해결할 수 있는 일을 대여섯 명에게 맡기다 보니 곳곳에서 소란과 실수가 이어졌죠. 해결 방법이라면 자원봉사자들의 숫자를 줄이는 게 유일했건만 원장신부는 오히려 다른 보호시설에서 수용인들을 이곳으로 데려오는 방법으로 자원봉사자들을 기쁘게 해주었답니다. 그때 시몬이 겟세마네로 건너왔고 이곳의 주사위가 완성됐지요. 갖가지 소동을 수습하느라 모두가 기진맥진해져 있을 때 후덕하신 형제님께서 나타나신 겁니다. 전 형제님이 사회에서 어떤 죄악을 짓고 어떤 거래를 통해 이곳까지 오셨는지 소문을 들어 잘 알고 있습니다. 인간은 누구나 죄인이고, 어떤 죄악은 일정한 시간이 지난 뒤에도 전혀 줄어들거나 사라지지 않는다고 저는 믿습니다. 인간은 죄악을 통해 천국과의 거리를 가늠할 수는 있어도 선의를 통해 그럴 순 없답니다. 그리고 인간이 윤회를 거듭한다고 해서 더욱 선한 존재가 될 것 같지도 않고요. 그런데도 제가 형제님을 뜨겁게 환영하고 부단히 신뢰를 표시하는 까닭은, 제게 없는 것들을 형제님이 아주 많이 가지고 계시기 때문이에요. 그것들 중에는 형제님께는 전혀 필요하지 않은 것도 있을 테니 그걸 조금 나눠 받는 조건으로 형제님께 제 이야기를 들려드리는 거예요. 형제님의 손해에 비해 제가 얻은 이익이 너무 많다고 판단되시거든 언제든 저를 버리셔도 됩니다. 반대로 저희가 아직까지 정당한 거래를 진행하고 있다고 판단하신다면, 내일은 가지가 듬뿍 들어 있는 리소토를 가져다주세요. 너무 떠들었더니 몸 전체가 바짝 메말랐군요. 열이 나는 것 같기도 하고요. 오늘은 저도 평소보다 일찍 잠자리에 들어야 할 것 같네요. 밤길 조심해서 귀가하시고 내일 뵙죠.

　형제님, 오늘은 몸이 너무 아파서 어제 약속드린 이야기를 들려드릴 수 없을 것 같네요. 어제 과격한 열정에 사로잡혀 정력을 한꺼번에 너무 많이 쏟아냈던 게 기어이 문제를 일으켰군요. 형제님이 귀가하신 뒤부터 온몸이 뜨겁게 끓어오르기 시작하더니 바늘에 찔리는 듯한 통증 때문에 밤새 한숨도 못 잤답니다. 아침에 갑자기 열이 내리고 정신이 돌아오자 전 이렇게 죽게 되는구나 체념했죠. 제 목적지가 천국인지 지옥인지는 별로 중요하지 않았고 다만 제 죽음이야말로 이곳 사람들에게 제가 베풀 수 있는 처음이자 마지막 선행이길 바랐지요. 사망 선고가 내려지는 즉시 제 시신은 장기기증 서약서의 명령에 따라 겟세마네를 내려와—아, 그러려면 다묵장어 노인을 잠에서 깨우고 그의 침대를 옮겨야 하겠군요—대형 병원의 수술실로 옮겨질 테죠. 거긴 몇 개의 침대들이 더 놓여 있어요. 제 장기를 나눠 갖기 위해 급히 불려 나온 자들에게 그곳이야말로 천국이 아닐까요? 전 이미 죽었기 때문에 수치심이나 분노 따윈 전혀 느끼지 못할 거예요. 쓸 모 있는 장기를 모두 떼어내고 나면 아무도 저를 더 이상 인간으로 기억하지 못하겠죠. 아무런 쓸모가 없어 쓰레기봉투에 쑤셔 넣어진 내 살과 뼈는 천국의 주민들이 마취에서 깨어나기 전에 쓰레기 소각장으로 보내져 불태워질 거예요. 지옥의 유황불보다 더 거센 화염이 윤회의 고리까지 잘라내주면 좋겠는데, 탈 수 있는 신체가 많이 남아 있지 않을 테니 소멸의 시간도 그리 길진 않을 것 같아요. 불타지 않고 남은 것들은 아무 곳에나 던져버리세요. 운이 좋다면 바람이나 빗물에 섞여 여행을 다시 시작할 수 있을 것이고, 먹이고 재워야할 육신이 없으니 굳이 누군가의 지갑을 뒤질 필요도 없겠죠. 그럴듯한 유언까지 준비를 끝마쳤다고 생각한 순간, 형제님에게 부탁드린 가지리소토가 갑자기 생각나지 뭡니까? 그리고 악마가 하느님의 의지를 파괴하기 위해 인간의 입속에다 혀를 매달았다는 원장신부의 목소리가 들려왔어요. 그걸 듣지 않으려고 몸을 움츠렸더니 배 속에서 꼬르륵하는 소리가 흘러나오더군요. 그 소리가 얼마나 컸던지 제 머리맡에서 졸고 있던 마테오 수사가 깨어났고, 이내 상황을 파악한 그는 소리를 내면서 웃기까지 했습니다. "그러면 그렇지, 파블로가 지상에 음식을 남긴 채 그냥 떠날 리가 없지." 그는 실제로 이렇게 말하지 않았지만, 저는 그의 의미심장한 표정을 통해 이렇게 들었습니다. 자상하기 이를 데 없는 마테오 수사는 식당으로 내려가 차갑게 식은 호박수프 한 접시를 들고 왔지요. 그걸 한 숟가락 삼키는 순간 저는 수치심과 분노를 느꼈고 다시 이야기들이 몸속에서 꿈틀거리는 걸 감지했죠. 그래서 호박수프를 고스란히 남긴 채 형제님이 나타날 때까지 허기를 참고 있었답니다. 가지리소토를 먹으면서 고스란히 제 의지만으로 죽음을 유예시킨 사건을 자축하고 싶기도 했지요. 이슬람 세계에서 건너온 가지를 처음 본 이탈리아 사람들은 정신 착란을 일으키는 '미친 사과'라고 명명했다는데, 정작 그게 저를 살렸네요. 배교 행위라는 비난 따윈 괘념치 않겠어요. 하지만 그걸 먹고 나면 눈부터 좀 붙이겠습니다. 오늘의 이야기를 여기서 멈출 테니, 형제님이 지금 손에 들고 계신 걸 여기에 내려놓아주시겠습니까? 밤길 조심해서 귀가하시고 내일 편안한 심신으로 다시 뵙죠.

후덕하신 형제님. 어제의 가지리소토는 아주 훌륭했습니다. 그걸 또다시 먹을 수만 있다면 제 몸에서 가장 비싼 장기 하나를 꺼내드릴 수도 있을 것 같군요. 하지만 아직 맛보지 못한 산해진미를 위해서라도 방금 먹은 음식을 내일 또다시 가져다 달라고 요구하진 않겠어요. 배가 고프거나 외로울 때 오늘의 식도락을 떠올리겠습니다. 정말 고맙습니다. 이곳에서 저를 행복하게 만들어주시는 분은 하느님과 형제님밖에 없네요. 그 밖의 사람들은 악마의 자손들에 불과하죠. 인간들에게 영원한 패배를 이해시키기 위해 악마가 발명됐다는 사실을 그들은 결코 인정하지 않아요. 그래서 늘 누군가를 좌절시키고 그때 잠시 느끼는 우월감으로 자신의 삶을 조금씩 이동시키는 데도 전혀 미안해하거나 부끄러워하지 않는답니다. 사실, 오늘은 너무 우울해요. 형제님 때문은 결코 아니고, 여기 있는 누구 때문도 아니죠. 그저 분명한 목적도 없이 남의 힘을 빌려 목숨만 연장하고 있는 제가 너무 한심해서 견딜 수가 없군요. 자주 드는 생각은 아니지만, 한 번씩 이런 생각이 파도처럼 몰려오면 며칠 동안 식욕을 잃고 말문이 막힙니다. 도대체 전 왜 아직까지 살아 있는 걸까요? 제이야기가 다 무슨 소용이란 말입니까? 제게 전혀 쓸모없는 진실이 다른 자들에겐 필요할까요? 침대에서 방바닥으로 머리부터 처박히면 이 누추한 삶을 간단히 끝낼 수 있건만, 저는 왜 마지막 순간에 매번 결정을 바꾸는지 도저히 모르겠네요. 저를 살리고 계신 건 하느님이십니까, 형제님이십니까? 아니면 악마의 혀입니까? 그리고 세상에 이런 보호시설들은 왜 필요한 걸까요? 이곳에 갇힌 자들은 노동을 하거나 세금을 납부하지도 않고 땔감이나 비누 재료로도 활용할 수 없으니 계속 살려두는 것보단 차라리 한꺼번에 죽이는 게 이웃들과 후손들에게 도움이 되지 않을까요? 고백하건대, 저희가 잠든 사이에 누군가 이 방을 죽음의 가스로 가득 채워주길 기도한 적도 아주 많았습니다. 현행법은 인간이 존엄하게 살 수 있는 권리만 보장할 뿐, 존엄하게 죽을 권리를 허용하고 있지 않아서 문제예요. 하지만 너무 많은 사람이 저희 때문에 존엄하게 살지 못하고 있는 마당에 저희의 존엄한 죽음을 주장하는 건 너무 뻔뻔한 짓이 아니겠습니까? 매일 제게 음식을 가져다주시느라 정작 자신의 식사를 챙기지 못하고 계신 형제님에게 제가 무엇으로 보답해야 할지 늘 고민하고 있습니다만, 보시다시피 저는 누군가를 쫓아버릴 수 있는 형편이 전혀 못 되니 형제님이 먼저 저를 버리시는 편이 낫겠습니다. 당장이라도 원장신부를 찾아가 특권을 요구하세요. 가령 겟세마네와 마주하고 있는 여자 병실로 배치받으신다면 지금보다 훨씬 편하게 지내실 수 있을 거예요. 여자들이란 손발이 잘리고 정신이 오락가락해도 남자들 앞에서는 자신을 꾸미려고 노력하는 존재들이니까, 형제님처럼 젊고 잘생긴 남자라면 열렬히 환영받으실 겁니다. 형제님은 그런 자격을 충분히 갖추셨어요. 원하신다면 제가 마테오 수사나 셀리아 수녀에게 부탁드려 볼게요. 저는 그들 앞에서 형제님을 칭찬하는 대신, 오히려 비난하고 조롱하는 말을 건

넬 겁니다. 그러면 그들은 형제님이 얼마나 훌륭하고 성실한 사람인지 단숨에 알아차리겠죠. 그동안 이곳을 찾아온 자원 봉사자들 중에서 형제님보다 더 오랫동안 저를 견뎌낸 자는 단 한 명도 없었으니까 그들은 형제님의 고통을 충분히 이해하고 기꺼이 다른 역할을 맡길 겁니다. 저의 어쭙잖은 고백과 읍소에도 불구하고 형제님이 계속해서 제 식도락을 돌봐주시겠다면, 그리고 형제님이 통과해가셔야 할 시간의 미로가 여전히 갑갑하고 혼란스러우시다면, 미래에 대한 기대가 늘 현재의 안락을 파괴해왔다고 불평하고 계신다면, 이곳에서는 굳이 새로운 일을 시작하는 것보다는 손에 익은 일에 집중하는 게 훨씬 낫겠다고 생각하신다면, 저는 기쁜 마음으로 어제의 이야기를 이어가겠습니다. 그리고 지금부터는 이틀에 한 번씩, 그리고 아주 평범한 보상만을 요구할게요. 사실, 손발이 잘리고 정신이 오락가락한데도 매달 달거리를 하는 여자들을 돌보는 건 결코 쉬운 일이 아니랍니다. 친한 친구들끼리 비슷한 주기로 달거리를 하는 이유에 대해선 의사 선생님이신 형제님이 저보다 훨씬 더 잘 알고 계시리라 믿습니다. 그래서 바통을 주고받으며 이어달리기를 하는 동안 그녀들은 평소보다 더 많은 화장품과 향수를 사용하는데, 셀리아 수녀에게 화장품을 빼앗겨도 결코 치장을 멈추는 법이 없어요. 화장품이 없으면 식판의 음식이나 심지어 자신의 오줌을 활용할 정도니, 하느님이신들 그녀들의 허영을 멈추게 하실 수 있을까요? 이어달리기의 마지막 선수가 결승선을 통과할 때까진 수시로 그 방을 환기시켜야 하죠. 열린 창문을 통해 화장품 냄새가 저희 방까지 밀려오면 이 방에 갇혀 있는 호색한들은 일제히 색정에 빠져들지만 호르몬의 요동을 잠재워줄 구원자는 너무 먼 곳에 있고 거기에 닿을 방법이라곤 꿈밖에 없으니, 사타구니 사이에 베개를 낀 채 버둥거리다가 침대보에 오줌을 지릴 수밖에. 여자에 대한 경험이 많은 제가 감히 조언하건데, 제 스스로 꾸밀 수 없는 여자는 남자를 결코 사랑하지 않아요. 그런 여자들로 가득 찬 할렘 역시 천국보다는 지옥에 가까울 겁니다. 그녀들은 늘 악마와 거래한 뒤 남자들을 조종해서 세상에 죄악을 퍼뜨리죠. 형제님 역시 여자들의 음모에 빠져 이곳에 오신 게 아닌가요? 이곳을 무사히 빠져나가신다면 형제님께서도 저처럼 색욕보다 식도락에 더 열광하시게 될지도 몰라요. 적어도 음식은 정체를 속이지 못하고 변덕을 부리지도 않는다는 점에선 여자들보다 훨씬 훌륭하죠. 스위스의 요양병원에서는 호스피스뿐만 아니라 접대부들을 고용해서 수용인들의 성적 욕망까지 해결해준다고 하던데, 저는 그저 제 눈앞에 놓인 음식들 중에서 어느 것부터 먹어치워야 하는지 고민하다가 정작 어느 것 하나 삼키지도 못한 채 죽을 수 있었으면 좋겠어요. 그렇다고 형제님께 제 시신마저 맡기진 않을 테니 걱정하지 마세요.

　사지가 잘려나간 채 이곳에 갇힌 뒤로 저는 악마와도 같은 식탐과 치열하게 투쟁했습니다. 그리고 그 투쟁에서 처절하게 패배하자, 적어도 제 식탐 때문에 타인들이 고통받지 않게 할 방법을 오랫동안 고민했죠. 그리고 마침내 제 음식을 스스로 조달하는 방법을 우연히 찾아냈습니다. 파타고니아에서 귀국하기 직전에 저는 그곳에서만 자란다는 버섯으로 만든 요리를 먹은 적이 있습니다. 아시겠지만 그곳은 남극과 가까운 곳이어서 한여름에도 기온이 영상 십 도를 넘지 않아요. 그런 추위 속에서도 버섯이 자란다는 게 신기했어요. 느리게 자라서인지 단단하고 향기가 깊었습니다. 전 세계 암 환자들을 구해낼 천연 항암제로 각광받고 있다는 사실은 나중에 알았고요. 요리법이라고 해봤자 말랑말랑해질 때까지 뜨거운 물에 데친 뒤 소금을 뿌리는 게 전부였는데, 그 버섯을 먹을 때의 감각은 지금까지도 너무 생생하군요. 아무튼 그걸 마지막으로 삼키고 비행기를 탔죠. 공항에 내리자마자 구급차에 실려 응급실로 직행했습니다. 이틀에 걸친 봉합 수술은 실패로 끝났고 저는 뿌리만 남은 사지四肢를 붕대로 감싼 채 이곳으로 실려 왔지요. 나흘 동안 사경을 헤매다가 새벽에 정신을 차렸더니, 이곳 사람들이 마치 유령의 비명을 들은 것처럼 모두 끽겁하는 거예요. 하지만 저를 흔들어 깨운 건 발밑에서 밀려오는 똥 냄새였습니다. 무의식 상태에서 제가 침대 위에 똥을 지려놨더라고요. 그리고 그 똥 위에서 버섯이 발견됐죠. 전 그게 파타고니아의 버섯이라는 걸 단숨에 알아차렸어요. 그래서 빨대를 입에 물고 그걸 플라스틱 컵에 옮겨 담았습니다. 그리고 침대 밑에 숨겨두고 몰래 재배하기 시작했지요. 죽기 전에 다시 한번 그걸 먹고 싶었거든요. 나중엔 수상한 벌레들이 몰려들어 그 버섯을 갉아먹었습니다. 처음부터 그 벌레를 먹어치울 작정은 아니었어요. 허기 때문에 한밤중에 깨어나서 그 버섯 한 조각을 먹으려 했다가 실수로 그 벌레까지 삼켰던 것인데, 이전의 어떤 음식과도 비교할 수 없을 만큼 뛰어난 식감과 맛, 향기를 경험했죠. 그날 하루 종일 유쾌한 각성 상태로 지냈습니다. 그 뒤로부터 저는 그 벌레들을 배부르게 먹이기 위해 그 버섯을 재배했어요. 셀리아 수녀가 죽거나 이곳을 떠날 때를 대비해 비상식량을 비축하려는 목적도 있었고요. 방 안이 너무 건조하다고 생각될 때마다 저는 입에 물을 머금고 있다가 동료들이 목욕탕으로 몰려간 사이에 그걸 버섯과 벌레들 위에 뿜어줬지요. 완전히 자란 벌레는 채집해 침대 밑에서 말린 뒤 캐비닛에 숨겨두었습니다. 생일처럼 특별한 날마다 그걸 몰래 꺼내 셀리아 수녀가 만들어준 음식과 함께 먹었어요. 그러면 파타고니아의 광활한 풍경이 이어지고 오래된 기억에서 달콤한 목소리가 들려왔죠. 적어도 제 영혼만큼은 이곳에 갇혀 있지 않고 세상을 여전히 자유롭게 유랑하고 있다는 느낌까지 받았습니다. 이런 생활도 그럭저럭 견딜 만했습니다. 필리페에게 비밀을 들키기 직전까진 말이에요. 목욕을 하다 말고 혼자서 불쑥 방으로 돌아온 그 녀석은 제 침대 밑에 숨겨진 플라스틱 컵을 발견하고, 그것이 마치 사제폭탄이라도 되는 것처럼 호들갑을 떨었어요. 마테오 수사가 그걸 들고 정원으로 나가 불태웠지요. 캐비닛에 숨겨놓았던 마른 벌레들은 쓰레기통에 버려졌고, 저는 일주일 동안 고해소에 갇혀 하루 종일 성서를 낭독해야 했죠. 겟세마네에 돌아온 뒤로 저는 더 이상 자립을 꿈꿀 수 없게 됐답니다. 이곳의 수용인들은 이 보호시설을 유지시키는 데 꼭 필요한 설비나 연료 같은 존재이기 때문에, 혼자 힘으로 뭔가를 이루려고 시도한 자는 배신자로 매도돼 부당한 처우를 받더라고요. 그래서 그 사건 이후로 지금까지 저도 선의를 베푸는 자들에게 우월감을 충분히 주입할 수 있는 언행을 부단히 연습하고 있죠. 그래도 죽기 전에 그 버섯과 벌레를 꼭 한번 다시 맛보고 싶은데 어디서 어떻게 구할 수 있는지 모르겠네요. 혹시 형제님께서 그걸 알아봐주실 순 없을까요? 닥치는 대로 지구를 먹어치우는 가축들을 버섯과 벌레가 대체한다면 누가 알겠습

니까, 형제님이 그걸로 큰돈을 벌고 이곳의 최대 후원자가
되실 수 있을지도?

　너무 미안합니다. 도저히 참을 수가 없었어요. 형제님 잘
못이 결코 아닙니다. 거듭 말씀드립니다만, 형제님이 준비해
주신 가지리소토는 제가 그동안 먹어본 음식 중 단연 최고였
어요. 다만 이토록 훌륭한 음식을 너무 오랜만에 먹었기 때
문에 내장에서 거부 반응이 일어난 것 같아요. 그래서 삼킨
것 대부분이 소화되지 않은 채 흘러나오고 말았네요. 설상가
상으로 어제저녁의 자원봉사자가 기저귀를 제대로 채워주지
않는 바람에 오물이 침대보까지 더럽혔군요. 이 수치스러운
사건은 제 부실한 소화 능력과 게으른 자원봉사자가 만든 합
작품입니다. 하지만 형제님이 제때에 나타나주셔서 너무 다
행입니다. 형제님은 그리스도의 열네 번째 제자이신 게 틀림
없어요. 열세 번째 제자가 그리스도를 배신했다면 열네 번째
제자는 그의 부활을 물심양면으로 도왔죠. 곤경에 빠진 저를
제발 목욕탕까지 데리고 가서서 따뜻한 물로 깨끗이 씻겨주
세요. 제 몸에 묻어 있는 냄새가 몹시 역겨우시겠지만 저는
그 역겨운 냄새보다는 더 가치 있는 사람입니다. 몸을 씻기
고 기저귀까지 갈아입히느라 한바탕 힘을 쏟고 나면 형제님
은 저를 더욱 경멸하게 되실 것이고, 이곳을 서둘러 탈출해

야 하는 이유를 더 확실히 깨닫게 되실 거예요. 죄악이 인간의 갱생에 긍정적으로 작용하는 순간이죠. 제발 서둘러주세요. 하느님께서 보내주신 형제님 앞에서야 제가 뭘 감추겠습니까만, 이곳에서 여생을 함께 보내야 하는 동료들에게는 이모습을 보이고 싶진 않군요. 목욕을 끝낸 뒤에 이야기를 계속 들려드릴게요. 내일은 음식을 준비해 오지 마세요. 소화가 잘되는 셀리아 수녀의 요리를 약처럼 먹는 게 좋을 것 같으니까요. 그 대신 형제님이 이곳을 영원히 떠나시기 전에, 꼭 다시 한번 가지리소토를 먹을 수 있게 해주세요. 그때도 소화에 실패하면 가지에 악마의 저주가 숨겨져 있다던 이탈리아 사람들의 조언을 믿겠습니다.

4

네 웃는 모습을 볼 때마다 나는 장미의 가시를 떠올린다. 네 미소는 타인의 고통 속에서 더욱 생기를 얻는 것 같구나. 하마터면 네 얼굴을 어루만지기 위해 나도 모르게 팔을 뻗을 뻔했다. 때마침 셀리아 수녀가 지나가다가 내 소매를 붙잡지 않았더라면 너는 나의 눈을 정면에서 들여다봤을 것이고 개구리처럼 불쑥 내 영혼 안으로 뛰어드는 물체에 크게 놀라 네 아버지의 이름을 불렀을 수도 있다. 하마터면 나는 십삼 년 동안 준비해온 작품을 무대에 올리지 못할 뻔했으나 셀리아 수녀 덕분에 악마의 올무를 간신히 피할 수 있었다. 너에 대한 나의 복수는 내가 지극히 평범한 인간이라는 사실을 증명해 보이는 유일한 방법이다. 상찬받을 만한 외모나 능력을 지니지 못했더라도 이성적 역사를 관통해온 인간이라면 누구나 자신의 의지대로 살아갈 수 있는 권리를 보호받아야 한다. 네가 나를 파괴할 수 없을 때, 이곳의 수용인들은 원래 있던 자리로 돌아갈 수 있고 전쟁이나 학살은 지구상에서 사라질 것이다. 그래서 나는 너에 대한 복수에 더욱 집중한다. 범죄를 저지른 자를 찾아내 처벌하는 것만큼이나 비극이 시작된 배경을 밝혀내고 교정하는 일도 복수의 중요한 과정이므로, 네 아버지와 그가 군림하고 있는 세계 역시 나는 철저하게 파괴할 것이다. 나는 타인이나 미래를 생각할 만큼 이타적인 인간은 아니지만 나의 무능함이 범죄의 명분이 되는 걸 더 이상 방관할 순 없다. 더군다나 죽음을 맞이하기 전까지 내가 달리 할 수 있는 소일거리도 없으니, 너와 네 아버지의 공멸을 목표로 달리기 시작한 폭주 기관차를 중간에 결코 세우진 않을 것이다. 폐허 위에서 나의 정체를 발견해낸 자들이 이곳을 폐쇄하고 수용인들을 모두 내쫓게 되더라도 나는 내 행동을 후회하지 않겠다. 평생 거짓 천국에 갇혀서 하느님과 악마 사이에서 어릿광대 노릇을 하는 건 결코 인간의 목적이 아니며, 투쟁해서 얻어내지 않은 것들은 결코 지켜낼 수 없다는 사실을 이곳의 수용인들뿐만 아니라 성직자들도 확실하게 배워야 한다. 성서에는 분명하게 기록돼 있으나 아무도 그 진실을 알려주지 않으니, 삶보다도 죽음에 더욱 가깝게 살고 있는 나라도 먼저 나설 수밖에. 하지만 나는 결코 비극의 무대에 배우로서 등장하진 않을 테니 넌 연출자의 정체는커녕 무대의 위치와 규모, 그리고 공연 시간조차 알 수가 없다. 내 사주를 받은 배우들마저 내가 자신들에게 주입

시킨 명령이 무엇인지도 모른다. 그들은 자신의 자유의지대로 행동했다고 굳게 믿을 것이므로 거짓말탐지기를 무사히 통과할 것이다. 설령 나의 고백을 듣더라도 그들은 불쾌감을 격하게 표시하면서 완강히 부정할 게 뻔하다. 그러니 피해자와 가해자, 그리고 명백한 동기가 완벽하게 갖춰진 시나리오를 내가 굳이 나서서 수정하고 싶진 않다. 가령 어떤 인간의 자살은 그의 정치적 견해나 경제적 상황, 도덕적 감수성, 투병 이력, 유년기의 상처와는 아무런 관련이 없다. 그는 그저 자신의 몸에 기생하고 있는 자살 유전자의 명령을 받았을 뿐이다. 그런데도 한 인간의 자살을 유전자의 메커니즘만으로 설명하는 경우는 거의 없다. 망자의 죽음이 완성한 미학적 성취가 훼손되는 걸 막기 위해 그의 인생에 투영돼 있던 부정적 요소들이 총동원되는 것이다—그걸 진정한 이해나 추모라고 할 수 있을까? 내가 진심으로 바라는 상황도 이와 같다. 전혀 기억할 수 없는 과거에서 건너온 인간에 의해 너처럼 전도유망한 젊은이의 미래가 완전히 파괴됐다는 식의 상투적 해석은 중지시키고 싶다. 그래서 정체가 모호한 배우들을 무대에 가능한 한 많이 등장시킬 것이다. 내 명령을 수행할 그들은 나보다는 훨씬 뛰어나지만 너에게는 하찮기 이를 데 없는 자들이어야 한다. 나처럼 비천한 자에 대한 우월감과 너와 같이 축복받은 이들에 대한 열등감 사이에서 고통받던 인간이 충동적으로 저지른 범죄로 결론지어져야 관객들은 이 연극의 배우들이나 배경에만 함몰되지 않고 그것의 주제와 목적을 고민하다가 마침내 반성과 용서를 통해 사법제도를 개선하려고 시도할 것이다. 나는 그런 목적을 완벽하게 수행할 배우들을 찾아내기 위해 애썼다. 너도 이미 이백여 시간 남짓 이곳에서 지냈으니 나의 고통에 어렴풋이나마 공감할 수 있을지도 모르겠다. 대부분의 수용인은 거대한 신체적 결함을 지닌 채 무력감으로 똘똘 뭉쳐져 있다. 이곳의 성직자들은 수용인들에 비해 훨씬 뛰어난 심신을 지니고 있긴 하지만 그렇다고 너를 압도할 정도는 아니다. 그리고 결정적으로 복수의 순기능을 전혀 이해하지 못한다. 성직자가 아닌 일반 관리인들에겐 인생의 목표와 이력을 매 순간 확인하고 수정할 의지나 열정이 없다. 그러니 이런저런 이유로 이곳을 찾은 자원봉사자들 중에서 연극배우를 찾는 게 합리적일 것 같다. 그들은 확실히 우월감과 열등감 사이에서 예민하게 반응한다. 게다가 하나같이 확고한 정치적 성향을 지니고 있어서 작은 갈등에도 쉽게 흥분하고 손익에 따라 기민하게 이합집산 한다. 하지만 그들 대부분은 이곳에 사흘 이상 머물지 않기 때문에, 친분을 쌓고 속마음을 털어놓을 시간이 많지 않다. 그렇다면 너는 또 어떤 후보군을 의심할 수 있을까? 너에게 필요할는지 모르겠으나 자비를 발휘해 힌트를 하나 주자면, 인간을 가장 효과적으로 가둘 수 있는 미로의 형태는 직선이다. 자신이 서 있는 위치에서 전후좌우를 가늠할 수 없을 때 인간은 공포에 휩싸이고 그 공포는 영원한 실수를 유도한다. 그래서 영원한 시간은 항상 직선으로 흘러가는 것이고, 그 안에 휘말린 인간은 곧 숨이 넘어갈 지경인데도 지독한 권태를 불평하는 것이다.

다시 네게 묻겠다. 만약 내가 지금이라도 네 앞에 나타나 정체를 밝힌다면 너는 나를 알아볼 수 있겠느냐? 이미 말했지만, 십삼 년 동안 나는 내 육체와 영혼을 완전히 바꾸어 나를 낳은 부모조차 지금의 나를 알아보지 못할 것이라고 자신한다. 설상가상으로 너는 내게 저질렀던 죄악마저 전혀 기억하지 못하기 때문에 네 앞의 나는 아직까지 단 한 번도 만난 적이 없는 타인일 뿐이다. 네 빈약한 상상력과 이해력으로는 네 아버지가 네게 강제로 설치해놓은 봉인을 풀어 헤칠 수 없다. 인간만큼이나 뛰어난 지능을 지닌 유인원이 수십만 년 동안 전혀 진화하지 못한 까닭이 그들에겐 창발성이 부족하기 때문이라고 들었다. 그러니까 인간은 스스로 문제를 만들고 정답을 찾아내며 그것들을 기억하고 일반화할 수 있지만, 유인원은 비정상적인 상황이 벌어진 이후에만 비로소 방법을 궁리할 뿐 정작 질문과 답을 관련지어 기억하는 데 서

툴다는 것이다. 비정상적인 상황에서 최선의 해결책을 찾아
내는 능력보다는 최악의 선택을 피해가는 능력 덕분에 인간
은 최강자로 지구상에 군림하게 됐을지도 모른다. 너를 파
괴할 이유와 방법뿐만 아니라 그 결과가 연쇄적으로 일으
킬 사건들까지 미리 예측하고 있는 내가 적어도 여기서 지금
은, 자신의 과거조차 기억하지 못하는 너보다 훨씬 유능하다
고 말할 수도 있지 않을까? 그 사실을 확인하기 위해 나는 십
삼 년 전 사건과 관련된 몇 가지 단서들을 여러 경로로 너에
게 흘렸고, 네가 그걸 어떻게 받아들이는지 세심하게 관찰했
다. 그것은 문장과 단어, 표정과 침묵이었다. 그 단서들은 언
뜻 아무런 연관도 없는 것처럼 보이지만 두 개 이상을 정확
히 끼워 맞추는 순간 기묘한 이야기가 흘러나오도록 설계돼
있어서, 네 망각과 침묵의 봉인을 풀어 헤쳐줄 것이라고 기
대했다. 하지만 너는 나의 미끼에 아무런 반응도 하지 않았
다. 사실 그 미끼를 처음 발명한 자는 내가 아니라 바로 너였
다. 네가 던진 그 미끼를 십삼 년 전 내가 덥석 무는 바람에
내 인생이 통째로 파괴됐던 것이다. 나는 그걸 뱉거나 삼키
지도 못한 채 십삼 년 동안 몸 안에 매달고 있다. 그것은 썩거
나 녹지도 않는다. 오히려 시간이 지날수록 더욱 크고 무거
워졌다. 그런데 너는 그걸 전혀 알아차리지 못했다. 적어도
내게는 그렇게 보였다. 그러니 밀림 속에 고립된 유인원처럼

너에겐 창발성이 완전히 거세돼 있다는 사실을 인정할 수밖에 없었다. 존귀한 인간인 너에게 그토록 잔인한 일을 저지를 수 있는 자라면 의학적 지식과 임상 경험이 많은 네 아버지가 유일하다. 훗날 사건의 전모가 모두 밝혀졌을 때 네 아버지는 너를 살리기 위해 어쩔 수 없었다고 변명할 테지만, 사실은 너를 살리려는 게 아니라 자신을 살리기 위해 너를 이용한 것에 불과했다. 너는 네 아버지의 인생에 매달려 있을 때에만 빛나는 고급 액세서리였으니까. 진정으로 너를 불쌍하게 여기는 자는 네 아버지가 아니라 바로 나다. 네 아버지에게 모든 걸 빼앗기고도 나는 그의 죄악에서 너를 분리해내기 위해 십삼 년 동안 버둥거렸다. 내가 제대로 죽기 위해서라도 너를 파괴해야 했지만 그 당위성을 받아들일 수 없었다. 그리고 나의 복수가 성공한 뒤에 네가 느끼게 될 고통의 규모를 가늠해보려고 지금도 애쓰고 있다. 어쩌면 나는 너보다 네 아버지에게 복수하고 싶은지도 모르겠다. 다만 내가 네 아버지를 직접 단죄할 수가 없어서 부득이 너를 동원하고 있을 수도 있다. 그러니까 너는 이정표이자 출입구일 뿐이다. 너 역시 나와 다를 바 없는 피해자에 불과하다는 연민을 벗어던지기 위해 나는 네가 이곳에 나타난 뒤로 사흘 동안 극도의 자괴감 속을 헤맸다. 하지만 격렬한 변증법을 거쳐 생의 마지막 목표가 확정되자 한없이 평온해졌다. 나의 복수는 몇 사람을 제외한 모두를 행복하게 만들어줄 것이라고 확신한다. 하지만 네가 꼭 기억해야 할 게 있다. 설령 내가 복수에 성공하더라도 나는 네게 빼앗긴 것들을 거의 되돌려 받지 못할 것이며 오히려 내가 겨우 지닌 것들마저 모조리 잃게 될 것이라는 사실을. 네가 파괴된 뒤로 어떤 기쁨이나 고통이 이 지옥 속에 나를 살려놓을 수 있단 말이냐? 무위의 일생을 끝내기에 앞서 내 장기를 불치不治의 타인들에게 골고루 나눠 주는 것으로 존엄의 의무를 다하고 싶을 뿐.

너 혼자서는 결코 발견할 수 없을 단서를 지금부터는 내가 직접 일러주겠다. 복수의 결과야 너와 나의 운명에 이미 반영돼 있으니, 그 단서를 미리 알려준다고 한들 네가 바꿀 수 있는 건 아무것도 없다. 그리고 네가 더 이상 네 운명을 통제할 수 없게 됐을 때 '이 책을' 우연히 발견하게 될 것이다. 어떤 책들은 그 속에 등장하는 인물의 일생이나 사건의 인과를 설명하기 위해 출간된다. 아무것도 결정되지 않은 상태에선 책 또한 완성할 수가 없다. 책은 기억을 확장시키기 위한 방편으로 발명됐기 때문이다. 역사책이 그렇고 종교의 경전들이 그렇고, 자서전이나 소설이 그렇다. 아직 죽지 않은 인간이나 아직 일어나지 않은 사건에 대해 기술한 책들은 언제든 수정되거나 불태워질 수 있다. 신비한 예언서 중에는 출간

당시 주목을 받지 못했다가 오랜 시간이 지난 뒤에야 비로소 가치를 인정받은 것이 적지 않은데, 예언서의 내용이 현실에서 이미 실현됐다는 사실을 누군가 밝혀낸 뒤에야 비로소 부활이 가능했다. 만약 미래의 누군가가 이 책을 우연히 읽고 어떤 인물이나 사건에 대해 깊이 이해하게 됐다면, 이는 그의 주변에 너처럼 잔혹한 죄를 저지른 가해자와 나처럼 처참하게 파괴된 피해자가 많이 살고 있으며 그들 사이에서 정당한 처벌과 용서가 아직 이루어지지 않았다는 뜻으로 해석해도 좋을 것이다. 아직 결정되지 않은 너와 나의 운명 안으로 드나들 수 있는 자들은 결코 이 책의 존재를 알 수 없고, 설령 그들이 나중에 이 책을 읽게 되더라도 내용을 거의 이해하지 못할 테지만, 짐짓 이해했다고 거짓말을 할 수는 있다. 하나의 사건에 개입된 개인적인 동기와 사회적 배경을 명확하게 파악할 수 있는 자는 아무도 없다. 심지어 내가 계획한 복수조차 너무 복잡하고 모호한 메커니즘으로 작동한다. 내가 이해했거나 기억할 수 있는 것만을 이 책에 기록한다고 하더라도, 인간의 불완전함 때문에 어쩔 수 없이 진실과 정확히 일치시킬 순 없다. 누락된 진실을 찾아내고 그것의 쓸모를 강조할수록 맥락은 오히려 더욱 복잡해지고 어두워졌다. 진실은 상하기 쉬운 식재료와 같아서 그것의 가치를 최대한 살리려면 채취한 즉시 부엌으로 가져가 짧은 시간에 요리하되 양

념은 거의 사용하지 않은 채 손님의 식탁에 올려야 한다. 그리고 식객들은 요리가 차갑게 식고 있는데도 식사 예절 따위를 따지느라 시간을 낭비해서는 안 된다. 식재료가 채취된 순간부터 식객들의 배 속에 들어가는 과정이 단순하고 짧을수록 음식의 미덕은 제대로 이해될 수 있다. 그렇다고 요리사가 연회장으로 나와 식재료에 담긴 역사와 영양을 직접 설명하고 요리법까지 시연해 보일 필요는 없다. 고급 음식을 먹을 때 느끼는 만족감은 대체로 지적 허영심에 불과하며 그 정도는 패스트푸드를 먹을 때에도 충분히 얻을 수 있다고 나는 확신한다. 우리의 운명이 흥미로운 사건들로 엮여 이 책에 고스란히 담기길 희망하면서 나는 매일 일기처럼 기록하고 있지만 어제까지의 기록을 거의 들춰보지는 않는다. 한 인간의 인생에서 정작 기억할 만한 사실은 그리 많지 않기 때문에 일기의 대부분은 거짓으로 채워질 수밖에 없다. 그 속에 내 사랑과 네 죽음이 담겨 있다.

어쨌든 내가 너에게 창발의 단서로서 일으킨 첫 번째 사건은 이러했다. 너는 그때도 파블로에게서 흘러나오는 이야기에 집중하고 있어서 주변의 상황을 거의 감지하지 못했다. 그곳에서 지내는 수용인들 대부분은 자원봉사자들에게 업혀 목욕탕—질 나쁜 자원봉사자들은 그곳을 세척실이라고 부른다—으로 몰려간 뒤였다. 하지만 다묵장어 노인은 자신의 침대에 그대로 남아 있었다. 항상 그를 도맡아 씻기던 마테오 수사가 시간에 맞춰 그곳에 나타나지 않았기 때문이다. 다른 수용인들 같았으면 자신이 입게 될 손해를 참지 못하고 고함을 지르면서 침대 아래로 뛰어내렸을 것이다. 하지만 다묵장어 노인에겐 그럴 의욕이나 정력이 남아 있지 않았다. 생사를 구별할 수 없을 정도로 창백한 표정에 미동도 없이 그는 허공의 한곳을 응시하며 침대에 누워 있었다. 그가 온 힘을 긁어모아 방귀를 뀌지 않았다면 너와 파블로는 그의 존재를 잊어버렸을 것이다. 파블로는 그 고약한 냄새를 맡았지만 자신의 식도락을 방해받지 않기 위해 짐짓 모른 척하며 자신의 이야기를 이어갔다. 너는 그 냄새가 처음엔 파블로에게서 새어 나왔다고 생각했다. 그래서 표정을 일그러뜨리면서 경멸의 눈빛으로 그를 내려다보았다. 냄새는 좀처럼 방 안에서 사라지지 않았다. 그것은 파블로의 기묘한 이야기와 뒤섞이면서 너를 더욱 불쾌하게 만들었다. 너는 다묵장어 노인의 침대 뒤쪽에 있는 창문을 열었다. 신선한 바람과 활기 넘치는 소음이 방 안으로 밀려들어왔다. 너는 마치 방금 전에 수면으로 떠오른 잠수부처럼 깊은숨을 들이켰다. 잠시 시간의 질서가 무너지면서 네 몸속으로 자유의 기운이 꿈틀거렸다. 너는 징벌의 시간이 얼마나 남았는지 잠시 가늠해보았을 것이다. 바람과 소음은 파블로도 기쁘게 만들었다. 사지의 끝에서 시작된 경련이 몸의 중심으로 모여드는가 싶더니 그 역시 역겨운 냄새의 트림을 했다. 하지만 바람의 결기가 점점 강해지자 파블로의 몸이 뻣뻣해지기 시작했다. 마치 말을 타고 국경을 건너온 훈족처럼 바람은 방 안을 휘돌아다니면서 벽이나 침대에 붙어 있던 종이나 옷가지를 허공으로 던져 올렸다. 그리고 다묵장어 노인이 입고 있는 환자복의 옷섶까지 거칠게 풀어 헤쳤다. 쭈글쭈글해진 피부 위로 검은 젖꼭지가 유독 도드라져 있었다. 다묵장어 노인의 얼굴색은 점점 창백해져갔다. 그가 밭은기침을 연거푸 해대자 비로소 너는 자유의 기운을 몸속에서 급히 뽑아내야 했다. 노인은 마치 어린 양의 털로 엮은 양탄자처럼 보였고 바람을 따라 지옥으로 떠내려갈 준비를 마친 것 같았다. 너와 파블로는 잠시 머뭇거렸다. 너는 어떻게 해야 할지 몰라서 그랬겠지만, 파블로는 그 짧은 순간에도 다묵장어 노인의 죽음이 자신에게 가져다줄 이익을 계산해보았을 게 틀림없다. 너는 급히 방을 뛰쳐나가 마테오 수사와 마리아 간호사를 데리고 왔다. 창문이 열려 있는 걸 발견한 마테오 수사는 급히 창문을 닫았다. 그리고 방문까지 안에서 걸어 잠그더니 너에게 다가와 멱살을 잡았다. 공포에 사로잡힌 파블로는 더 이상 입을 열지 않았다. 다묵장어 노인처럼 중환자에겐 공기의 미세한 변화조차 치명적인 영향을 미칠 수 있기 때문에 환기에 주의해야 한다는 지침을 너는 매일 아침 마테오 수사에게서 듣고 있었기 때문에 허공에다 늘어놓을 변명을 찾을 수가 없었다. 다행히 마리아 간호사의 응급처치 덕분에 다묵장어 노인은 기침을 멈추고 다시 안정을 되찾았다. 마테오 수사는 방금 전에 일어난 사건에 대해 아무에게도 발설해서는 안 된다고 너와 파블로에게 엄중히 경고했다. 만약 약속을 지키지 않는다면 너에게 특별히 허락됐던 특혜는 모두 중단될 것이고 파블로마저 여기서 추방될 것이라고 협박하기도 했다. 마테오 수사가 다묵장어 노인을 업고 목욕탕으로 사라진 뒤에도 너는 마테오 수사의 경고를 제대로 이해하지 못해 한참 동안 허공을 올려다봤다. 보다 못한 파블로가 나서서, 마테오 수사가 모두에게 감추고 싶어 하는 진실은 다묵장어 노인이 이승보다 저승에 더 오래 머물러 있다는 게 아니라 그가 남자 중환자실에 머물 수 없는 여자라는 사실이라고 너에게 귀띔해주었다. 그 노인을 남자 중환자실에 일 년 이상 머물게 하고 있다는 건 여자 중환자실이 이미 비극으로 포화 상태라는 뜻이거나, 이곳의 남녀 수용인들을 통틀어 다묵장어 노인이 가장 위중하다는 의미였다. 성욕으로 고통받고 있는 수용인들의 호기심과 범죄를 막기 위해 마테오 수사가 다묵장어 노인의 목욕을 도맡았고, 평소에도 노인의 옷섶이 쉽게 벌어지지 않도록 환자복 안쪽에 별도의 끈을 매달아두었던 것이다. 목욕탕에 갔던 수용인들과 자원봉사자들이 돌아오는 소리가 들리자 파블로는 입을 다물었고, 너는 수용인들의 침대를 정리했다. 하지만 다묵장어 노인의 젖가슴을 본 뒤에도 네가 십삼 년 전에 네 짐승 같은 욕정 아래 벌벌 떨고 있던 여자를 떠올리지 못했다는 데 분개해서 나는 하마터면 손에 쥐고 있던 성서를 네게 던질 뻔했다.

　그 뒤로 내가 너에게 직접 들려준 문장은 이러했다. "눈을 감는 자에게만 공포가 생겨나기 때문이지요." 그건 십삼 년 동안 내가 끊임없이 되새김질한 쓸개즙이었다. 나의 고통은 꿈속에서조차 멈추지 않았다. 그래서 잠자리에 들 때마다 꿈을 꾸지 않게 해달라고 기도하거나 벽에 머리를 처박기도 했다. 하지만 어김없이 오늘의 꿈은 어제의 꿈을 반영해 더욱 기괴한 내용으로 전개됐고 잠자리 밖에서도 한참 동안 상영됐다. 노동과 커피, 각성제와 독서로 잠의 완력에 저항해보았으나 잠의 갈피마다 칼날처럼 스며 있는 악몽에 난자당해 꼬꾸라지기 일쑤였다. 엄지손가락의 손톱을 뽑아내면 악몽을 피할 수 있다는 민간요법은 결코 적절한 처방이 아니었다. 몽마에 이끌려 사지死地를 헤매느라 너덜너덜해진 육신 안에서 목숨 줄 하나가 뚝 하고 소리를 내면서 끊기는 순간

검은 소용돌이 속으로 빨려 들어가는 장면을 나는 자주 상상했다. 하지만 네가 이곳에 나타나자 악몽은 거짓말처럼 멈췄다. 너에 대한 복수의 의지가 몽마의 대가리를 단칼에 잘라낸 것이다. 잠자리에 누웠나 싶었는데 잠시 후 눈을 떠보니 아침이었고, 마치 상처 없이 다시 태어난 것처럼 몸과 마음은 종잇장처럼 가볍고 투명해져 있었다. 꿈의 내용은 전혀 기억나지 않았으나 나는 이미 인류가 수십 세기 동안 꿈꾼 내용 전부를 알고 있는 것 같은 착각에 빠져들었다. 너에 대한 나의 복수가 곧 하느님의 뜻이자 모든 인류의 염원이라는 사실을 직감했다. 그래서 나는 십삼 년 동안 나를 괴롭혀오던 꿈의 내용을 네게 들려주려고 했다. 어느 날 네가 쇠고기케밥을 가방에 숨긴 채 겟세마네에 들어섰을 때 후안은 자신의 머리 위에 단두대의 칼날처럼 매달려 있는 초상화를 없애달라고 네게 부탁했다. 하지만 너는 자원봉사자에게 허락된 행동 이외의 선의를 베푸는 건 규정으로 엄격히 금지돼 있다고 후안에게 설명했다. 후안은 자신이 잠들어 있는 사이에 그 칼날이 정수리나 목을 향해 떨어져 내릴까 봐 몹시 불안하다고 호소하면서 네 결단을 자극했다. 그러자 너는 그 초상화가 걸려 있는 못이 벽에 단단히 박혀 있다는 사실을 후안에게 확인시켜주었다. 벽이 무너지거나 나무 액자가 저절로 해체될 수도 있었는데 너는 그것까진 확인하지 않았다.

그러면서 잠자리에 누워서 즐거운 상상을 해보라고 충고했다. 그랬더니 후안은 그 단두대를 없앨 수 없다면 차라리 자신의 목숨을 먼저 거둬가 달라고 소리쳤다. 그러면서 그가 이렇게 말했다. "눈을 감는 자에게만 공포가 생겨나기 때문이지요." 그 문장은 스페인 궁정화가였던 프란시스코 고야가 한 말이다. 그리고 십삼 년 전에 너와 내가 미술관에서 함께 그의 그림을 보았을 때에도 나는 너에게 그렇게 말했다. '변덕들'이라는 제목으로 분류된 판화 중 하나의 작품에는 '이성의 잠은 괴물을 낳는다'라는 제목이 붙어 있었는데, 책상에 엎드려 잠이 든 젊은이 주위로 부엉이와 박쥐, 스라소니가 모여 있었다. 나는 얼굴을 감추고 있는 그 젊은이의 정체를 분명하게 알고 있었다. 그건 바로 너였다. 그리고 네 등에 내려앉는 부엉이가 나처럼 여겨졌다. 너에게 애정을 표현하고 싶지만 내가 너를 움켜쥘수록 나의 발톱에 너의 피와 살점이 묻을 수밖에 없다. 화가는 원래 이 그림에다 '꿈'이라는 제목을 붙이려고 했다는 문구까지 읽자, 너와 내가 장차 겪게 될 상황을 수 세기 전의 외국 화가가 이미 알고 있었다는 생각이 들어 섬뜩해지기까지 했다. 나는 너와의 연애가 비참한 결말로 치달을 것이라는 암시를 받았다. 그래도 나는 너를 잠에서 깨우기 위해 그 제목을 큰 소리로 읽어주었는데 그건 크나큰 실수였다. 오히려 그 행동은 너와 나의 운명 안에 공포를 이식했기 때문이다. 십삼 년 뒤에 너는 네 아버지에게 자신의 기억을 빼앗긴 채 괴물로 변신하고 말았다. 불행 중 다행이라면 너는 아직까지도 잠들어 있어서 자신이 괴물이 됐다는 사실을 깨닫지 못한다는 것이다. 어쩌면 너는 네 자신이 괴물이 됐다는 사실에 크게 실망하지 않을 수도 있다. 괴물의 권력을 지닌 자는 세계의 질서에 굴복하지 않고서도 자신의 의지대로 살아갈 수 있으니 오히려 아버지에게 감사하고 있을지도 모른다. 이런 생각은 내가 너와 같은 인간이라는 사실을 역겹게 만들었다. 평범한 인간은 자신의 세계에 괴물이 침입했다는 사실을 알게 된 순간부터 급격히 파괴돼간다. 괴물을 피할 방법을 찾으려 하다가 이웃과 세상을 파괴하기도 하고, 괴물의 환심을 살 방법을 발명해내면서 또다시 이웃과 세상을 파괴한다. 더 끔찍한 사실은 괴물 역시 스스로를 평범한 인간으로 여긴다는 것이고, 괴물의 폭력을 경험한 인간들은 하나같이 괴물의 논리와 질서를 흠모하게 된다는 것이다. 괴물은 유성생식이 아닌 자기 분열을 통해 득세하기 때문에 인간의 통제는 거의 불가능하다. 그런 이야기를 나는 십삼 년 전에 너에게 들려주었고 십삼 년이 지난 뒤에도 후안의 입을 통해 반복했으나, 너는 십삼 년 전이나 십삼 년 뒤나 여전히 나의 걱정을 헤아리지 못했다. 그러니 언젠가 네 정수리나 목을 향해 단두대의 칼날이 떨어져 내리더라도 넌 꿈을 꾸느라 속수무책일 수밖에 없다. 너를 파국에서 건져 올리기에 부엉이의 날개는 너무 작다.

너에게 창발의 세 번째 단서로서 제공된 단어는 '지브롤터'였다. 그 사건이 일어나지 않았더라면 십삼 년 전 우리는 그곳에 도착했을 것이다. 그곳에서 한 달 정도 살아보는 게 나의 오랜 희망이었다. 젊음이 고갈되기 전에 대륙의 절벽이든지 설산의 꼭대기든지, 바다 한가운데라도 내 삶을 위태롭게 세워두고 새로운 생의 의지를 채우고 싶었다. 굳이 그곳이 아니어도 상관없었으나 그곳이라면 더 바랄 나위가 없었다. 지브롤터를 떠올린 것은 우표 한 장 때문이었다. 천구백육십구 년 삼 월 이십 일 존 레넌은 오노 요코와 경비행기를 타고 그곳에 도착하자마자 헤라클레스 기둥 앞에 서서 기자들에게 결혼증명서를 흔들어 보였다. 그 행동은 끝내 비틀스를 해체시켰지만 사랑의 결과 따위 두려워하지 않는 그들의 용기에 나는 적지 않은 감동을 받았다. 그들이 결혼한 지 삼십 주년을 기념해 지브롤터 우정국은 두 종의 우표를 발행했는데, 우표 수집광인 동료 선생에게서 그걸 구입해 여권 안에 꽂아두고 일상이 퍽퍽하고 지겨울 때마다 들여다보았다. 나는 지브롤터의 역사와 지리, 문화와 언어를 공부하는 한편 여행 비용을 마련하기 위해 적금에 가입했다. 학교장이 일 년 동안의 휴직을 허락하지 않는다면 아예 사직서를 제출할 생각까지 하고 있었다. 그즈음 네가 내 인생으로 날아들어왔다. 처음에 나는 혼자서 그곳에 가려고 했다. 그러다가 너와 함께 가는 것이 더 의미 있겠다고 생각을 바꿨다. 네 아버지가 닿지 못한 곳으로 너를 데려다주지 않으면 너는 아무것도 스스로 시작하거나 끝낼 수 없을 것 같았기 때문이다. 지브롤터에 대한 이야기를 십삼 년 전의 너에게 꺼냈을 때 너는 그곳이 어디에 붙어 있는지조차 알지 못했다. 하긴 나 역시 영국이 그곳을 스페인에 돌려주지 않았다는 사실을 나중에 알았다. 하지만 너는 나와 함께라면 어디든지 당장 떠날 수 있다고 말해 나를 감동시켰다. 그때 내가 윤리나 미래 따위에 구애받지 않고 욕망이 이끄는 대로 행동했더라면 우리는 적어도 십삼 년 전에 헤어지지 않았을지도 모르겠다. 나는 아무 결정도 내리지 못한 채 너무 오래 머뭇거렸고 그 사건 때문에 끝내 그곳에 닿지 못했다. 무엇이 나의 결단을 끝까지 방해했는지 이제는 전혀 기억나지 않는다. 네 미래를 너무 걱정했기 때문이라는 변명은 새빨간 거짓이다. 나는 낯선 운명을 시작할 준비는 돼 있었으나 유감스럽게도 낯익은 운명과 헤어지는 방법을 몰랐던 것 같다. 나 혼자서는 가능한 일도 너와 함께 할라치면 제약이 많아졌다. 존 레넌이 오노 요코를 경비행기에 태워 대륙의 끝으로 날아간 까닭도, 그가 동료와 팬들의 몰이해와 적의로부터 애인을 지켜내려 했기 때문이 아니었겠느냐? 나도 그랬어야 했는데 그러지 못했다. 너와 헤어진 뒤 나는 그 우표를 여권과 함께 불태웠고 그 뒤로 지금까지 내 인생은 그곳에 닿지 못했다. 그래도 너만큼은 혼자서라도 그곳으로 날아가 헤라클레스 기둥을 배경으로 독사진 한 장쯤 남겼을 것이라고 상상했다. 그랬더라면 나는 십삼 년 전에 네가 나에게 고백했던 감정을 진실로 받아들일 수 있을 것 같았다. 그리고 그 진실은 너를 용서하는 데에도 절실했다. 그래서 나는 앵무새의 머리맡에 지브롤터 사진 한 장을 붙이면서 그곳의 이름을 알려주었다. 네가 이곳을 청소하는 동안 앵무새는 사진과 시계를 번갈아 쳐다보면서 "다섯 시 이십육 분 지브롤터"를 중얼거렸다. 마치 자신이 지브롤터에서 다섯 시 이십육 분에 태어난 것처럼. 하지만 네게선 단 한 번도 특이한 반응이 관찰되지 않았다. 어쩌면 너는 '지브롤터'라는 단어를 앵무새의 손목에 매달린 시계의 브랜드 정도로 생각했는지도 모르겠다. 참다못한 필리페가 앵무새를 향해 욕지거리를 날리고 침을 뱉었을 때에도 너는 팔짱을 낀 채 가만히 서 있었다. 만약 지브롤터에 대한 최소한의 동경이나 부채감이 네 안에 숨겨져 있다면 그걸 훼손시키는 소란을 그토록 무덤덤하게 지켜볼 순 없었을 것이다. 그로써 나는 네가 아직 그곳에 가보지 못했을 뿐만 아니라,

그곳이 영국의 영토라는 사실마저 여전히 모르고 있다고 확신했다. 나는 너를 용서하는 데 필요한 진실을 전혀 얻지 못했기 때문에 복수가 진행되는 동안 일말의 죄책감을 느낄 것 같진 않다. 죽음에 앞서 나를 찾아올 환멸과 대결하기에 가장 적합한 공간 역시 지브롤터가 아닐까. 헤라클레스 기둥에 기대어 발밑의 지중해를 하염없이 바라보고 있을 때 번개가 내 두개골을 쪼개고 생의 기억을 모조리 태워준다면 더 바랄 게 없겠지만, 그런 자비가 허락되지 않더라도 나는 아틀라스의 형벌을 짊어진 채 심해까지 내려갈 것이다.

앵무새의 "다섯 시 이십육 분 지브롤터"에서 슬그머니 빠져나가려다가 너는 나를 정면으로 쳐다보았다. 나는 숨이 멎는 듯했다. 왜냐하면 십삼 년 전에 우리가 처음 만났을 때처럼 나는 넋을 놓고 너를 들여다보고 있었기 때문이다. 십삼 년 전 너를 처음 만났을 때 나는 에코와 나르키소스의 신화를 떠올렸다. 젊음의 후광이라고 치부할 수 없을 만큼 너는 아름다웠고, 네 아름다움에 견주어 나는 초라하기 이를 데 없었다. 자신의 운명에 대해 명확히 인지하지 못하는 건 너와 내가 마찬가지였으나, 너는 인생의 바다를 맨몸으로라도 헤엄쳐 가겠다고 들썩거리는 반면 나는 찬물에 심장마비라도 걸릴까 봐 물가에조차 나가지 못했다. 그러면서도 그저 네 곁에 머물 수만 있다면 내 모든 걸 버릴 수 있다고 자신했다. 만약 내가 그렇게 말했다면 너는 필경 비명을 지르면서 도망쳤겠지. 그래서 나는 내 감정을 드러내지 않기 위해 필사적으로 노력했다. 하지만 네 언행은 언제 어디서나 내 의지를 무력하게 만들었다. 너를 만난 이후로 나는 한 줌의 영혼조차 담겨 있지 않은 고등 껍데기가 됐다. 내 주변에다 흘리고 간 네 흔적이 내 몸속을 울려 생명 현상을 만들었다. 나의 삶은 너와 함께 지낸 기억을 끊임없이 재현하는 과정에 불과했다. 어느 순간부터 나는 없었고 너만 두 명 존재했다. 안식의 밤은 찾아오지 않고 불안한 낮만 이어졌다. 내 찬란한 고통을 고백하려고 너를 찾아갔다가 길을 잃은 적이 얼마나 많았는지 너는 상상할 수조차 없을 것이다. 그렇다고 내가 네 전부를 점령하고 조종할 수 있게 되길 바란 건 아니었다. 그저 내가 살아 있다는 고통을 너에게서 위로받고 싶었을 뿐이었다. 결코 마주치고 싶지 않은 맹수를 상상하는 순간 그것이 눈앞에 나타나듯, 내가 필사적으로 도망치려 했던 사건이 우리를 덮쳤다. 사건 현장에서 먼저 사라진 건 내가 맞지만 피해자는 네가 아니라 나였다. 죄악을 숨기려 했던 게 아니라 수치를 감추고 싶었을 뿐이다. 너의 존재감을 부정하는 즉시 내 생명 현상이 갑자기 멈출 것 같아 두려웠기 때문에 나는 도망쳤던 것이다. 에코와 나르키소스가 비극에 갇혔듯이 우리의 연애 또한 이런 결말을 맞이하게 될 것이라고 이미 예상했는지도 모르겠다. 그리고 네 아버지 역시 올림포스의 신들이 반역자들을 어떻게 다루었는지 잘 알고 있었다. 피해자와 가해자를 구분하는 대신 인간과 죄악을 확실하게 분리한 다음, 악마의 발명품인 죄악은 태초부터 이미 존재했고 인간은 피해자와 가해자를 구분할 수 없이 모두 피해자라는 논리를 피력했다. 궤변에 현혹된 사이에 나는 악마에게 영혼을 팔아넘긴 반역자로 내몰려 너와 법정에서 자리를 바꿔 앉아야 했으니, 네 아버지가 가롯 유다보다도 더 놀라운 능력을 지녔다는 사실을 인정하지 않을 수 없다. 은신처에 숨어 있는 나를 네 아버지가 굳이 찾아내지 않은 까닭 또한 너에 대한 사랑 때문이었겠지. 더 이상 긁어 부스럼을 만들고 싶지 않았을 것이다. 미래라도 기약하려면 나의 과거와 현재를 스스로 파괴하지 않으면 안 됐다. 그로부터 십삼년이 흘러, 나와 네 시선이 다시 엮이는 순간—고등 껍데기를 바꾸고 다른 이의 영혼을 채워 넣었음에도 불구하고—내과거를 채웠던 감각과 욕망이 한꺼번에 되살아났다. 그래서 나는 나르키소스의 사랑을 갈구하는 에코처럼 너를 쳐다보고 말았다. 내 몸 안에 남아 있던 십삼 년 전의 메아리가 너에게 닿기를 기대했던 것 같다. 네 아버지가 네게서 차마 제거할 수 없었던 내 흔적이 조금이라도 남아 있지 않을까. 하지만 네 시선은 아무런 반응도 없이 나를 비껴갔다. 네 영혼을 자극하는 대상을 만나거나 기억했을 때 네가 어떤 표정을 짓고 어떤 어조의 감탄사를 흘리며 귓바퀴의 모양이 어떻게 변하는지 나는 똑똑히 기억하고 있기 때문에, 네가 나를 끝내 알아보지 못했다는 사실을 부인할 수가 없었다. 네가 겟세마네를 빠져나가자마자 마테오 수사와 셸리아 수녀가 도착해 필리페의 소란을 진압했고, 마리아 간호사도 구급상자를 들고 뒤늦게 나타났다. 나머지 여섯 명의 수용인들은 마치 고장 난 가전제품을 대하듯 대수롭지 않게 처신한 반면, 무료했던 참에 진기한 구경거리를 찾아낸 자원봉사자들은 목을 길게 빼고 까치발을 한 채 병실 안을 기웃거렸다. 아마도 너는 네 아버지에게서 한 가지만큼은 확실히 배운 것 같다. "너와 관련 없는 일에는 아예 관심도 보이지 말고, 찜찜한 느낌이 들거든 입을 다문 채 가장 먼저 현장에서 빠져나와 곧장 변호사를 찾아가야 한다." 그러니 설령 네가 이 책을 나중에 읽으면서 그 광경을 기억해낸다고 하더라도 구경꾼들 중에서 나를 정확히 지목할 수는 없을 것이다. 어쨌든 그때가 나의 복수를 멈춰 세울 수 있는 마지막 기회였는데 너는 너무 안일하게 대처했다. 언젠가 우리에게 일어날 수 있는 사건은 지금 여기서 당장 벌어지기도 한다.

5

　형제님을 만날 수 없던 일주일 동안 저는 죄책감 속에서 지내야 했습니다. 형제님의 선의에 전혀 부합하지 못하는 이야기만을 두서없이 늘어놓은 것 같아 너무 부끄러웠죠. 그래서 아직까지 단 한 번도 발설한 적 없는 이야기를 형제님께 들려드리는 게 속죄의 방법이라고 생각했습니다. 결코 쉬운 결정이 아니었어요. 거북스러운 비밀은 저나 형제님의 운명에 가시처럼 파고들어서 괴이한 습관을 만들 수도 있으니까요. 하지만 달리 생각해보면 누군가의 운명과 연관된 이야기만큼 흥미진진한 것도 없지 않을까요? 시공간에 대한 감각을 마비시켜주는 처방은 형제님께서 형벌의 미로를 빠져나가시는 데 확실한 도움이 될 겁니다. 형벌은 형제님이 미로를 통과하셔야 끝나는 게 아니라 반대로 미로가 형제님의 몸속에서 빠져나와야 비로소 멈출지도 몰라요. 움직이는 미로와 똑같은 방향과 속도로 형제님마저 움직이신다면 해방은 요원할 수도 있으니, 당장이라도 저항을 멈추셔야 형벌의 시간이 줄어들겠죠. 형제님께서 균형을 잡는 데 필요한 게 바로 제 이야기입니다. 그러니 사양하지 않으신다면 이제부터 제 비밀을 들려드리겠습니다. 혹시 그 속에서 비상구 열쇠라도 발견하게 되는지 누가 알겠습니까? 그렇다고 너무 긴장하실 필요는 없답니다. 눈과 귀를 가리고 목줄과 재갈을 단단히 묶어놔서 아무에게도 해를 입히진 못할 테니까요. 그리고 순전히 흥미를 위해서라도 비곗덩어리는 과감히 잘라낼게요. 어쨌든 형제님은 제 고해를 들은 첫 번째이자 마지막 증인이 되시는 겁니다. 이곳에서 수년간 의지해온 사제들을 대신해 형제님을 선택한 까닭은, 이곳을 떠나신 뒤로 두 번 다시 제가 형제님을 만날 수 없을 것이라고 확신하기 때문입니다. 제 비밀을 알고 있는 사제와 이곳에서 평생 함께 지내야 한다면 너무 고통스러울 것 같군요. 그래서 영원한 이별이 남긴 구덩이 속에 제 비밀을 묻어버리기로 작정했답니다. 자신에게 전혀 쓸모없는 진실 때문에 형제님이 고통받을 리는 없을 것이고, 혼자서는 도저히 끌어올릴 수 없는 그것을 가두리양식장 같은 곳에 풀어놓고 이따금 살피는 것만으로 제겐 충분한 형벌이 될 것 같군요. 자신의 시행착오를 언어로 규정하는 작업에도 상당한 용기가 필요하죠. 사실, 저는 제가 말할 수 있는 것만 생각할 수 있어요. 제가 말할 수 없는 것들을 제 인생에서 덜어낸 지 오래됐습니다. 만약 제가 저지른 악행을 누군가에게 말하지 않았다면 그건 제가 그 행위를 부정했다는 뜻이겠죠. 아주 순수한 상태에서 죽음을 맞이하고 싶은 제 욕망을 거스르는 행위이기도 하고요. 요즘 부쩍 죽음에 대해 생각하는 시간이 길어졌습니다. 딱히 불길한 증상이 나타나고 있는 건 아니지만, 지금처럼 한없이 고요하고 평화로운 상태에서 아무런 전조도 감지하지 못한 채 죽음을 맞이하게 될까 봐 너무 두려워요. 제가 죽은 지 몇 시간이 지났는데도 이곳의 식충이들은 제가 늦잠을 자고 있다고 판단하고 제 몫의 아침 식사를 서로 차지하기 위해 다투겠죠. 직장과 가족을 떠나 낯선 세계를 수년간 여행하다가 스스로 사지를 잘라내기까지 했는데도 제가 여기 있는 인간들과 별반 다를 바 없다고 생각하니 너무 우울해지는군요. 신은 인간을 절망시키기 위해 운명을 발명했다고 제가 말씀드렸던가요? 실패하는 과정만이 곧 인간의 운명이죠. 작은 성공은 큰 실패를 위한 미끼일 뿐이에요. 작은 실패 덕분에 더 큰 실패를 견뎌낼 수 있게 된 것이니, 모든 인간은 기진맥진한 상태로 죽음을 맞이할 겁니다. 그래요, 이 괴상망측한 몰골은 모두 제가 디자인한 것이지요. 운명보다 먼저 달려가서 더 큰 규모로 실패하지 않는다면 악행과 유랑을 도저히 멈출 수 없을 것 같았어요. 그리고 이런 몰골을 하고 있어야 노동이나 납세의 의무를 감당하지 않은 채 공공 보호시설 안에서 여생을 편하게 마무리할 수 있을 거라고 확신했죠. 하지만 분명히 말씀드리고 싶은 건, 한없이 이어지는 철로 위에 누워서 기차 바퀴로 사지를 잘라낸 건 제 의지였지만 시력만큼은 불의의 사고로 잃게 됐죠. 이곳에 올 때까지만 해도 전 맹인이 아니었습니다. 첫인상에 매료당한 뒤부터 저는 이곳에서 쫓겨나지 않으려면 완벽한 장애를 가져야 한다고 생각했어요. 그래서 거짓으로 맹인 행세를 시작했고 모두를 완벽하게 속일 수 있었죠. 잠들기 전의 어둠 속에선 슬그머니 실눈을 뜨고 주위를 살펴보기도 했지만 저를 감시하는 시선이 많다는 사실을 눈치챈 뒤로는 위험한 모험마저 그만뒀습니다. 그랬더니 일 년쯤 지난 뒤부턴 아예 눈을 뜨는 방법까지 잊어버렸어요. 심각한 안질에 걸렸는데도 적절한 치료를 받지 않고 버티다가, 결국 세균이 시신경까지 파괴한 뒤에야 겨우 상처를 소독했죠. 그런데도 제가 이곳 사람들의 생김새나 내부 풍경을 형제님께 자세히 들려드릴 수 있는 비결은 제 비상한 기억력 덕분이랍니다. 이곳의 식충이들이 들려주는 정보만으로도 저는 형제님의 몽타주를 완성할 수 있었죠. 제가 남긴 육신의 부속품들로 생명을 연장받게 된 사람들이 나중에 한 명도 빠짐없이 중남미로 긴 여행을 떠나주면 좋겠어요. 그들 중 일부가 불의의 사고를 당해 그곳에 묻힌다면 저 또한 그곳에 무덤을 갖게 된 것이니, 유족들에게 전혀 내색하지 않고 혼자 숨어서 기뻐하겠습니다.

　　오른쪽 팔을 잃은 건 교통사고 때문이었어요. 술집에서 만난 사내들과 유곽을 찾아가는 길에 자동차가 뒤집히면서 그게 잘려 나갔습니다. 술에 취한 운전사는 단조롭게 이어지는 국도를 꿈길로 착각하고 잠시 졸았던 게 분명해요. 권태의 비린내를 맡고 제 주위로 몰려든 몹쓸 악몽이 악어처럼 제 오른팔을 물고 도망친 거죠. 구급대원들을 기다리는 동안 우리는 음주 운전 사실을 감추기 위해 레몬 조각을 씹고 물로 입을 헹궜어요. 한 시간 만에 나타난 자들은 생강나무 가지처럼 잘려 나간 제 팔을 찾아내는 데 또 한 시간을 허비했죠. 그게 사고 현장에서 이백여 미터 떨어진 곳까지 굴러갔을 것이라고는 아무도 상상하지 못했으니까요. 제 오른팔에서 진짜로 생강 냄새가 났어요. 어쩌면 사고 현장 주변에 생강나무 군락이 펼쳐져 있어서 그 알싸한 냄새가 뱄을지도 모르겠네요. 잘린 오른팔을 품에 안고 병원 응급실로 향하는 내내 쓸쓸한 기분이 들었어요. 거룩한 대의를 성취하기 위해 전쟁터에 급파되면서 보급받은 무기라고는 고작 몽둥이가 전부여서 아무에게도 자신의 희생을 정당하게 평가받을 수 없는 군인이라도 된 것 같았어요. 품 안의 오른팔은 얼린 생선처럼 차가워졌고, 응급실에서 졸음을 간신히 견뎌내고 있던 당직 의사는 살아 있는 인간의 몸에 얼린 생선을 이식하는 건 불가능하다고 결론지었죠. 피가 멈추니 고통도 사라졌습니다. 대신 오른손잡이가 오른손을 잃었으니 살아가는 방법을 갓난아이처럼 새롭게 배워야 했습니다. 생각하는 방식을 바꾸기 전까진 고난의 연속이었죠. 하지만 저를 더 고통스럽게 만든 것은, 여전히 멀쩡한 왼팔과 두 다리를 지니고 있는 한 제 손으로 밥벌이를 해야 하는데 궂은일을 도맡아 처리하면서도 장애인이라는 이유로 절반의 급여를 받고 두 배의 굴욕을 견뎌야 한다는 사실이었죠. 노동의 의무는 전혀 감당하지 않으면서도 국가의 완벽한 보호를 받으려면 더 많은 불행이 제게 필요했습니다. 모든 사람이 제 앞에서 운명의 가혹함과 인간의 위대함을 동시에 발견하고 무의식적으로 지갑을 꺼내는 장면을 상상하면서 말이죠. 그래서 저는 나머지 팔다리마저 모두 잘라낼 작정으로 긴 소매의 티셔츠에 반바지 차림을 하고 숙소를 나섰지요. 이미 겨울이 가깝게 다가와 있어서 그런 복장으로는 추위를 막아낼 수가 없었어요. 오른팔이 잘려나간 곳은 빙하가 이미 들어찬 것 같았어요. 거사 장소까지 걸어가는 동안 저는 쉼 없이 럼을 마셔야 했습니다. 반병쯤 비우자 비로소 고통의 기세는 누그러들었죠. 저는 조각상처럼 제 육체를 완벽하게 대칭으로 만들고 싶었답니다. 심미적 가치를 지니고 있어야 버림받지 않을 확률이 높아진다고 확신했죠. 낡은 침목 하나를 들어내고 왼손만으로 구덩이를 팠어요. 손가락이 부러지고 손톱이 빠져나갔는데도 걱정을 누를 수 없었죠. 어차피 잘라낼 팔다리였으니 그 위에 새겨질 상처 따위를 뭣 때문에 걱정한단 말인가요? 전 잘린 오른팔의 길이만큼 티셔츠의 왼쪽 소매를 걷어 올려 칼날이 지나가야 할 위치를 표시했어요. 단 한 번의 시도로 한쪽 팔과두 다리를 잘라내려면 로댕의 조각물처럼 몸을 기괴하게 비튼 채 한참 동안 숨을 참아야 했어요. 그래서 몇 대의 기차들을 그대로 통과시켜가면서 체위를 연습했고 술병에 남은 럼을 모조리 마신 뒤 구덩이에 누워 절단 기계가 도착하길 기다렸답니다. 마침내 멀리서 기적이 울리고 기차가 적당한 거리까지 다가왔을 때 저는 한 팔과 두 다리를 차가운 쇠 도마위에 올려놓고 마지막으로 절단선을 확인했지요. 허공의 정령들에게 저는 마치 탱고를 연습하는 아마추어 무용수처럼보일 것 같았기 때문에 그 기차의 최종 목적지가 부에노스아이레스였으면 좋겠다고 생각했습니다. 하지만 혼미한 술기운 속에서 결심의 단호함을 유지하는 건 결코 쉽지 않았어요. 더욱이 왼쪽 팔에 경련까지 일어나는 바람에 대칭은 끝내 깨어지고 말았죠. 그게 거의 자정 무렵이었어요. 기관사는 돌멩이나 야생동물을 넘어가느라 잠깐 덜컹거렸다고 생각했는지 기차를 세우지 않았어요. 마지막 기차를 통과시키고 퇴근하던 역무원이 제 울음소리를 듣고 랜턴과 가스총을 든 채 다가왔죠. 그는 제가 마지막 기차에서 떨어져 나온 승객이라고 생각했던 것 같아요. 그도 그럴 것이 저는 어둠과 취기 속에서 제 몸의 상태를 정확히 알아차릴 수 없었기 때문에 실제보다 훨씬 작은 규모의 고통만을 감지하고 있었으니까요. 인간의 몸속에서 그렇게 많은 양의 피가 흘러나올 수 있다는 사실을 도저히 믿을 수 없었죠. 제가 핏속에서 익사당할 지경이라는 사실을 뒤늦게 파악한 역무원은 여러 사람에게 다급히 전화를 걸어 도움을 요청했죠. 어쩌면 그는 죽어가는 저를 구해야 한다는 사명감보다 함정에 빠진 자신을 변호해야 한다는 절박함 때문에 필사적으로 반응했는지도 몰라요. 구급차의 사이렌 소리를 듣고 나서야 겨우 그와 저는 냉정함을 회복할 수 있었답니다. 구급대원은 제 주변에 떨어져 있는 팔다리를 집어 들면서, 적절한 응급처치를 시행하지 않은 역무원의 무능함을 다그쳤어요. 그리고 제 몸통을 침대에 싣고 바닥으로 굴러떨어지지 않게 꽁꽁 묶은 뒤— 잘려 나간 팔다리는 얼음 봉투에 하나씩 나눠 넣었죠—한 시간 남짓 전속력으로 달려 대형 병원 응급실에 부려 놓았답니다. 하지만 병원 측은 인력과 시설이 부족하다는 이유로 봉합수술을 거부한 채—환자복으로 갈아입히지도 않았어요—진통제만을 처방했죠. 생전 경험하지 못한 고통으로 몸을 비틀고 비명을 질러대면서도 저는 제 육체의 심미적 가치를 확인했어요. 왼쪽 다리가 오른쪽 다리보다 약간 더 길게 남은 까닭은 반바지의 왼쪽 단이 오른쪽 그것보다 약간 더 길었기 때문이었어요. 재단사가 천을 잘못 재단했거나 재봉사가 한쪽을 지나치게 길게 또는 짧게 박음질을 했을 겁니다. 신은 언제 어디서든 농담을 할 수 있는 존재라는 격언이 그때 새삼 떠오르더라고요. 응급실 침대에 누워 피가 멎기를 기다리면서도 저는 완벽한 대칭이 아니라면 결코 영원할 수 없다는 강박관념과 싸워야 했어요. 스스로 독약을 삼키거나 제 목에 칼을 찔러 넣고 싶었지만 능숙하게 사용할 수 있는 팔이 없었습니다. 자해를 방지하기 위해 제 몸통을 침대에 꽁꽁 묶어놓는 것으로도 모자라 입마개까지 채웠으니 저는 이를 부러뜨려가면서까지 굴욕을 참는 수밖에. 경찰은 불의의 사고로 오른팔을 잃은 제가 우울증에 시달리다가 술김에 벌인 사건으로 결론지었죠. 그리고 병원 측은 무연고의 외국인에게 치료비를 받아낼 수 없을 것이라고 판단했는지 대사관을 통해 저를 모국으로 돌려보낼 방법을 찾았죠. 그래서 저는 사고 후 이틀 만에 화물기에 실려 귀국했답니다. 공항 인근 병원에서 뒤늦게나마 이틀에 걸쳐 봉합 수술을 진행했지만 실패하고 더 이상 옮겨 갈 곳이 없었을 때, 기적적으로 전임 원장신부의 눈에 띄어 이곳까지 오게 됐죠. 그 당시만 하더라도 이곳은 신설 요양원이었기 때문에 독지가들의 후원을 거의 받지 못하고 있었죠. 그러니 국가로부터 푼돈의 보조금이라도 받아내려면 최소 인원에 맞춰 행려병자들을 채워 넣어야 했을 거예요. 제가 만약 데칼코마니 무늬처럼 완벽하게 좌우 대칭되는 육신을 지니고 있었더라면 공무원들은 제 불순한 의도를 간파하고 입주를 반대했을지도 모른다는 생각에 안도하기도 했죠. 남자와 여자, 낮과 밤, 해와 달, 물과 불, 썰물과 밀물, 더위와 추위, 가뭄과 홍수, 유럽과 중남미, 웃음과 울음, 팔과 다리, 왕과 노예, 기억과 망각, 희열과 권태, 출산과 자살 등 대칭의 미학은 하느님께서 세상을 창조할 때 사용한 유일한 규칙이지만 공동 번영이 아닌 공멸을 위해 자주 사용되기도 하죠. 가령 남자를 살리는 대신 여자를 죽이는 게 아니라, 자식을 죽이기 위해 부모를 없애는 식이죠. 인간은 고유한 쓸모를 지닌 채 태어나기 때문에 그것과 관련 없는 능력은 처음부터 없는 것과 다름없습니다. 그러니 노예가 왕이 될 수 없고 해가 달의 운행을 막을 수 없으며 여행자가 원주민의 역사를 정확히 이해할 수 없는 것이죠.

너무 반가운 마음에 한 시간을 쉬지 않고 떠들었더니 목이 몹시 마르군요. 형제님, 물과 요강을 가져다주시겠어요? 어찌 생각하면 인간에게 가장 훌륭한 음식이 바로 물일 수도 있겠어요. 지구상의 모든 생물이 궁극적으로는 물에서 시작됐으니, 모든 생물이 인지하고 있는 물맛만큼은 똑같지 않을까요? 그렇다면 이곳의 물을 매일 마시고 있는 저희는 세상에서 가장 불행한 존재일 수도 있겠네요. 두 대의 낡은 정수기로 걸러낸 수돗물을 마실 때마다 공포가 폐 속까지 들락거리지요. 정수기의 필터는 적어도 사흘에 한 번씩 청소해야 하지만 자원봉사자들에게 그 임무를 맡겨놓은 뒤부터 제대로 관리되고 있지 않아요. 게다가 가뭄이나 홍수로 식수 문제가 심각할 땐 제대로 정수되지 않은 수돗물이 섞여 들어오는 게 분명해요. 색깔이 뿌옇거나 고약한 냄새가 났다면 그 즉시 뱉어버렸겠지만, 마실 때까진 아무런 이상도 감지하지 못했다가 십여 분이 채 지나기도 전에 토사곽란을 일으키고 응급실로 실려 간 자들이 한두 명이 아니에요. 뜨겁게 끓인 차를 아무 때나 마시게 해달라고 원장신부에게 여러 차례 요구해봤지만, 화재나 화상 사고가 일어날 수 있다는 이유로 번번이 거절당했죠. 남미의 초원에서 살고 있는 가우초나 날품팔이들은 마테차를 마시지 못하면 일하지 않죠. 임금이 깎이는 건 참을 수 있어도 저질의 마테차를 삼키는 건 도저히 참지 못하더라고요. 저희야 품질을 따질 처지가 전혀 아니지만, 이따금 자원봉사자들에게 마트에 들러 생수 몇 병을 사와달라고 은밀히 부탁하기도 하죠. 자비롭고 여유로우신 형제님, 내일 오실 땐 개인용 정수 필터나 정제 알약을 좀 사다 주시겠어요? 사막 한가운데 고립돼도 깨끗한 물만 마실 수 있다면 일주일은 충분히 생존할 수 있다던데, 저도 그런 걸 가지고 있다가 긴급한 경우에, 그러니까 가령 형제님이 귀가하신 뒤에 식수가 끊겨 오줌이라도 마셔야 할 경우에, 또는 자원봉사자들이 나타나지 않거나 그들이 고약한 장난을 시도했을 경우에도 당황하지 않고 존엄하게 대처하고 싶어요. 마음 같아선 물 대신 칠레 와인을 부탁하고 싶지만 참겠습니다. 만약 형제님께서 훗날 파타고니아의 빙하 지역을 여행하신다면 꼭 와인과 함께 와인 잔을 챙겨 가시라고 귀띔하겠어요. 그것도 플라스틱이 아닌 유리로 된 잔이어야 합니다. 빙하 한 조각을 와인 잔에 넣고 와인을 붓는 순간 수십만 년 동안 얼음 속에 갇혀 있던 고대의 공기가 천천히 빠져나오면서 와인 잔을 두드린답니다. 그 경쾌한 소리는 수십만 년 전 살았던 조상들이 불러주는 송가인 셈이죠. 그걸 듣고서도 눈물이 흐르지 않거나 목이 메지 않는 자라면 그곳을 여행할 자격이 없다고 단언할 수 있습니다. 그 와인 맛이 어떨지 상상하실 수 있으세요? 인간의 미각은 그 맛을 정확히 감지할 수 없고, 혀끝에 희미하게 남은 흔적마저도 적확한 단어나 문구로 표현할 수 없을 겁니다. 왜냐하면 인간의 순수한 감각은 오만한 이성의 폭압 아래서 수백 년 동안 퇴화를 거듭하고 있기 때문이죠. 아, 그러고 보니 독일 맥주의 전통과 명성도 그곳의 오염된 식수 덕분이라고 들은 것 같네요. 사순절 금식을 하는 사제들의 건강을 맥주가 보살폈다고 해도 과언이 아니죠. 와인이든 맥주든 단 한 모금만이라도 지금 당장 맛볼 수 있게 해주시는 분이라면 저는 평생 그를 구세주로 떠받들며 복종하겠는데, 여기서 천국은 너무 멀리 떨어져 있군요. 다른 자원봉사자와는 달리 형제님은 엄격한 소지품 검사를 받지 않고 이곳을 드나드시니까 제 간절한 부탁을 들어주실 수도 있으시겠지만, 제가 어찌 그런 호사를 기대할 수 있겠습니까? 그저 머리를 조아리면서 형제님의 하해와 같은 아량을 기대할 따름입니다. 아무튼 저질의 물이라도 충분히 마셨고 오줌까지 시원하게 쏟아냈으니, 뇌와 혓바닥이 제대로 움직이기 시작하는군요. 물을 마신 젖소는 우유를 만들고 뱀이 독을 만든다면, 저는 이런 이야기를 만들어낼 수 있답니다.

죽음은 이미 오래전부터 제 주변을 어슬렁거리고 있기 때문에 새삼스럽게 그것의 위엄에 위축될 것 같진 않았는데, 형제님이 교정 당국의 감시를 피해 국내의 유명 휴양지에서 달콤한 휴가를 보내고 계시던 나흘 동안 몇 가지 중대한 사건을 연쇄적으로 겪고 나니 저마저도 그것의 잔혹함에 혀를 차지 않을 수가 없네요. 대부분의 인간은 두 가지 경우에 죽음을 떠올리는 것 같아요. 한 번은 자신의 무기력을 설명하려 할 때, 또 한 번은 그걸 적극적으로 해결하는 방법이 필요할 때. 저는 전자의 경우에 해당될 것 같습니다. 이런 몰골의 인간에게 도움을 기대하거나 두려움을 느끼는 자는 없을 테니, 살아 있는 제가 유령보다도 더 큰 자괴감을 느끼는 것도 당연하겠죠. 제가 할 수 있는 일이라고는 어떤 사건의 결과가 등장인물들의 신변에 모두 반영된 뒤에야 슬그머니 나타나서 교훈 따위를 거들먹거리는 게 고작이랍니다. 더욱이 제가 항상 진실을 다루고 있다는 확신은 어디에도 없습니다. 오히려 제 이야기가 진실을 훼손할 위험도 다분합니다. 그런데도 이야기를 멈추지 못하는 까닭은 일전에도 말씀드렸듯이, 이야기를 통해서만 제 존재감을 확인할 수 있기 때문이에요. 더 솔직하게 말하자면 형제님이 무사히 이곳을 탈출하실 수 있도록 돕는 대가로 제 식탐을 적절히 해결하고 싶은 것이죠. 비난하거나 조롱해도 상관없습니다. 저는 원래 이런 사람이 아니었지만, 어떻게든 살아남는 게 최선인 상황에서 제가 과거에 누구였고 앞으로 무엇이 될는지는 전혀 중요하지 않으니까요. 비난과 조롱이 음식을 끊임없이 가져다줄 수 있다면 제발 저를 의자나 요강으로 사용하셔도 되고, 축구공이나 풍뎅이처럼 다루셔도 괜찮습니다. 그렇다고 형제님에 대한 제 존경을 부디 곡해하지 마시길. 형제님의 근태를 확인하려던 마테오 수사에게 형제님이 독감 때문에 나흘간 집 밖을 출입하실 수 없게 됐다고 태연하게 거짓말을 하고도 죄책감을 전혀 느끼지 않을 만큼 제가 형제님의 충실한 노예로 살고 있다는 사실을 기억해주시길. 각설하고, 형제님이 이곳에 나타나지 않던 나흘 동안의 이야기를 지금부터 들려드리겠습니다. 우선 다묵장어 노인의 건강 상태가 급격히 악화됐어요. 그는 주변 사람들을 알아보기는커녕 음식마저 삼킬 수 없었죠. 하지만 이미 수차례의 기적을 경험한 그가 작금의 위기마저 능수능란하게 극복할 것이라는 데엔 이견이 없었죠. 잠시 앓고 나면 또다시 몇 년 동안의 목숨을 보장받게 될 것이라고 믿었는데, 마리아 간호사와 셀리아 수녀가 복도에서 조용히 나누던 이야기를 직접 엿들었다는 시몬은 다묵장어 노인의 폐에서 자란 암세포가 내장의 대부분을 이미 먹어치워서 기적이 숨어들 곳이 더 이상 남아 있지 않은 것 같다고 저희에게 귀띔해주었어요. 하느님의 자비도 고작 일주일 안에 바닥을 드러낼 것이기 때문에 아직 인간으로서의 존엄을 갖추고 있을 때 그에게 죽음을 준비시켜야 한다고 산티아고 박사가 말했다더군요. 마리아 간호사가 다묵장어 노인의 장기기증 서약서를 대리 작성하는 사이에, 산티아고 박사는 그 노인의 멀쩡한 장기—그래봤자 망막이나 피부, 신경이 전부겠지만—를 이식받을 대상자들을 수소문해서 대형 병원에 입원시켰고 원장신부는 정원의 삼나무 그늘 아래에 구덩이를 파고 방수포로 덮어두라고 일꾼들에게 은밀히 지시했죠. 셀리아 수녀는 평소 다묵장어 노인이 좋아하던 감자수프를 특별히 준비할 것이고 마테오 수사는 그의 장례식에 사용할 조화를 선택해두었는지도 몰라요. 겟세마네의 주사위를 채우고 있는 저희는 다묵장어 노인의 유품을 공평하게 나눠 가질 방법에 대해 논의하기 시작했죠. 작은 배지 하나를 차지하기 위해 저희가 벌인 설전은 마치 한 국가의 운명을 결정하게 될 백병전만큼이나 치열했지만, 다묵장어 노인이 떠난 침대를 안드레에게 양보하자는 의견에는 아무도 반대하지 않았죠. 더 이상 새로운 수용인들이 합류하지 않고 오로지 저희 여섯 명만이 이 천국을 평화롭게 나눠 가질 수 있길 소망했어요. 서로의 생활 방식을 좀더 긍정적으로 수긍하려면 제가 지금 머물고 있는 오세아니아 대륙을 없애고 각자 좀더 멀찌감치 떨어져 지내는 게 좋을 것 같았어요. 미래에 대한 기대 때문인지 저희는 약간 흥분한 상태로 다묵장어 노인의 죽음을 기다렸답니다—그 불쌍하고 순수한 노인이 하느님의 천국으로 갈 수 없다면 도대체 죽음은 누구를 그곳에 데리고 갈 수 있단 말인가요? 그래서 저희는 그의 죽음을 또 다른 기적이라고 여기게 됐어요. 하지만 보시다시피 그는 아직까지도 죽지 않고 있네요. 그의 육신은 뇌를 제외하고 모두 죽었는데도 그의 죽음을 의학적으로 선언할 수 있는 마지막 조건이 충족되지 않아서 아직까지도 산 사람처럼 침대를 차지하고 있는 것이죠. 그는 혼자서 숨을 쉬거나 음식을 먹을 수도 없고 저희의 이야기에도 전혀 반응하지 않아요. 스스로 자신의 생존을 증명해 보일 수도 없답니다. 그의 모든 생명 현상을 저 기계들이 애써 작동시키고 있으니 저 기계들이 그에겐 고귀하고 거룩하신 하느님인 셈이죠. 그런데 처음엔 다묵장어 노인의 죽음을 순순히 받아들이는 것 같았던 마테오 수사가 갑자기 태도를 바꾸더니, 뇌가 살아 있는 한 그 노인은 정상인처럼 느끼고 생각할 수 있지만 밖으로 표현하지 못하는 것뿐이라고 주장했어요. 그런 자들에게서 강제로 장기를 꺼내기 시작한다면 다음엔 맹인이나 귀머거리의 차례가 될 것이라고 산티아고 박사에게 소리치기까지 했죠. 이 소란에 산티아고 박사의 실수가 큰 역할을 한 건 사실이에요. 그는 의사라면 기본적으로 알고 있을 뇌사와 식물인간의 차이를 혼동했어요. 식물인간에게서 장기를 적출하는 게 현행법으로 금지돼 있다는 사실도 깜빡했죠. 나중에 박사는 자신의 실수를 만회하려다가 오히려 더 큰 분란을 일으키고 말았는데, 식물인간의 대부분이 뇌사 상태에 빠지기 때문에 식물인간 상태일 때부터 장기이식 수술을 미리 준비해두어야 한다고 말했답니다. 이 발언은 결국 산티아고 박사가 오래전

부터 다묵장어 노인의 장기를 탐내고 있었다는 뜻으로 해석
할 수 있었고, 원장신부의 호스피스 양성 사업에도 그의 의
도가 반영됐다는 의심까지 불러일으켰지요. 뇌가 살아 있어
야만 하느님의 기적이 가능하다고, 그리스도가 무덤에서 부
활할 수 있었던 까닭도 그 이유 때문이라고 산티아고 박사는
주장했어요. 그리스도는 완전히 죽었다가 다시 살아난 게 아
니라 동면 상태에 빠지셨다가 스스로 깨어나신 거라고 덧붙
였지만, 그의 주장은 의학 서적이나 성서에 기초한 게 결코
아니었어요. 그런데도 원장신부는 박사의 장광설을 전혀 제
지하지 않았죠. 마테오 수사만이 할렐루야를 외치면서 겟세
마네를 빠져나갔을 뿐입니다. 노파심에 다시 말씀드립니다
만, 원장신부가 이곳에서 호스피스 양성 교육을 시작했을 때
사제들만큼이나 저 역시 격렬하게 반대했습니다. 호스피스
의 긍정적 역할은 충분히 인정합니다만, 저희 같은 행려병자
들이 하나같이 평온한 죽음을 갈망하는 게 아니라는 사실을
알리고 싶었거든요. 저희는 목하의 죽음 앞에서도 기적적으
로 생환해 호스피스를 매번 실망시키고 싶지만 하느님께서
저희를 살리시는 일로 녹초가 되셨다면야 그때는 호스피스
의 도움을 받아 존엄하게 죽어야겠다고 생각했어요. 하지만
저걸 보세요. 저 흉측스러운 기계의 소음과 현란한 광채를.
저기에 하느님의 자애로움이 배어 있다고 생각하시나요? 한

인간의 죽음을 살아 있는 육신 속에 봉인할 수 있는 권리가 인간에게 있을까요? 그리고 그걸 확인하기 위해 수시로 드나드는 자들의 무례함은 어떻게 받아들여야 할까요? 이곳은 나흘 사이에 가버나움Capernaum*처럼 몰락하고 말았어요. 하느님께서 이곳의 사제들과 수용인들 모두를 버렸다는 소문이 퍼지는 순간 독지가들의 후원금은 크게 줄어들겠죠. 자원봉사자들의 발길마저 끊어진다면 이곳은 악취와 벌레들로 가득 찰 것이고, 저희 역시 그렇게 간주될 테죠. 점점 더 형편없는 음식을 소화하지 못해 저희는 점점 말라가다가 허기를 참지 못하고 자신의 배설물까지 집어삼키게 될지도 몰라요. 저희의 장기를 차지하기 위해 도둑들과 상인들이 매일 벌이는 다툼 때문에 이곳이 잠시 활기를 띨 수도 있겠네요. 그러다가 독재자가 나타나 이곳을 죽음의 가스로 가득 채우겠죠. 상상하는 것만으로도 너무 역겨워서 지금이라도 인간이길 포기하고 싶을 지경입니다만, 그래도 인간이길 포기할지언정 목숨까지 반납하겠다는 뜻은 결코 아니랍니다.

이런 파국은 세 명의 인물이 톱니바퀴처럼 맞물려 진행시

---

* 갈릴리호 북쪽에 있는 팔레스타인의 도시. 그리스도의 기적과 설교에도 그곳 사람들이 회개하지 않자 그리스도는 그곳의 멸망을 예언했고 예언은 실현됐다. (〈마가복음〉 11: 21~24; 〈누가복음〉 10: 15).

켰지요. 불화의 불씨를 일으킨 자가 산티아고 박사라면, 도저히 제압할 수 없는 상태까지 키운 자가 원장신부와 마테오 수사겠죠. 원장신부와 마테오 수사 중에 어느 누가 더 큰 잘못을 했는지 판단하려면 시간이 좀더 흘러야겠지만 저희는 원장신부보다 마테오 수사의 언행에 더 크게 실망하지 않을 수 없었어요. 왜냐하면 원장신부가 설령 내일 파면되더라도 이곳은 지금과 크게 달라질 게 없을 테지만, 마테오 수사가 떠나는 순간 저희는 고립무원의 고아가 될 것이기 때문이죠. 그 사실을 마테오 수사 자신이 누구보다 더 잘 알고 있었으니 좀더 신중하게 처신했어야 했어요. 그의 책임감과 희생정신, 그리고 다정함에 대해선 아무도 반박할 수 없지만 자신의 고리타분한 염결성이 때론 모두에게 치명적 상처를 입힐 수도 있다는 사실을 그는 배웠어야 했는데 그렇지 못했어요. 하느님의 뜻을 기리고 받드는 장소일지라도, 이곳을 운영하는 자가 하느님이 아니라 인간인 이상, 인간 사회에서 통용되는 규칙과 방법을 어느 정도 묵인할 수밖에 없어요. 그렇다면 최상의 목표는 공존과 번영이고 최선의 방법은 타협과 양보가 아닐까요? 언제 어디서든 똑같은 의미로 해석될 수 있는 사건은 결코 인간 세계에서 일어나지 않죠. 한꺼번에 진실로 판명될 수 있는 것은 아예 존재하지 않고, 끊임없이 갈아내고 버리고 닦아야 반짝이는 한쪽 면을 겨우 들여다볼 수 있는 경우가 허다해요. 완전한 가치가 드러날 때까지 목표와 방법을 묵묵히 지켜내지 못한다면 설령 진실을 채굴해냈다고 하더라도 그걸 이해시킬 순 없지 않을까요? 그런데 마테오 수사에겐 그런 전략이 너무 부족했어요. 그가 신부 대신 수사의 길을 택한 까닭도, 원죄를 지닌 인간이 타락하지 않고 하느님께 이르는 방법은 성서를 읽고 해석하는 게 아니라 성서의 가르침을 실천하는 것이라고 믿었기 때문이라더군요. 그래서 그는 성서 독해에만 열중하는 신부나 수녀를 별로 존경하지 않아요. 특히 세속의 추악한 이권을 성스러운 사업에 활용하려고 부단히 노력했던 원장신부를 은연중에 멸시하고 있었죠. 마른 섶을 등에 맨 채 언제든 불화의 불씨를 제 몸에 옮겨붙일 준비가 돼 있던 마테오 수사는 원장신부와 산티아고 박사가 다묵장어 노인에게 뇌사 판정을 내리고 장기를 적출하는 수술을 서두르자 결국 폭발하고 말았습니다. 누구보다도 다묵장어 노인을 사랑하고 그의 생존을 위해 헌신해왔던 마테오 수사는 당사자가 직접 서명하지 않은 장기기증 서약서를 사용해 식물인간의 장기를 불법적으로 적출하는 걸 반대했는데, 이는 인간을 하느님의 피조물로 간주하는 수도자들의 전통적인 신념에 따른 행동이었죠. 반면 원장신부는 한 사람의 거룩한 죽음으로 인류 전체를 살려낸 역사가 성서에 고스란히 반영돼 있는 이상 뇌사자의—

원장신부는 식물인간이 뇌사자에 이르는 전 단계이며 불가역적 반응이라고 믿는 게 분명했어요— 장기를 이웃에게 제공하는 선행은 존경받아 마땅하며, 하느님과 자신의 뜻을 거역하는 자는 이곳에 머물 수 없다고 마테오 수사에게 엄중히 경고했어요. 하긴, 이곳의 수용인들 대부분이 장기기증 서약서에 서명했다는 사실이 외부에 알려질 경우 후원금의 규모와 자원봉사자들의 숫자가 얼마나 늘어날지 가늠할 수 있는 자는 원장신부가 유일했죠. 하지만 마테오 수사는 하느님의 거룩한 뜻을 자신만 알아차릴 수 없다는 사실을 인정하지 못했습니다. 인간이 결코 거부할 수 없는 두 가지 사건 중에서 공정하게 집행되는 건 죽음이 아니라 탄생이기 때문에, 더 이상 죽음으로써 인간의 의미와 하느님의 자비를 가르치려는 시도는 그만둬야 한다고 마테오 수사는 생각했을 수도 있어요. 그는 자신의 간절한 기도만으로 다묵장어 노인을 살려낼 수 있을 거라고 확신하진 못했지만 적어도 존엄하게 죽는 과정을 지켜봐주고 제 손으로 그의 육신을 매장하고 싶었겠죠. 그래서 그는 다묵장어 노인의 온몸에 연결돼 있는 기계장치들을 멈춰 세울 기회를 호시탐탐 엿보면서, 노인에게 건네줄 선물을 준비했답니다. 마테오 수사는 다묵장어 노인이 정원에다 탐스러운 양귀비를 기르고 싶어 했다는 사실을 기억해냈어요. 비록 노인이 식물인간으로 변신하는 바람에—아, 생각해보니 이 또한 하느님께서 일으키신 기적일 수도 있겠네요. 그의 죽음마저 중지됐으니까요. 식물인간은 오히려 점점 젊어지는 것 같은 인상을 주기도 했는데 잠이 인간의 피를 맑게 한다는 속설이 사실인지도 모르겠군요—그의 소망은 실현되지 않았지만 기적적으로 생환한 그를 기쁘게 해주고 싶었어요. 그래서 노인의 장례식에 사용할 화초를 기르게 해달라고 원장신부에게 고집을 피웠어요. 양귀비가 노인의 천국행을 도울 수 있다는 엉뚱한 주장까지 펼쳤죠. 정원에 화초를 심지 못하게 한 자신의 원칙에 예외를 삽입하려고 산티아고 박사의 도움까지 받아야 했답니다. 너무나 많은 죽음을 목격해온 산티아고 박사야말로 타협의 전문가여서 양귀비가 죽은 자의 영혼을 천국으로 이끈다는 풍문은 전혀 믿지 않았지만 더 큰 소란을 막기 위해 원장신부를 설득해줬죠. 화단에 스무 포기의 양귀비를 심는 날, 다묵장어 노인의 표정이 평소보다 훨씬 더 평온해 보였어요. 그래서 저희는 그 노인에게 또다시 일어날지도 모를 기적을 걱정했죠. 하지만 마테오 수사의 진짜 계획은 그 꽃으로 다묵장어 노인을 안심시킨 다음 기계장치들의 전원을 모조리 끊는 것이었답니다. 그리고 그를 모처로 데리고 가서 하느님의 결정을 기다릴 작정이었죠. 하지만 달빛에 자극받은 양귀비꽃이 맹렬한 향기로 페드로와 안드레를 깨우는 바람에 실패하고 말았죠. 그들의 비명을 듣고 달려온 두 자원봉사자들에 의해 바닥에 짓눌려진 상태인데도 마테오 수사는 기계들의 전원을 끄려고 버둥거렸답니다. 그 순간 저는 다묵장어 노인에게서 흘러나온, 약하지만 분명한 소리를 들었어요. 제 부모님과 하느님의 이름을 걸고 맹세할 수 있어요. 울음소리 같기도 했고 한숨 소리 같기도 했어요. 기계장치로 감지할 수 없는 것으로 보아 그가 식물인간이 되기 직전에 쏟아놓은 생명현상이 뒤늦게 감지된 것인지도 몰라요. 분기탱천하던 마테오 수사는 셀리아 수녀가 나타나자 비로소 자신의 실패를 인정하고 몸에서 힘을 뺐지요. 잠옷 차림으로 달려온 원장신부는 그 자리에서 마테오 수사의 추방을 명령했어요. 바닥에 짓이겨진 양귀비꽃은 그 사건의 긴박감을 가장 효과적으로 증언해주었는데, 셀리아 수녀는 그걸 집어 들더니 다묵장어 노인의 머리맡에 살며시 놓아주었답니다. 만약 하느님께서 또다시 기적을 준비하셨다면 바로 그 순간 일어났어야 했지만 다묵장어 노인은 자신의 생존을 증명하는 어떤 신호도 기계장치 속으로 흘려보내지 않았고, 그 밤의 전투는 원장신부의 일방적인 승리로 마무리되고 말았죠. 마테오 수사는 다음날 아침 셀리아 수녀가 차려준 음식을 먹은 뒤 가방 하나만 들고 누구와도 작별 인사를 나누지 않은 채 도망치듯 이곳을 떠났답니다. 그날 저녁에 원장신부는 내부 방송을 통해 조만간 이곳이 민간 구호단체에 의해 위탁 경영될 것이며 수도자들은 전국 곳곳의 성당이나 교육시설로 보내져 본연의 임무를 계속하게 될 것이라고 발표했고요. 그건 다묵장어 노인뿐만 아니라 저희에게까지도 사형선고나 마찬가지였는데, 새로운 주인은 재생이 불가능한 부위부터 가장 먼저 잘라내어 막대한 적자를 만회하려 할 게 분명하기 때문이죠. 그래도 형제님에게만큼은 희망적인 소식일 수 있겠네요. 저희가 사라지고 나면 형제님이 갇혀 있는 형벌의 미로까지 곧바로 무너질 테니, 설령 형제님의 몸속에 죄악이 남아 있더라도 교정 당국은 예외 조항을 적용해 처벌을 중지할 테니까요. 잘 익은 멜론에 이베리코 하몽과 부팔라 치즈를 곁들여 먹으면서 이별 파티를 벌일 수 있다면 여한이 없겠군요.

형제님은 참으로 고결한 분 같아요. 타인의 이야기를 너무 쉽게 믿으시는군요. 부도덕한 상인들이 형제님 같은 고객들을 속여서 얼마나 큰돈을 벌고 있는지 아시게 된다면 절대 이렇게 가만히 앉아 계실 순 없을 거예요. 멜론은 수확한 지 너무 오래된 데다가 엉망으로 보관해서 농익다 못해 썩기 시작했고요, 이렇게 저급한 하몽은 결코 스페인에서 만들어지지 않는답니다. 이베리코 흑돼지를 사용하지도 않았고 뒷다리 대신 가슴 부위의 살을 너무 많이 사용했군요. 세계적인 명성에 비해 진품의 물량이 턱없이 모자라다 보니 가짜 상품마저도 비싸게 팔리고 있는 게 틀림없어요. 하긴 제대로 된 하몽을 만들려면 일 년 이상의 시간이 필요한데, 팔짱을 낀 채 그 무위의 시간을 묵묵히 견디는 게 사기꾼들에겐 쉬울 리 없죠. 이건 마치 나무뿌리 같아서 어금니가 흔들거릴 정도네요. 또 이 가짜 치즈는 어떻고요? 가짜 연금술사들이 단 한 번이라도 진짜 부팔라 치즈를 먹어보았다면 설탕 대신 간수를 좀더 넣었을 겁니다. 색깔도 너무 어둡군요. 저질의 음식을 삼키는 일 따윈 제게 전혀 문제가 아니에요. 하지만 가짜 음식을 먹는 건 너무 힘들군요. 제 식탐 때문에 누군가 금전적 손해를 봤다고 생각하면 견딜 수가 없습니다. 제 여생에 마지막이 될지도 모를 만찬을 엉망으로 만든 자들을 모조리 단두대 아래로 보내고 싶네요. 그래도 형제님의 뜨거운 우정을 생각해서라도 제가 이쯤에서 분을 삭이는 게 맞겠죠? 물 한 잔 마시고 어제의 이야기를 계속 들려드리겠습니다. 와인이나 맥주를 마시는 건 아니니까 안심하세요.

마테오 수사가 떠났으니 셀리아 수녀나 마리아 간호사와 이별하는 사건도 조만간 일어나겠죠. 둘 중 누가 먼저 떠나게 될지는 이미 정해져 있을 겁니다. 더 젊고 더 매력적이며 더 쓸모 있는 지식과 경험을 지닌 마리아 간호사가 먼저 자유를 얻겠죠. 게다가 그녀 역시 마테오 수사처럼 다묵장어 노인에게 기계장치를 연결하는 걸 격렬히 반대했으니까요. 하지만 존엄한 인권을 지키는 방법으로 안락사를 지지한다는 점에서 마테오 수사보다 훨씬 진보적이죠. 그녀는 살아 있는 자들의 고통만큼이나 죽은 자들의 명예도 중요하다고 생각한답니다. 그 대신 강인한 영혼이 육체적 제약을 언제 어디서든 극복할 수 있다는 주장에는 전혀 동조하지 않아요. 마테오 수사의 진심을 가장 잘 이해하는 인물이었건만 끝까지 자신의 본분에서 벗어난 언행을 자제하더군요. 그녀는 이곳의 성직자들과 수용인들 모두에게서 사랑받고 있는 유일한 사람이었기 때문에 만약 그녀가 마테오 수사를 변호했더라면 원장신부는 자신의 결정을 번복해야 했을 거예요. 하지만 그녀는 자신의 미래에 오점을 남기고 싶지 않았겠죠. 아마도 그게 부채감 없이 이곳을 떠날 수 있는 최선의 방법이라고 생각했던 것 같아요. 그녀는 세상 어느 곳에서든 환영받을 테니 자신의 오랜 소망대로 은막의 배우로 살아갈 수도 있을 겁니다. 화려한 드레스를 입고 영화제 시상식장을 우아하게 걸어 들어온 그녀가 제 이름을 불러준다면 얼마나 행복할까요? 그녀는 또래에 비해 너무 많은 비극을 경험했기 때문에 영화 속의 다양한 등장인물들을 실감 나게 연기할 수 있을 거예요. 그래서 한편으로는 그녀가 이곳을 떠난 즉시 저희를 완전히 잊어버리길 바라기도 하죠. 그녀가 비극보다 희극에 더 많이 출연한다면 저희의 죄책감도 줄어들 것 같아요. 설령 은막 안에서 살지 못하더라도 그녀는 자신의 운명을 스스로 개척해간 주인공으로 칭송받을 거예요. 타인을 위로하고 격려하는 재능을 타고났으니 학교 선생이나 예술가로도 크게 성공할 수 있어요. 제 중언부언을 정리하자면 마리아 간호사의 미래를 걱정하는 것보다 더 어리석은 짓은 없다는 겁니다. 하느님의 축복이 그녀를 떠나는 일은 결코 일어나지 않을 테니까요. 저희가 진심으로 걱정해야 하는 이는 바로 셀리아 수녀겠죠. 그녀는 성직자의 신분이니까 교황이 승인하지 않은 안락사를 선뜻 지지할 순 없었어요. 하지만 원장신부의 독선에 반감을 지녔고 저희의 불평에도 넌더리가 났을 테니, 이곳을 떠나기 위한 변명으로 자신의 병환이나 가족의 불행을 들먹이겠죠. 창고나 부엌에 음식이 남아 있는 한 셀리아 수녀는 마치 시궁쥐처럼 이곳을 떠나지 못할 것이라는 주장은 저희들 사이에서 거의 공감을 얻지 못했습니다—이곳에 대한 셀리아 수녀의 애착이 그만큼 컸다는 사실을 강조하기 위해서 그런 단어를 동원했다고 후안은 변명했지만 그런 혐오스러운 표현은 분명히 잘못됐습니다. 그녀의 헌신과 희생에 큰 빚을 진 만큼 저희는 그녀의 결정을 진심으로 응원해줄 작정입니다. 다만 이곳을 떠난 뒤로는 더 이상 자신의 요리로 남들을 실망시키지 말라고 충고하고 싶네요. 아이들이나 어린 수녀들에게 요리를 가르치는 일도 추천하지 않겠어요. 그렇다고 자신과 가족을 위해 요리하는 것까지 말릴 순 없겠죠. 맛 대신 영양가를 따지는 지인들에게 음식을 대접해도 괜찮아요. 특히 알싸한 레몬즙을 곁들인 시저샐러드만큼은 정당한 명성을 얻게 되길 바랄게요. 하지만 저처럼 식도락이 생존의 유일한 목적인 사람들에겐 음식을 요리해주는 대신 노래를 불러주거나 성서를 읽어주는 게, 그녀가 환영받는 방법일 것 같군요. 건강하게 장수하길 원한다면 소금과 후추의 섭취량을 줄이고 식사 속도를 늦추는 조치도 필요해요. 책상 서랍이나 옷장 속에 음식을 숨기는 습관은 당장 없애는 게 급선무겠죠. 남들의 조언을 깊이 새겨듣지는 않더라도 하느님의 말씀만큼은 결코 거역하는 법이 없으니, 다이어트에 필요한 규율 몇 줄을 성서 안에 몰래 숨겨놓으면 그녀에게 도움이 되지 않을까요? 단, 너무 먹음직스러운 종이에 가죽 커버를 두른 성서를 건네주어선 절대 안 됩니다. 사실 그런 성서를 필요로 하는 이는 산티아고 박사일 겁니다. 그 역시 마테오 수사가 떠나자 마치 가족을 잃은 것처럼 크게 낙심했기 때문이죠. 그래도 산티아고 박사는 기계장치가 다묵장어 노인을 살려놓는 동안엔 계속해서 이곳을 드나들겠죠. 어쩌면 성서가 식물인간의 생리 현상에 미치는 영향 따위를 연구하면서 창조론을 과학적으로 증명하려고 시도할 수도 있어요. 박사 역시 과학은 신학의 일부에 불과하며 우주의 모든 존재에는 하느님의 섭리가 골고루 반영돼 있기 때문에 적절한 때가 되면 그 정체가 저절로 드러날 텐데, 그때 인간이 해야 할 일이라곤 만물의 영장이라는 망상을 버리고 복종의 기도를 올리는 것밖에 없다고 생각하나봐요. 한 명의 인간을 살릴 때마다 성서의 한 문장을 직접 증명했다고 굳게 믿는 그로서는 다묵장어 노인의 장기를 여러 사람에게 나눠 줌으로써 〈시편〉 한 권을 통째로 재해석했다고 주장할 게 분명해요. 만약 다묵장어 노인만으로 자신의 기대를 충족시키지 못한다면 박사는 저희 중 두어 명의 몸에 기계장치를 강제로 연결할지도 몰라요. 제발 제가 선택되는 일이 없기를. 아무튼 박사 역시 소기의 목적을 달성하고 나면 더 이상 이곳에 나타나지 않을 거예요. 그가 저희를 위해 할 수 있는 건 진찰과 처방이지 목욕탕에 데려다주거나 기저귀를 갈아주는 게 아니니까. 자신의 수족으로 부릴 수 있는 사람이 없는 곳에서 그는 저희와 전혀 다를 바 없어요. 박사마저 떠나면 이곳에 원장신부가 마지막까지 남겨지겠네요. 그의 신변에 대한 소문은 대부분 출처를 확인할 수 없는 것들이어서 그걸 말하는 자나 듣는 자 모두 혼란스럽긴 마찬가지인데, 대주교가 그를 유명 수도원장으로 이미 내정했다고도 하고 신학대학에서 호스피스와 관련된 학문을 가르치게 됐다거나 이곳을 무난히 운영한 공로를 인정받아 교황청에 일 년 동안 파견될 것이라고도 하더군요. 아무튼 그에게 장밋빛 미래가 보장돼 있는 건 분명한 것 같아요. 원장신부를 비난하는 자들만큼이나 지지하는 자들도 많은 건 사실이에요. 저 같은 낙오자들이 이곳에서 무위도식할 수 있었던 것도 전적으로 그의 수완 덕분이었으니 설령 그의 생각을 완전히 지지하지 않는다고 해도 제가 그를 싸잡아 비난할 수는 없는 거죠. 다만 이런 파국을 맞이하게 된 과정이 못내 안타까워서, 비록 이 결과가 모두의 잘못에서 비롯됐다고는 하지만 그래도 권력의 정점에 있던 원장신부가 자신의 실수를 너무 과소평가했던 건 아닌지 막연히 의심해볼 따름이죠. 식물인간 하나 때문에 모두가 공멸하게 된 현실이 너무 억울하다고 말한다면 형제님께서도 저에게 돌을 던지시겠습니까? 원장신부가 좀더 포용적인 규칙과 유연한 절차를 선택했던들 다른 결말을 맞이할 수도 있었겠죠. 하지만 자신에 대한 세상 사람들의 반응에 너무 조급하게 호응하느라 그는 정작 이곳 내부 사람들의 생각과 감정을 세심하게 살필 여유가 없었답니다. 최근까지도 원장신부는 이곳에서 수십 킬로미터 떨어진 곳에 두 번째 보호시설을 건립하기 위해 관공서와 기업들 사이를 분주히 오가고 있어요. 어쩌면 그는 이곳에서 혜

택받고 있는 저희의 불평보다는 이런 혜택조차 받지 못한 채 버려져 있는 사람들의 비명을 더 자주 듣고 있었는지도 모르겠네요. 하느님께서는 이기적인 자를 가장 싫어하신다던 원장신부의 일요 미사 강론이 지금에서야 떠오르는군요. 광야의 비바람과 허기를 피했으니 저희는 더 이상 악마의 부추김에 휘둘리지 말고 식물인간처럼 현재의 생존 조건에 감사하고 적응했어야 했는데 그렇게 하지 못했습니다. 죽음을 앞둔 다묵장어 노인만큼은 자신의 운명에 수긍하고 있을까요? 그의 뇌가 스스로 작동하고 있다면 그건 불평에 자극받고 있기 때문일 겁니다. 결핍에 대한 인식 없인 사유나 기억, 상상이나 공감, 심지어 망각조차 인간에겐 불가능하죠. 감히 말씀드리는데, 태초에 존재했다는 신성한 말씀은 탄식이나 욕설 같은 것이었을지도 모릅니다. 거기서 인간들이 태어났고 그들의 인생을 담아 성서가 완성됐죠. 그래서 성서에 등장하는 자들은 하나같이 탐욕스럽고 어리석은 언행을 반복하고 있는 게 아닐까요? 그 신성한 책을 처음 읽은 로마의 귀족들이 헛웃음을 친 까닭도 거기에 담긴 진실이 모두 실패한 자들의 증언으로 복원됐기 때문이라고 저는 들었습니다.

이곳 주사위 안에 갇혀 있는 자들은 모두 미래를 몹시 걱정하고 있지만 겉으로는 내색하지 않으려고 나름대로 애를 쓰고 있답니다. 사흘 뒤에 예정된 정기 순례는 민간 구호단체에 운명을 맡기기에 앞서 저희가 누릴 수 있는 마지막 호사가 될 것 같아요. 다묵장어 노인을 제외한 여섯 인간과 그들의 소지품을 반시계 방향으로 한 칸씩 옮기는 작업은 형제님의 예상보다도 훨씬 복잡하고 번거롭죠. 정기 순례에 앞서 저희는 각자가 지닌 가장 훌륭한 옷으로 갈아입어요. 그래봤자 낡고 해져서 볼품없지만 각자에겐 추억이 물씬 담겨 있으니 옷 갈아입는 과정을 생략할 순 없어요. 저희가 그걸 입고 거울 앞에서 매무시를 마칠 때까지 자원봉사자들은 잠자코 기다려야 하죠. 더욱이 앵무새나 안드레는 옷을 갈아입기 전에 꼭 목욕을 해야 한다고 떼를 쓰기 때문에 준비 시간을 더 줘야 해요. 애써 가방을 챙길 필요까지는 없지만 자신의 소지품을 정리하고 주변의 사물들과 작별하며 다음 차례의 동료들에게 물건들을 건네는 과정도 거쳐야 한답니다. 하찮더라도 격식을 차리다 보면 자신이 아직 살아 있다는 사실에 감사하게 되죠. 옷을 모두 갈아입힌 다음 자원봉사자들은 저희의 침대를 차례대로 끌고 주사위 밖으로 나가야 해요. 그래야 다른 자원봉사자들이 그 안을 구석구석 청소하고 소독할 수 있으니까요. 형제님이 도저히 상상할 수 없는 것들이 곳곳에서 발견될 때마다 자원봉사자들의 비명과 성직자들의 잔소리가 이어집니다. 그래도 그때가 저희에겐 최고의 시간이에요. 저희는 여러 개의 방으로 흩어져서 청소와 소독이 끝나기를 기다려야 하는데, 운이 좋다면 여자들이 머물고 있는 방에 한 시간 남짓 머물 수도 있답니다. 그러면 저희는 마치 그녀들을 구원하기 위해 지구 반대쪽에서 찾아온 기사라도 되는 것처럼 한껏 거들먹거리지요. 일 년 전쯤엔 시몬이 두 시간 넘게 여자들만의 방에 머문 적이 있었는데, 그는 그녀들에게 성기를 보여주면서 자신의 아이를 낳아달라고 하소연했대요. 환갑을 훨씬 넘긴 여자가 그의 제안을 승낙했지만 유감스럽게도 얼마 지나지 않아 폐부종으로 숨을 거두었죠. 후안에게도 그런 기회가 주어졌어요. 그는 필생의 역작을 완성할 수 있도록 젖가슴을 보여달라고 여자들에게 떼를 썼지요. 그랬더니 두 여자가 옷섶을 열어주었는데 정작 후안은 젖가슴을 똑바로 쳐다보지 못한 채 아이처럼 울기만 하더랍니다. 나중에 후안은 앵그르의 그림 속에 등장하는 성녀 마리아의 나신이 떠올랐다고 변명했지만, 제 생각에 그는 아무리 팔을 뻗어도 그 젖가슴에 닿을 수 없는 현실이 너무 서러웠던 것 같아요. 후안은 또 한 번 여자들만의 방에 들어갈 기회를 얻었습니다만 필리페가 마테오 수사에게 강력히 항의하는 바람에 안드레가 대신 행운을 차지했죠. 안드레를 본 여자들은 —그가 아무런 요구도 하지 않았는데 자발적으로— 일제히 속옷을 목까지 끌어 올리면서 젖가슴을 보여줬대요.

아마도 그녀들은 안드레에게 젖을 먹이려고 했던 것 같아요. 그 뒤로 여자들만의 방에 배치받은 자원봉사자들은 매일 이곳에 들러 안드레의 근황을 확인해서 그녀들에게 알려주어야 하는 임무를 맡게 됐지요. 반면에 이곳에 배치된 자원봉사자들은 여자들만의 방에 출입할 수 없을 뿐만 아니라 그곳의 자원봉사자들과 접촉하는 것도 엄격히 금지돼 있답니다. 그런 규칙은 필리페가 자원봉사자를 통해 여자들과 음란한 편지를 주고받다가 발각된 이후로 생겨났지요. 필리페는 자신의 나신에서 성기가 지나치게 과장된 캐리커처를 후안에게 그리게 한 뒤 그 위에 음란한 메시지를 가득 담아서 여자들에게 보냈어요. 다음 날 여자들도 음란한 그림과 메시지를 보내왔습니다. 그녀들의 편지는 이곳의 사내들에게 생기를 불어넣었죠. 한 달 정도 이어지던 비밀 교신은, 정기 순례를 앞두고 이곳을 청소하던 자원봉사자가 원장신부에게 정체불명의 꾸러미를 전달하면서 중단되고 말았죠. 원장신부는 저희가 보는 앞에서 그 편지들을 직접 불태운 뒤 한 달 동안 매일 한 시간씩 성서를 암송해야 하는 처벌을 내렸답니다. 필리페에게 음란한 답장을 보낸 여자가 누구였고 원장신부에게 어떤 처벌을 받았는지 끝내 알려지진 않았죠. 필리페는 새로 합류한 자원봉사자들을 속이거나 위협해서 여자들만의 방에 편지를 보냈지만 더 이상 답장을 받을 수 없었어요. 그래서 저희는 그의 비밀 애인이 이미 죽었거나 다른 곳으로 추방됐다고 추측했죠. 아니면 마테오 수사나 셀리아 수녀가 벌인 짓궂은 장난일지도 모르고요. 아무튼 그 뒤로 저희가 여자들만의 방으로 들어갈 수 있는 기회는 거의 사라졌지만 그래도 여전히 정기 순례가 저희에게 가장 즐거운 행사라는 사실은 변하지 않았죠. 고약한 소독약 냄새는 쉽게 가시지 않기 때문에 청소가 끝난 뒤에도 저희는 한참 동안 주사위 밖에 머물면서 마치 방금 전에 이곳에 도착한 탐험가들처럼 호기심 가득한 표정으로 주위를 세심하게 살핀답니다. 그러다가 주사위 안에 설치돼 있지 않은 편의시설이나 가구를 발견하고 지속적으로 항의한 끝에 원장신부에게 설치 약속을 받아내기도 했죠. 물론 대부분의 약속들은 실행되지 않고 차일피일 미뤄지다가 끝내 폐기되고 말았지만 한동안 저희는 각자의 의지로 모두의 삶을 개선시키고 있다는 착각에 빠져들었답니다. 소독약 냄새가 완전히 사라지고 새로운 대륙에 자리를 잡은 뒤에도 서로가 주사위 밖에서 보고 들은 이야기를 나누느라 옷을 갈아입거나 물건을 정리할 생각을 하지 못하죠. 그때는 자원봉사자들도 조금이나마 휴식을 취할 수 있기 때문에 저희의 대화를 방해하지 않아요. 허기나 피로가 몰려들 때쯤이면 저희는 자원봉사자들에게 낯 뜨거운 불만을 경쟁하듯 쏟아내는데, 정기 순례 도중에 자신의 중요한 소지품을 도둑맞았다느니, 옆 사람의 짐 때문에 햇빛이 절반만 들어온다느니, 새로운 자리에 식인벌레가 득실거린다느니, 누운 자리에서 시계나 그림이 잘 보이지 않는다느니, 지린내가 진동하거나 벽에서 물이 배어 나온다느니, 옆 사람의 불알이 너무 가깝게 보인다고 아우성치면서 지옥의 유황불을 피워 올리죠. 더욱이 앵무새가 이 모든 불평을 끊임없이 반복하고 있으니 자원봉사자들은 폭발 직전 상황까지 내몰릴 수밖에 없어요. 결국 정기 순례 행사는 마테오 수사가 등장해 극단적인 조치를 취한 뒤에야 비로소 마무리된답니다. 하지만 이제 지옥의 유능한 집정관인 마테오 수사마저 천국으로 떠났으니, 사흘 뒤로 예정돼 있는 소동이 어떻게 시작해서 마무리될지 몹시 궁금하군요. 형제님께 확실하게 말씀드릴 수 있는 건, 저희는 투쟁할 줄만 알았지 타협할 줄 전혀 모르기 때문에 유능한 중재자가 적기에 개입하지 않는다면 저희의 추방과 이곳의 폐쇄는 예정보다 훨씬 빨라질지도 모른다는 사실이에요. 저희 모두 그걸 걱정하고 있죠. 그러면서도 동시에 제 몫을 가능한 한 많이 챙길 방법을 궁리하고 있답니다. 조금의 손해조차 입지 않으려고 저희는 서로의 일거수일투족에 과민하게 반응할 거예요. 정기 순례라는 이름에 전혀 어울리지 않을 욕지거리가 난무할 테고 누가 상대에게 더 치명적인 상처를 입혔는지 확인하겠죠. 고귀하신 가문의 형제님만큼은 저희의 마지막 순례에 동행하지 않으시는 게 낫겠어요. 만약 그 아수라장을 직접 목격하신다면 형제님은 인간에 대한 실망감을 주체하지 못하고 죄악의 유혹에 또다시 굴복하실 수도 있으니까요. 그러면 지금보다 더 길고 복잡한 형벌의 미로가 기다리고 있을 텐데 그곳에선 더 이상 저 같은 조력자를 찾을 수 없거나 탈출구 자체가 아예 없을 수도 있어요. 그러니 내일이라도 원장신부를 찾아가셔서 미리 사회봉사 수료증을 발급받으신 뒤 이곳을 떠나십시오. 이곳의 생활과 제 이야기가 형제님의 속죄와 변신에 얼마나 도움이 됐는지는 솔직히 모르겠습니다만, 적어도 지옥의 위치와 현황을 알게 된 것만으로도 큰 성과가 아닐까 싶군요. 미로를 빠져나간 즉시 이곳에 대한 기억을 모두 버리세요. 그렇지 않으면 유령이 평생 형제님을 따라다니면서 무력감을 주입할지 모릅니다. 제 충고, 또는 경고가 얼마나 유용할 수 있는지 증명하기 위해서라도 지금부터는 제가 저지른 죄악을 고백하겠습니다. 진위를 판단하고 그에 맞는 조치를 결정하는 건 전적으로 형제님의 몫입니다. 어차피 저는 형제님의 기억 속에서 조만간 완전히 사라질 것이기 때문에 후사를 전혀 걱정하실 필요는 없습니다. 저도 그럴 테니까요. 그리고 이야기를 마친 뒤부터 저는 더 이상 형제님을 기억하지 않겠습니다. 음식을 요구하지 않는 까닭도 형제님에게 남아 있는 시간 안에 제 이야기를 끝마칠 자신이 전혀 없기 때문입니다. 대신 물 한 잔만 더 마시겠습니다. 모든 생물이 공통적으로 기억하고 있는 물맛이면 좋겠네요.

경찰들의 추적을 피해 콜롬비아 보고타로 건너간 저는 보테로 미술관의 경비원으로 채용돼 일 년쯤 일을 했지요. 그곳이 세상에서 가장 훌륭한 미술관이라는 생각에는 지금도 변함이 없습니다. 단점이라면 오직 하나, 파리나 런던에 위치하지 않는다는 것뿐이었으니까요. 그곳의 규모와 편의시설, 소장품 모두 관람객들의 기대를 훌쩍 뛰어넘죠. 보고타 전체를 휘감고 있는 흉흉한 소문을 뚫고 그곳까지 도달하는 게 어렵지 일단 그곳에 도달하기만 하면 대단한 호사를 누릴 수 있답니다. 설령 그 최상의 미술관이 악명 높은 콜롬비아 마약 조직의 비자금으로 운영된다고 하더라도 감동은 조금도 줄어들 것 같지 않았어요. 그런데도 미술관은 늘 한산해서 관람객들은 자신의 리듬과 영감에 맞춰 위치와 자세를 수시로 바꿔가면서 작품들을 마음껏 감상할 수 있지요. 소장품들의 명성에 비해 관람료는 터무니없이 쌌는데 이마저도 콜롬비아 국민들이라면 매달 마지막 일요일에는 지불할 필요가 없었죠. 외국인들도 현지인들과 함께 방문하거나 미술관 직원들의 신원보증이 있으면 관람료를 면제받을 수 있고요. 이백 대의 폐쇄카메라를 곳곳에 설치해두고 이십여 명의 직원들이 열 개의 모니터 화면을 번갈아 주시하고 있지만 불순한 관람객들의 무모한 행동을 예방하려면 두어 점의 작품마다 경비원이 한 명씩 배치돼야 했죠. 미술관장은 예술품의 명성에 걸맞은 교양과 품격을 지녀야 한다고 직원들에게 매일 아침 훈시했기 때문에 저 같은 경비원들조차 자신이 하루종일 지키고 있는 작품에 대해서 공부해야 했습니다. 그 덕분에 이따금 관람객들 앞에서 마치 미술에 조예가 깊은 전문가처럼 거들먹거릴 수 있었지요. 그런 재미라도 없었다면, 박봉에다 불편한 복장으로 하루 종일 서 있어야 하는 직업을 견뎌낼 수 없었을 겁니다. 스페인어를 유창하게 구사하지 못하는 외국인인 데다가 미술에 대한 지식이나 감식안이 전혀 없는 제가 그곳의 경비원으로 취업할 수 있었던 사연은 지금 떠올려봐도 황당하기 그지없네요. 콜롬비아 공항에 내린 직후부터 저는 그곳으로 온 걸 후회했죠. 배낭을 집 삼아 정처 없이 떠도는 일에 넌더리가 났기 때문에 제 생애를 통째로 들어 올렸다가 공중에서 내동댕이쳐줄 사건이 필요했습니다. 그 뒤로 더 이상 한눈을 팔 수 없고 내일을 모조리 어제로 간주할 수 있길 바랐던 거죠. 한편으로는 머뭇거리면서도 또 한편으로는 몸부림쳤어요. 끝에 도달하는 가장 쉽고 빠른 방법으로 마약을 시작했지만 어제까지 도달한 곳에 오늘 닿으

려면 더 많은 수고와 비용이 필요했어요. 그곳엔 외국인 여
행객들이 많지 않았기 때문에 부랑자와 가진 것을 나눈다든
지 현지 주민들에게 절대 피해를 입히지 않는다든지 하는 원
칙을 지켜낼 수도 없었어요. 돈벌이가 되는 일이라면 뭐든지
해야 했던 저에게, 술집에서 우연히 만난 마약상은 보테로
미술관에서 그림 한 점을 훔쳐 온다면 보고타에서의 제 생활
을 평생 돌봐주겠다고 은밀히 제안했답니다. 날마다 두 배씩
값이 오르는 마약을 안정적으로 공급받는 최상의 방법은 마
약상에게 신뢰를 얻는 것이었어요. 게다가 그 마약상의 단골
이 보테로 미술관에서 경비원으로 일하고 있다고 하니 그와
역할을 분담한다면 저같이 유능한 절도범이 한적한 미술관
에서 손바닥 크기의 그림 한 점 훔치는 건 그리 어렵지 않을
것 같았죠. 그래서 다음 날 미술관으로 그 경비원을 만나러
갔더니, 그는 다짜고짜 저를 미술관장에게 데리고 가서 자신
의 후임으로 추천하는 게 아니겠습니까? 미술관장은 시험 삼
아 어떤 프랑스 화가의 작품에 대한 제 견해를 물었는데 이
름을 처음 들은 화가라서 대답할 수 있는 게 전혀 없었죠. 빈
손으로 마약상을 만날 생각에 다급해진 저는 중남미를 여행
하면서 만났던 아마추어 예술가들의 기행에 대해 두서없이
떠들어댔답니다. 미술관장의 따분한 표정이 이어지자 처음
엔 초조했지만, 분노한 마약상이 쏜 총탄 덕분에 마침내 생

의 끝에 도달하게 될 걸 생각하니 나중엔 마음이 편해지더라고요. 면접 결과는 합격이었습니다. 아마도 미술관장은 예술품의 가치를 제대로 알지 못하는 자야말로 경비원으로서 적격이라고 생각했던 것 같아요—물론 나중에는 경비원들에게 미술 공부를 강요하는 모순된 언행을 보였지만 말이에요. 아니면 소수 인종을 의무적으로 채용해야 한다는 법적 규정을 충족시켜야 했을 수도 있어요. 아무튼 저는 졸지에 경비원으로 채용돼 하루 종일 샤갈의 그림을 지켜야 했죠. 샤갈의 그림 옆에는 드가의 그림이 걸려 있었고 그걸 감시하는 경비원은 고산지대 출신 원주민이었어요. 전 샤갈 대신 드가의 그림을 훔칠 방법을 궁리했답니다. 제게 맡겨진 샤갈을 온전히 지켜내야 쥐꼬리만 한 월급이라도 받을 수 있고 도둑으로 의심받지도 않겠죠. 게다가 미술품 시장에서 파리 출신의 드가가 러시아 태생의 샤갈보다 훨씬 환대받을 것 같았어요. 그 사실을 전혀 알 리 없는 원주민계 경비원 하나쯤 속이는 건 전혀 어렵지 않겠다고 판단했습니다. 드가의 그림 주변에 설치돼 있는 첨단 보안 장치들의 약점을 찾고 있을 때 한 소녀가 제게 다가오더니 그 그림의 제목을 묻더군요. 저는 백일몽을 방해한 그 소녀에게 험상궂은 표정을 지어 보이며—그건 경비원으로서 당연한 행동이었습니다. 그렇게 겁을 주어야 관람객은 그림을 훔치거나 훼손하지 않을 테니까요—아무런 대꾸도 하지 않은 채 그저 손가락으로 샤갈의 그림을 가리켰지요. 그 행동의 의미는 분명했습니다. 제가 감시해야 하는 것은 샤갈의 그림이기 때문에 드가의 그림에 대해 설명해야 할 의무가 전혀 없다는 뜻이었죠. 그리고 주변을 두리번거리면서, 드가의 작품을 담당하고 있는 동료가 제자리로 돌아올 때까지 기다리든지 아니면 조용히 꺼지라고 말했죠. 하지만 소녀는 제 이야기를 거의 알아듣지 못했어요. 아니면 알아듣고도 짐짓 거짓으로 행동했는지도 모르죠. 그녀는 이 방인을 모욕하고 싶은 충동에 사로잡혀 드가의 작품과 인생에 대해 제게 설명하기 시작했습니다. 물론 저는 그녀의 이야기를 거의 알아듣지 못했지만 드가의 그림을 훔쳐야겠다는 결심만큼은 더욱 굳건히 했죠. 화장실에 갔던 동료가 제자리로 돌아오자 그 소녀는 슬그머니 사라지더군요. 하지만 다음 날부터 소녀는 똑같은 시간에 미술관에 나타났고, 샤갈과 드가의 그림 사이에 쪼그리고 앉아서 스케치북에 파스텔로 샤갈의 그림을 드가의 화풍으로 그리다가 한 시간 뒤에 떠났어요. 사흘 만에 그림을 완성한 소녀는 그걸 스케치북에서 떼어내 제게 주었죠. 그 뒤로 소녀는 미술관에 나타나지 않았습니다. 그 대신 제가 퇴근해서 그 소녀를 만나러 갔어요. 그녀가 건넨 그림 뒤쪽에 집 주소가 적혀 있었거든요. 그렇게 해서 우린 서른 살 터울을 뛰어넘는 연애를 시작했답니다. 그 소녀의 생기 덕분에 한동안 마약과 술에 대한 욕망을 줄일 수 있었지만 그녀와의 연애가 거대한 장벽에 부딪혀 앞으로 나아가지 못하자 저는 이전보다 더 많은 분량의 마약과 술을 소비해야 했고 점점 더 포악해지는 마약상의 빚 독촉을 멈추게 하려면 거사 일정을 앞당길 수밖에 없었습니다. 훔친 그림을 마약상에게 곧장 넘기지 않고 부유한 비밀 고객에게 천문학적 금액을 받고 팔아서 마약상과의 채무 관계를 청산한 뒤 소녀와 초호화 여객선을 타고 전 세계를 여행하는 상상을 자주 해봤습니다만, 저처럼 고작 오늘 하루만을 위해 살고 있는 자들에게 내일은 결코 도달하지 못할 대륙이자 움켜쥘 수 없는 바닷물과 같았어요. 그저 오늘의 시행착오를 끝으로 더 이상 내일을 맞이할 수 없길 간절히 바랐습니다.

그 소녀는 평생 집 안에 갇혀 살고 있었죠. 그녀에게 허락된 외출이라면 보모의 손을 잡고 보테로 미술관을 하루에 한 시간 정도 둘러보는 게 전부였어요. 그녀는 자신의 집과 보고타를 한시라도 빨리 벗어나고 싶었고, 그러려면 돈벌이가 필요했기 때문에 혼자서 그림 그리기를 연습했죠. 그리고 보니 화가도 언어나 시공간에 구애받지 않고 여행할 수 있는 직업에 포함시켜야겠네요. 저는 그녀를 진심으로 돕고 싶었답니다. 그래서 저는 그녀를 속박하고 있는 것들의 정체부터 파악해야 했어요. 형틀처럼 그녀의 미래를 짓누르고 있는 아버지를 찾아내는 건 그리 어려운 일이 아니었죠. 그녀의 아버지는 합법적인 상품을 사고팔아서 자수성가한 사업가였는데, 자신의 이력과 재력을 남들 앞에서 과시하길 좋아했고 자신을 존경하지 않는 자들을 못 견뎌 했어요. 심각한 의처증에 시달리고 있던 그는 아내가 고작 다섯 살에 불과한 아들을 앞세워 자신의 재산과 행복을 모두 탈취해갈 것이라고 걱정했어요. 그래도 딸에게만큼은 아낌없이 애정을 쏟았는데, 그녀가 정숙하고 현명하다는 소문을 부자들 사이에 퍼뜨려 그들의 아내나 며느리로 삼게 하려 했죠. 그런 결과는 자신의 사업에 유익한 영향을 미칠 게 분명했으니까요. 그래서 소녀는 무균실 같은 집 안에 하루 종일 머물러야 했던 거예요. 아버지의 지시를 받은 보모의 감시 때문에 어머니와 남동생을 만날 수는 없었어요. 학교에 가는 대신 선생들이 집으로 찾아왔고, 책이나 고양이 이외의 친구를 사귈 기회는 거의 주어지지 않았어요. 텔레비전이나 영화를 보는 것도 엄격히 금지됐죠. 사춘기에 접어들자 소녀는 자신의 아버지를 죽이려고 몇 번이나 시도했지만 번번이 실패했어요. 독극물이 섞인 오렌지주스를 마시고 죽어가면서도 보모는 끝내 소녀의 음모를 그녀의 아버지에게 발설하지 않았어요. 보모의 죽음마저 아버지 때문이라고 생각한 소녀는 더욱더 격렬하게 아버지에게 반항했죠. 새로운 보모들은 채 한 달을 버텨 내지 못하고 도망치기 일쑤였고, 소녀의 악명을 익히 알고 있는 현재의 보모는 아예 자신의 짐을 풀지도 않았어요. 그 런데 그들이 도망치는 진짜 이유는 소녀의 반항이 아니라 그 녀 아버지의 비밀 때문이에요. 알고 보니 그녀의 아버지는 딸에게 몹쓸 짓을 너무 많이 했더군요. 형제님이 상상하시 는 것보다 훨씬 더 역겨운 사실까지 굳이 제 입에 담고 싶진 않네요. 그 이야기를 소녀에게 직접 듣고 나서 전 바닥에 머 리를 찧고 구토를 할 정도였답니다. 발작이 멈추자 저는 그 녀를 대신해 그녀의 아버지에게 복수하기로 맹세했죠. 그녀 는 제게 진심으로 감사했어요. 어쩌면 그녀는 제가 외국인이 라는 사실을 알고 의도적으로 접근했을 수도 있어요. 살인을 저지르자마자 공항으로 달려가 귀국행 비행기에 오르면 그 만이었으니까요. 제 선택을 결코 후회하진 않습니다. 사랑의 속성이 헌신과 희생이라는 사실은 인류가 존재한 이후로 전 혀 변하지 않았죠. 피의 맹세를 한 다음 날부터 소녀는 저를 채근하기 시작했어요. 마약 중독을 치료할 병원을 소개해주 고 일체의 비용까지 부담해준 덕분에 저는 다시 오늘보다 내 일을 기대할 수 있게 됐죠. 그녀의 아버지가 즐겨 다니는 식 당이나 골프장 주위에 숨어 있다가 맹수처럼 덮치는 방법은 전혀 어렵지 않았지만, 적어도 제가 국경 너머의 은신처에 무사히 도착할 때까지 경찰들의 추적을 따돌리려면 살인의 전후를 채울 시나리오부터 먼저 완성하는 게 필요했어요. 드가나 샤갈의 그림 한 점만 지니고 있어도 저 대신 궂은일을 처리해줄 자들은 수십 명은 너끈히 고용할 수 있을 것이라고 생각하니 그 그림을 훔쳐야 할 또 다른 명분이 생겨나더군요. 미술관의 폐쇄카메라 앞에서 성실한 경비원과 음험한 절도범의 정체를 동시에 유지하는 건 결코 쉬운 일이 아니었습니다만, 오직 사랑의 힘으로 공포와 권태를 견뎌냈답니다. 드가나 샤갈이 살아 있다면 제 사랑 이야기를 그림으로 재현했을 것이고 그들의 작품에 등장했다는 유명세만으로도 전 도둑이나 살인자의 운명에서 벗어날 수 있었을 텐데, 그럴 수 없어서 너무 아쉬웠어요. 하긴 그 화가들 역시 사랑 때문에 파멸했으니 그들에게서 구원을 기대하는 것 자체가 언감생심이겠네요. 인생에서 가장 중요한 열매는 제 스스로의 노력으로 쟁취할 수밖에. 결론부터 말씀드리자면, 전 샤갈의 그림을 훔치는 데 성공했습니다. 드가 대신 샤갈을 선택했던 까닭은 동료 경비원과의 우정 때문이었죠. 그는 박봉으로 일곱 명의 가족을 부양해야 하는 가장이었고, 제가 그를 그다지 좋아한 건 아니었지만 그의 가족들까지 곤란하게 만들고 싶지도 않았습니다. 그래서 범죄 직전에 마음을 바꾸어 샤갈을 선택했던 것이지요. 그걸 마약상에게 건넨 대가로 전 소녀와의 약속을 지킬 수 있었고요. 그 마약상이 고용한 살인자는 제 요구보다도 훨씬 처참하고 완벽한 방법으로 그녀의 아버지를 살해했죠. 총알값을 아끼려고 그런 것 같진 않고, 마약상이 저와의 우정을 과시하기 위해 그런 방법을 살인자에게 요구했던 것 같아요. 그가 보내온 사진 속의 시체 상태나 배치 구도는 베이컨의 작품과 많이 닮아 있어서 살인자의 정체를 쉽게 추측할 수 있었답니다. 실제로 보테로 미술관에는 베이컨의 그림도 한 점 걸려 있었는데 그걸 하루 종일 감시해야 하는 경비원이 소녀의 아버지가 살해당한 다음 날부터 출근하지 않는다고 들었어요. 살인자는 살인의 가장 완벽한 증거인 시체를 바닷속에 던져 넣음으로써 한때 동료였던 제가 더 멀고 음습한 곳으로 숨어들 시간을 벌어주었죠. 하지만 제가 훔친 그림이 햄버거 하나와도 바꿀 수 없는 위작으로 판명되자 마약상과의 우정은 산산이 부서지고 말았고, 그는 은혜를 원수로 갚은 제 목에 거액의 현상금을 내걸었답니다. 하지만 그 명성 높은 미술관에 위작이 내걸려 있을 것이라고 외국인인 제가 어떻게 상상이나 할 수 있었겠어요? 게다가 그림에 문외한인 제가 진품과 위작을 구별해내는 건 거의 불가능했죠. 하지만 마약상은 적어도 그 소녀에게만큼은 그런 능력이 있다고 확신한 것 같아요. 그래서 제가 소녀와 공모해서 진품과 위작을 바꿔쳤다고 오해했을 수도 있어요. 그의 추측이 맞는다면 저 역시 소녀에게 속은 셈인데, 명확한 증거를 확인하기 전까진 그녀를 결코 의심하고 싶진 않군요. 나중에 들은 이야기로는 그 미술관에 전시돼 있는 대부분의 작품이 가짜라고 하더군요. 진품은 수장고에 숨겨놓고 모작만을 전시하면서 관람객들이 이 사실을 눈치채지 못하게 하려고 그림마다 경비원을 세워둔 거예요. 표독스러운 표정으로 자신을 감시하고 있는 경비원들 앞에서 관람객들은 눈앞의 그림을 일말의 의심도 없이 진품으로 받아들인 뒤 감동 속에서 그것의 장점만을 찾아내려고 애쓰는 거죠. 세계 곳곳의 미술관에 진품을 대여해주고 벌어들인 돈으로 보고타 최고의 미술관이 운영되고 있는 겁니다. 그 도시 전체를 휘감고 있는 범죄적 분위기가 없었다면 이 저급의 속임수는 금방 들통났을 거예요. 저 역시 그런 속임수에 희생될 리 없었겠죠. 위작 때문에 마약상에게 쫓기는 신세가 되긴 했지만 제 희생 덕분에 소녀는 영원한 자유를 얻게 됐으니 조만간 제게 영원한 사랑을 고백할 것이라고 기대했습니다. 하지만 제 기대는 허무하게 깨어지고 말았어요. 중무장한 경호원들이 장례식장 곳곳에 배치돼 수상한 문상객들의 출입을 막았기 때문에 전 장례식장 안으로 끝내 들어가지 못한 채 사흘 동안 주변을 서성거리다가 집으로 돌아와야 했죠. 암살자에게 쫓기는 신세라도 면해볼 작정으로 소녀에게 수차례 도움을 요청해보았지만 아무런 회신도 받지 못했어요. 그녀는 자신의 아버지가 죽자마자 어머니와 남동생을 집 안으로 불러들이고 보모를 내쫓았어요. 그러고는 얌전한 상속자로 변신해 상류사회에 합류했죠. 머지않아 그녀가 자신의 비밀을 영원히 감추기 위해 또 다른 암살자를 저에게 보낼지도 모른다는 걱정 때문에 한시도 마음 편히 쉴 수 없었어요—그러니까 저를 뒤쫓는 암살자는 두 명이었습니다. 마약상보다는 그 소녀가 직접 제 목숨을 거둬주길 바랐지만, 마약상이 보낸 최후통첩이 은신처에 먼저 도착하는 바람에 저는 소녀에게 영원한 작별의 인사도 남기지 못한 채 급히 보고타를 떠나야 했죠.

형제님께서 제 충고대로 정기 순례를 참관하지 않으신 건 정말 현명한 결정이었습니다. 지옥이 바로 여기구나 싶을 정도로 끔찍한 상황이 연속됐으니까요. 마테오 수사의 권위 없이 셀리아 수녀는 이곳의 악마들을 결코 제압할 수 없었어요. 자원봉사자들도 셀리아 수녀와 눈을 마주치지 않으려고 도망 다녔답니다. 원장신부도 외부 행사에 참석하느라 이곳을 비운 상태였고요. 저를 포함한 동료들은 이번 순례를 끝으로 각자의 운명이 한자리에 식물처럼 고정될 것이라는 두려움 때문에 아무것도 양보하지 않았죠. 명백히 자신의 소지품이 아닌데도 몰래 숨기거나 억지를 부렸어요. 손발이 닿지 않는 적들을 향해 욕설을 퍼붓거나 침을 뱉어대기도 했죠. 필리페는 자신의 자리를 옮기지 않겠다고 버텼어요. 필리페의 자리로 가야 할 후안은 자신의 목숨과도 같은 붓 하나를 도난당했다고 울부짖었어요. 제가 머물고 있는 오세아니아 대륙으로 건너와야 할 안드레는 다묵장어 노인에게 상스러운 욕설을 퍼부으면서 유럽 대륙을 요구했죠. 그는 죽음의 사신이 노인보다 자신을 먼저 찾아올 것이라고 걱정했어요. 앵무새는 순례 전에 목욕을 해야 했지만 자신을 도와줄 자원봉사자를 찾을 수 없게 되자 침대 위에 오줌을 갈겼어요. 시몬은 라디오 하나만을 챙긴 채 후안의 자리로 건너가서 라디오 전파가 잘 잡히는 곳을 찾았죠. 저는 자원봉사자들의 도움 없이 시몬의 자리로 건너가려다가 침대에서 떨어져 반시간 넘게 바닥을 굴러다녀야 했는데, 각자가 침대 밑에 숨겨놓고 있던 장물들을 발견할 수 있었습니다. 그래도 다행히 셀리아 수녀의 음식 덕분에 아수라장은 정리됐죠. 셀리아 수녀는 정기 순례를 중지시키고 모두를 원래의 자리에 머물게 했어요. 저희는 그 조치가 다묵장어 노인에 대한 편애 때문이라고 판단하고 거칠게 항의했지만, 셀리아 수녀는 화를 참지 못하고 밖에서 가림막을 들고 와 다묵장어 노인의 침대를 둘러쌌지요. 그랬더니 겟세마네는 마치 하느님의 최종 심판을 앞둔 에덴처럼 어두워지고 공기도 탁해졌답니다. 주사위의 마주 보는 면에 찍힌 흑점의 총합이 일곱이라는 사실, 기억하시죠? 그런데 한쪽 면을 없앴으니 균형이 깨어질 수밖에. 저희는 우울과 허기, 피로와 공포에 시달려야 했죠. 형제님이 돌아오시기 직전에나마 셀리아 수녀가 그 가림막을 치워서 다행입니다.

저는 정체를 알 수 없는 암살자들의 추적을 피할 수 있는 은신처를 찾아 헤맸어요. 마치 스페인 약탈자들을 피해 황금의 도시를 옮기고 있는 잉카의 황제나, 허영심 많은 사냥꾼들의 추격을 피하고 있는 재규어가 된 기분이었어요. 안데스 산맥을 따라 춥고 음습한 곳만을 떠돌다 보니 외국인 여행객들을 만날 수 없었고, 그들에게서 돈이나 소지품을 훔칠 수 없었으니 한 끼의 식사와 하룻밤의 잠자리를 얻기 위해 중노동을 해야 했죠. 그래도 한동안은 영어 선생 흉내를 내면서 여유롭게 지낼 수 있었어요. 원주민들 중에는 외국인을 아직 만나보지 못한 자들이 많은 탓에 제 엉터리 영어를 듣고서도 저를 미국인으로 믿어줬죠. 마을의 지도자나 지주의 아이들에게 간단한 영어 문장을 가르쳐주면서 과분한 존경까지 받을 수 있었습니다만, 저에 대한 소문이 마을 밖을 빠져나갈 무렵이면 저는 머뭇거리지 않고 짐을 쌌습니다. 원주민들은 기억력이 비상한 데다가 수백 킬로미터 떨어져 있는 친족들까지 밀접하게 연결돼 있어서 하룻밤 사이에 암살자들을 제 앞으로 데리고 올까 봐 두려웠어요. 암살자들 역시 누군가의 아들이고 남편이고 아버지여서 임무를 완수하지 못할 경우 그 피해가 고스란히 가족에게 전달된다는 사실을 잘 알고 있었기 때문에 필사적으로 저를 추적하고 있을 게 분명했죠. 그런데도 저는 중요 명소들을 빠뜨리지 않으려고 일부러 도주로를 늘리거나 줄였어요. 페루의 쿠스코에 도착하자마자 고산병을 앓고 생사의 경계를 넘나들어야 했는데 다행히 독일 여행객에게서 얻은 마리화나 덕분에 간신히 기력을 회복할 수 있었답니다. 재래시장에서 코카 잎 십 킬로그램을 구입해서 코카인을 직접 정제하려고 시도했다가 아까운 돈만 날리기도 했죠. 마추픽추는 생존이 절박해진 인간들이 어떤 기적을 일으킬 수 있는지 제게 알려주었어요. 종족의 운명을 산꼭대기 위에 모아두고 신성한 존재에 의해 부양되기를 기도했을 잉카 황제의 간절함이 고스란히 느껴졌어요. 그 상서로운 기운을 고스란히 받아들이지 못하는 심신 때문에 또다시 일주일 동안 앓아누워야 했답니다. 너무 아파서 암살자들의 도착을 기다릴 정도였습니다. 그런데 스페인 여행객들에게서 티티카카 호수 한가운데 떠 있는 섬에 대한 이야기를 듣는 순간, 생명의 순환을 막고 있던 무엇인가가 무너지고 활기가 몸 안으로 밀려드는 걸 느꼈죠. 이틀 연속 그곳이 등장하는 꿈을 꾼 뒤로 저는 그 또한 하느님의 메시지라고 생각하고 그곳으로 달려갔어요. 더 이상 암살자들의 추적 따윈 걱정하지 않았습니다. 그 섬은 호수 한가운데에서 자라는 갈대들이 수면 위에서 서로 얽히고설키면서 만들어진 곳이었어요. 갈대들은 바닥에 단단히 뿌리내리고 있었기 때문에 섬이 호수 위를 떠다닌다는 소문은 사실이 아니었어요. 하지만 사람들이 살고 있는 이상 그곳을 섬으로 분류할 수도 있었죠. 부족 간의 전쟁을 피해 원주민들이 그곳에 정착하게 됐다더군요. 주민과 관광객들이 늘어나면서 섬이 가라앉자 촌장은 젊은이들에게 피임 방법을 가르치는 동시에 관광객들의 하선을 제한했어요. 제가 배를 타고 그 섬에 도착했을 때에도 이미 그곳은 관광객들로 가득 차 있어서 제 차례가 될 때까지 반시간 남짓 배 안에 머물러야 했죠. 하지만 제 꿈에서 본 모습과는 너무 달라 실망했습니다. 그래서 섬에 오르지도 않고 배에 남아 있다가 뭍으로 돌아왔어요. 선창가에 군함이 정박해 있더군요. 해발 수천 미터 높이의 산정 호수에 군함이라니요. 원주민의 후예인 관광가이드에게 사연을 물었더니 친절하게 설명해주었죠—초등학교조차 제대로 다니지 못한 그가 외국 관광객들에게서 귀동냥으로 배웠다는 영어는 그의 말을 곧이곧대로 믿기 어려울 정도로 완벽했습니다. 그래서 저는 그곳을 떠난 이후로 영어 선생을 참칭하지 않았죠. 티티카카 호수를 페루와 절반씩 나눠 가지고 있는 볼리비아는 바다와 연결된 영토를 한 세기 전 페루에게 모조리 빼앗겼는데도 아직까지 옛 영광을 잊지 못해 해군을 유지하고 호수에서나마 훈련을 시키고 있다는 거예요. 역사의 부피가 아무리 불어나더라도 인간이 지금보다 더 현명해질 것 같진 않아요. 사랑에 실패하고 암살자들에게 쫓기는 신세이면서도 또 다른 사랑과 삶의 방식을 갈망하게 된 저야말로 그 비관의 확실한 근거랍니다. 티티카카 호수 근처의 술집에서 저를 매혹시켰던 이란 여자를 따라서 저는 우유니 사막으로 향했습니다. 원래 호수였던 그곳은 기후 변화로 물이 모두 증발하고 밑바닥의 소금층이 드러나면서 야생 동식물이 살 수 없는 사막으로 변했죠. 네댓 명의 여행객들을 태우고 칠레나 볼리비아에서 출발한 사륜구동 자동차들이 그곳을 쉴 새 없이 통과하면서 길이 생겨날 정도였어요. 인가는 보이지 않았지만 군데군데 흩어져서 간단한 도구로 소금을 긁어모으고 있는 인부들이 보였어요. 사막은 전통적으로 은둔자들이 선호하는 장소이기 때문에 그곳에서 소금을 캐면서 새로운 삶을 시작하는 것도 나쁘지 않겠다고 생각했지요. 하지만 오염된 식수를 마시고 이틀 내내 설사를 하는 바람에 여행을 계속할 수 없게 되자 이란 여자는 작별의 인사도 남기지 않은 채 저를 떠났고, 저는 운명의 경로를 수정해야 했답니다. 사막을 건너 칠레의 광산촌을 따라 남하하면서 광부의 삶을 잠시 동경해보기도 했어요. 하루의 대부분을 땅속에서 지내게 될 테니 암살자들이 저를 찾아낼 확률은 확실히 줄어들겠지만 자칫 갱도가 무너져 수백 미터 지하에 갇히게 된다면, 소나기를 피하자고 호수로 뛰어드는 격이 될 수도 있었죠. 물보다 더 값싸고 맛있는 와인 덕분에 경로는 간신히 유지됐어요. 와인의 다양한 풍미와 역사를 건너다니다 보니 칠레와 아르헨티나 사이의 국경은 아무런 의미도 없어지더군요. 아르헨티나의 광막한 초원에 도착했을 때 마침내 가우초로서 여생을 마무리하자고 결심했습니다. 인간들에게 너무 많은 상처를 입고 입혔으니 인간들의 사회를 벗어나 가축들과 초원을 떠돌면서 무심한 자연의 일부로 돌아가고 싶었죠. 나이가 들어 더 이상 가축들을 돌볼 수 없게 된다면 기타 하나 메고 제 무덤을 찾아 유랑할 생각이었어요. 하지만 집요한 암살자들은 허기진 늑대처럼 그곳까지 저를 추적해왔고 절체절명의 위기를 서너 번 넘긴 뒤로 저는 범죄자가 숨기에 가장 적합한 장소가 도시라는 사실에 수긍하고 말았지요. 암살자들이 저를 잊지 않고 찾아오는 한, 저 또한 자살과 같은 어리석은 행동으로 그들을 실망시켜서는 안되겠다고 다짐했습니다. 그와 동시에 저는 왜 하느님께서 남자와 여자를 만들었고 왜 그들 사이의 사랑이 영원히 지속될 수 없으며, 죽음의 비밀을 왜 아무도 알지 못하는지 어렴풋이 깨달은 것 같았습니다. 하느님의 도움으로 함정에서 빠져나오려면 제게서 가장 값진 걸 내걸고 제 진심을 증명해야 했어요.

소녀의 죽은 아버지가 초원으로 저를 찾아왔어요. 그때 저는 하늘을 이불 삼아 한뎃잠을 자고 있었죠. 형제님은 절대 믿지 못하시겠지만, 어둠 속에서 어른거리고 있던 불청객의 정체를 전 단숨에 알아차렸답니다. 그는 제 앞에 꼼짝하지 않고 서서 저를 물끄러미 내려다봤어요. 그에겐 눈과 귀, 입과 코가 없었는데도 전혀 무섭지 않았고 그저 측은해 보였죠. 어쩌면 그는 제가 보고타를 떠날 때부터 제 등에 업혀 있었는지도 모르겠습니다. 초원에 도착할 때까지 제가 겪은 연쇄적 불운이 그의 저주 때문은 아니었을까요? 그는 제가 완전히 혼자 남았다는 사실을 확인한 뒤에야 비로소 제 등에서 내려왔고 비로소 저는 암살자들의 정체를 알아차리게 됐죠. 변명을 하거나 도망치고 싶진 않았어요. 그저 그에게 진심으로 사죄하고 싶었어요. 그래야 죽은 자들이 머물러야 하는 곳으로 저를 데려다줄 테니까요. 하지만 아무리 성대를 눌러 짜도 목소리를 끄집어낼 수 없었습니다. 그렇다고 이미 죽은 자가 살아 있는 자를 어찌할 수 있겠습니까마는, 정작 저와 소녀의 아버지 중 진짜로 죽은 자가 누구인지 확신할 수 없었기 때문에 점점 무서워졌습니다. 만약 제가 이미 죽은 자라면 그동안의 고통과 회한을 누구에게 보상받는단 말입니까? 초원 전체가 무덤으로 변했고 소녀의 아버지가 출입문을 막고 서 있었죠. 그를 쓰러뜨리고 도망치려 했지만 마치 달 위를 걷는 우주인처럼 제 동작은 너무 느리고 엉성했고, 그는 마치 투우사의 망토처럼 얇은 육신을 공중에서 우아하게 흔들면서 출입문의 위치를 바꿨답니다. 하는 수 없이 저는 그의 몸속에서 정전기처럼 흐르고 있는 적의가 잠시 멈추는 순간을 끈질기게 기다리면서 무엇이 그를 분노하게 만들었는지 알아내야 했죠. 딸에 대한 배신감 때문이었을까요, 아니면 죄책감 때문이었을까요? 그는 제게 복수를 요구하는 것일까요, 아니면 용서를 구걸하는 것일까요? 그가 소녀에게 저지른 역겨운 죄악을 제가 고스란히 넘겨받아 그에게 앙갚음했다는 생각이 들자 제 스스로가 너무 가련해지더라고요. 어쩌면 그는 자신의 딸에 대한 제 증오를 멈추게 하기 위해 제 등에서 내려왔을 수도 있어요. 그래서 저는 한때 저를 매혹시켰던 그 소녀의 아름다움과 상냥함을 떠올리려고 애썼죠. 죽은 자들은 산 자들의 생각이나 감정을 정확하게 이해할 수 있을 것 같아서 저는 애써 그걸 언어로 표현하려 하지 않았답니다. 그러다가 문득 그가 제 영혼을 쫓아내고 제 육신 안으로 들어오려 할지도 모른다는 두려움에 사로잡혔어요. 아침의 전조와 함께 배가 고프고 졸리기까지 했고요. 그래서 저는 그에게 하소연하기 시작했죠. 저 역시 당신만큼이나 그 빌어먹을 사랑 때문에 깊은 상처를 입었다고. 하지만 그 소녀를 증오할 수 없으므로 그 소녀에게 죄악을 주입한 당신의 책임이 크다고. 그러니 배신의 대가를 치러야 할 자는 소녀가 아니라 당신이라고. 당신은 이미 죽어서 더 이상 허기나 상실감을 걱정할 필요가 없으니 얼마나 다행이냐고 울부짖었어요. 그가 권총으로 제 몸속에 수백 개의 구멍을 뚫고 생명의 징후를 모조리 뽑아낸다고 하더라도 저항할 수 없을 만큼 저는 극도로 흥분했죠. 하지만 쉽게 죽을 것 같진 않았어요. 왜냐하면 목격자가 없는 이상 그 사건은 결코 일어나지 않은 것과 다를 바 없다고, 온두라스 여행 중에 만난 캐나다 물리교사에게서 배웠기 때문이죠. 그래도 제가 스스로 죽살이를 결정할 수 있다면 기꺼이 죽음을 선택해서 암살자를 실망시키고 싶었어요. 비명을 멈추자 투우사의 망토 같던 남자가 허공 속에서 부드럽게 흔들리며 제 쪽으로 밀려왔어요. 그는 천천히 저를 통과해갔고 저는 시간의 섬세한 움직임에 제 육체와 영혼을 맡겼지요. 한곳으로 빨려 드는가 싶더니 갑자기 주위가 확장되는 느낌이 몰려들었어요. 제

가족의 모습이 뒤섞여 흘러가면서 제 인생이 시작되던 지점을 지나쳤답니다. 그리고 그 과정에서 어떤 이야기를 들었는데, 그건 인류가 등장하기 훨씬 이전의 우주와 연관돼 있었죠. 그제야 전 그 남자가 저를 찾아온 진짜 이유를 깨달았어요. 그는 자신의 딸에게 용서를 구하고 싶었고 자신의 죽음이 영원한 형벌이길 바랐어요. 그러려면 자신이 스스로 죽음을 선택했다고 믿어야 했는데, 살인자인 제가 죄책감을 지니고 있는 이상 자신의 완전한 소멸은 불가능했던 거예요. 그래서 저를 용서해주기 위해 그곳까지 찾아온 것이었죠. 저는 그가 저지른 죄악을 가능한 한 많은 인간에게 기억시키는 일을 숙명으로 삼겠다고 약속했어요. 그제야 그는 자신이 이미 죽었다는 사실에 안심했는지 저를 바닥에 뱉어내고 사라졌습니다. 저는 한참 동안 꼼짝하지 못하다가 온몸이 너무 간지러워서 눈을 떠보니 개미들이 제 몸을 사제복처럼 뒤덮고 있더군요. 그것들마저 흩어버리고 나니 다시 태어난 것 같은 기분이 들었죠. 그래서 저는 여행을 멈추고 귀국할 준비를 했고 결코 되돌릴 수 없는 방법을 통해 제 목적을 실현했답니다. 그 이후의 이야기는 형제님께 이미 들려드렸으니 굳이 반복하진 않을게요. 다만, 교통사고로 오른팔을 잃은 사건은 제가 결코 계획하지 않았다는 걸 다시 한번 기억시켜드리고 싶네요. 제가 자신의 사명 앞에서 또다시 머뭇거리자 하느님께서 자신의 충복인 악마를 동원해 제게 교훈을 각인시키신 것이죠. 이 기괴한 몰골 또한 결국 하느님의 거룩한 의지라고 저는 믿어 의심치 않습니다. 이로써 제 이야기는 모두 끝났으니 이제 형벌의 미로에서 형제님이 걸어 나오시는 일만 남았군요. 원장실을 드나드는 자원봉사자에게 들은 바로는, 형제님의 속죄와 갱생을 증명해줄 서류에 원장신부가 이미 서명했다네요. 하긴, 매일 똑같은 일상이 반복되는 이곳에서 형벌이나 용서가 무슨 의미가 있을 것이며, 거의 죽어 있는 행려병자들을 상대로 천 시간을 봉사한다고 한들 뭐가 달라지겠습니까? 태초에 하느님이 인간의 심신 속에 죄악을 섞어 넣으셨으니, 정상적인 인간으로 살아가야 한다면 처벌 따윈 그리 걱정하지 않고 살아도 되지 않을까요? 피해자는 피해자대로, 가해자는 가해자대로 멀찌감치 떨어져서 살면서 죄는 미워해도 사람은 미워하지 말라는 하느님의 가르침을 실천하는 게 각자의 인생을 가치 있게 만드는 일일 수도 있어요. 사제들의 면죄부를 받으신 이상, 이제 어느 누구에게도 죄책감을 느끼실 필요는 없으세요. 저도 조만간 형제님의 기억에서 완전히 사라져드리겠습니다. 그 전에 굶주린 아틀라스를 위해 마지막 자비를 베풀어주시겠습니까? 동료들이나 자원봉사자들에게 들킬까 봐 지금껏 꾹 참고 있었는데, 형제님과의 마지막 날을 기념하기 위해서라도 기름기 많은 스테이크

한 조각을 씹고 싶군요. 아르헨티나의 초원과 가우초를 기억하고 있는 암소라면 더할 나위 없겠지만, 그렇지 않아도 절대 실망하지 않을게요.

6

어쨌든 축하한다. 마침내 형벌의 시간이 모두 흘러갔고 너는 미로의 출구에 서게 됐구나. 하지만 나는 아직도 너를 이곳에서 내보내야 하는 이유를 모르겠다. 피해자를 위무할 수 없을 수준의 처벌은 오히려 피해자에게 또다시 가해지는 폭력일 뿐이다. 네가 처벌을 견뎌낸 뒤에도 내가 감지하고 있는 고통은 여전하다. 처벌은 죄악을 옮기거나 없애는 게 아니라 그것의 정체를 확정하고 기억시키는 과정이어야 한다. 피해자나 하느님을 대신해 가해자를 처벌하겠다고 약속한 법률가들은 가해자가 저지른 죄악보다는 그걸 증명하는 논리에만 지나치게 집중한 나머지 피해자의 고통을 조롱하는 수준의 형벌을 선고하고 말았다. 그마저도 세 번의 검증 과정을 거치면서 가해자의 불운과 피해자의 허물만 부각됐다. 최종 확정된 형벌은 불소급의 원칙 보호 아래 더 이상 수정할 수 없으며 그 규정을 위반한 자는 법률로써 엄중히 처벌받게 돼 있으니, 시간이 지나면 가해자는 자신이 범죄에 사용했던 흉기를 피해자에게 슬그머니 쥐여주고 피해자의 방패를 빼앗을 것이다. 배심원들은 둘의 처지를 혼동할 수밖에 없다. 그러니 이 불공평한 경기에서 누가 승리했고 누가 패배했는지는 경기 전에 이미 판가름 나 있다. 나는 처음부터 이런 결말을 충분히 예상했으므로 지금 한없이 덤덤하다. 분노나 기쁨에 제압되지 않은 까닭은 내가 아직 복수를 시작하지 않았기 때문이다. 나에게 섭새겨진 네 죄악을 네게 완전히 돌려주는 날 나는 분노하다가 기뻐할 것이며, 그 감정을 영원히 기억하기 위해 죽음을 급히 들이킬 것이다. 그전까지 나는 지금의 평정심을 유지하려고 노력하겠다. 네가 복수를 피할 은신처는 형벌의 미로 속에 있었으나 너는 이미 요나처럼 추방됐다. 사법제도가 더 이상 너를 보호해주지 못할 것이라고 생각하니, 나 또한 너처럼 홀가분하기 이를 데 없구나. 다만 내가 오랫동안 준비했던 시나리오 중 하나를 붉은 라디오가 성공적으로 완수하지 못해 잠시 허탈해진 것도 사실이다. 내가 준비해준 시나리오대로 붉은 라디오가 충실하게 연기했다면 너는 네 아버지가 너와 나에게 저지른 죄악의 전모를 겟세마네에서 상세히 들을 수 있었을 것이다. 너를 천 시간 동안의 치욕과 공포 속에 밀어 넣었던 사건 또한 네 아버지의 연출이었다는 사실까지 알게 된 네가 배신감으로 얼마나 괴로워했을지 상상하는 것만으로도 나는 행복했다. 그때 붉은 라디오는 V 자로 갈라져 있는 악마의 혀를 움직여 네 아버지에게 복수할 수 있는 방법을 네게 슬그머니 흘려야 했고, 이미 붉은 라디오의 인생과 이야기에 파묻힌 너는 그의 제안을 기꺼이 받아들였을 것이다. 죄악은 처음 시작됐을 때에만 담지자擔持者에게 잠시 감지될 수 있을 뿐 그 이후로 관성에 따라 스스로 작동하면서 불특정 다수에게 심각한 영향을 끼치기 때문에 아무도 책임질 필요가 없어진다. 이건 붉은 라디오에게서는 결코 들을 수 없는 충고이니, 네가 살아 있는 내내 기억하면 좋겠구나. 아무튼 네 아버지가 네 해방을 축하해주기 위해 이곳을 방문하고 후원을 약속한다. 장기기증 서약서에 서명하고 싶진 않았지만 네가 완강히 고집을 피우는 바람에, 만인 앞에서 공개적으로 망신을 당하지 않기 위해서라도 어쩔 수 없이 네 아버지는 네 뜻을 받아들일 것이다. 그리고 이곳의 시설을 둘러보다가 겟세마네의 행려병자가 갑자기 휘두른 둔기에 머리를 맞고 쓰러져 뇌사 상태에 빠진다. 너는 인간에게 일어날 수 있는 온갖 불행과 기적을 이곳에서 이미 목격했기 때문에 크게 놀라지 않고 냉정함을 유지한 채 원장신부의 도움을 받아 그 사건을 신속하게 처리한다. 네 아버지는 네 아버지가 소유한 병원의 최고급 병실로 옮겨져 최신식 기계장치로 연명한다. 너는 현실과 꿈을 구별하지 못하는 가해자를 덤덤히 용서한다. 그리고 유일한 상속자로서 너는 네 아버지의 재산으로 이곳을 인수하고 네 아버지의 장기를 불치병 환자들에게 나눠 주기로 결정한다. 이식수술을 받게 될 자들은 산티아고 박사가 선택한다. 단, 네 아버지의 망막은 붉은 라디오에게 이식될 예정인데 그건 네가 붉은 라디오에게 복수의 방법을 배우는 대가로 이미 약속한 것이다. 이식수술이 끝나는 즉시 붉은 라디오는 세상의 끝으로 도망쳐서 평생 은신할 것이며 너와 네 아버지에 대한 비밀은 무덤까지 가지고 갈 것이다. 붉은 라디오는 세상의 끝으로 떠나기 전에 너에게 편지 한 통을 남길 것인데, 그것은 내가 작성해서 그에게 건네주었다. 다섯 페이지에 걸친 편지의 마지막 내용은 대략 이렇다. "이제야 제가 저지른 크나큰 실수를 깨닫게 됐습니다. 제가 말씀드린 죄악의 실상에는 단 하나의 거짓도 포함돼 있지 않지만, 처벌을 감당해야 할 분은 형제님의 아버지가 아니라 바로 형제님이셨더군요. 제가 이토록 어처구니없는 실수를 저지르게 된 까닭도 형제님의 아버지께서 만들어놓은 함정 때문이었습니다. 형제님의 아버지께서는 형제님을 너무 사랑하신 나머지 형제님의 성공을 방해할 유령들을 모조리 자신의 인생 안에 가두려고 하셨더군요. 십삼 년 전에 덜어낸 기억이 형제님을 다시 채우게 될 경우에 대비해, 관련 인물들의 기억과 세간의 소문까지 세심하게 바꿔놓으셨더라구요. 그래서 저도 감쪽같이 속고 말았답니다. 그는 아들의 배신을 이미 예견하고 계셨지만 애써 외면하셨고 유언장의 내용을 고쳐야 한다는 변호사의 충고도 듣지 않으셨어요. 어쩌면 사고를 당하는 날 그는 이미 자신의 죽음을 직감하셨을 수도 있습니다. 자신이 걱정했던 현실이 눈앞에 벌어지자 그는 스스로 생의 의지를 거둬들이신 것이죠. 그의 머리를 향해 둔기를 휘둘렀던 앵무새의 증언도 제 추정을 뒷받침합니다. 저와 형제님이 저지른 실수는 하느님께서도 결코 용서하지 않으실 것 같군요. 그분의 처벌을 피할 수 있는 은신처가 이승에 존재할 리 없죠. 그래서 저는 조만간 죽음으로써 속죄할 예정입니다. 하지만 형제님께서는 그렇게 하지 않으시길 바랍니다. 자신의 목숨과 바꿔가면서까지 형제님께 전달하려 했던 아버지의 메시지를 찾아내셔야 해요. 세상의 평판이나 소문에 휘둘리지 말고 큰 걸음으로 걸어가세요. 거인의 어깨 위에 앉아서 멀리 쳐다보세요. 의욕이 떨어질 때마다 버섯수프나 가지리소토를 먹는 것도 나쁘지 않은 습관일 것 같군요. 진심으로 행운을 빌겠어요." 너와 네 아버지에게 복수하기 위해 내가 준비해놓은 첫 번째 시나리오의 결말은 이랬다. 하지만 붉은 라디오는 자신의 이야기에 너무 심취한 나머지 내 계획을 망치고 말았다. 그는 망막을 얻을 기회를 잃었다고 몹시 자책하면서 자신의 실수를 만회할 기회를 달라고 내게 애걸복걸하고 있다.

그래서 나는 그에게 두 번째 기회를 줄 것이다. 사실 나는 그의 약점을 잘 알고 있기 때문에 그가 실패하거나 배신할 경우를 대비해 두 번째 시나리오를 이미 마련해두었다. 그걸 주도할 주인공의 정체를 너에게 알려줄 수는 없다. 네가 이곳을 무사히 빠져나가려는 순간 그는 제 품 안에 숨겨두었던 주머니칼을 꺼내어 네 목덜미를 찌를 것이다─이곳에 오기 전까지 그는 단 한 번도 목표물을 놓친 적이 없다. 그것이 네 죄악을 용서하는 가장 확실한 방법이다. 네가 쓰러진 자리 위에서 나도 곧 사라질 것이니 너무 억울하게 생각하지 말아라. 그래도 너를 기다리고 있을 고통은 내가 겪은 것과 견줄 바가 못 된다는 사실만큼은 꼭 기억해다오. 네가 죽어가고 있을 때 앵무새가 노래를 들려줄 것인데, 그건 한때 너를 진심으로 사랑했던 내가 네 진혼을 위해 준비한 마지막 선물이라고 간주해주길. 어쩌면 네가 죽는 것도 그 몹쓸 사랑 때문이다. 증오와 사랑 중 인류에게 더 위험한 것은 언제나 사랑이 아니었더냐? 사랑하지 않는 대상과는 결코 작별할 수도 없다.

만약 구차한 목숨을 지켜내고 싶다면 너는 이곳을 빠져나가기 전에 나와 내가 숨겨놓은 암살자의 정체를 알아내야 할 것이다. 그건 결코 쉬운 일이 아니다. 왜냐하면 지금에 이를 때까지 너는 붉은 라디오의 이야기가 네 운명과는 아무런 관련이 없다고 생각하고 건성으로 들었기 때문이다. 긴 침묵과 희미한 표정, 그리고 무의식적 행동에도 많은 단서가 숨어 있었으나 안타깝게도 너는 전혀 관심을 쏟지 않았다. 하지만 내가 너에게 여전히 이야기를 하고 있으니 네가 이 함정에서 빠져나갈 기회가 완전히 사라진 건 아니다. 지금이라도 너는 내 이야기에 집중할 필요가 있다. 나는 아주 자비로운 사람인 데다가 긴장감 높은 게임을 즐기기 때문에 붉은 라디오와 나의 이야기를 가감 없이 여기에 적어두었다. 그러니까 이 책을 처음부터 다시 읽는 게 게임에서 이기는 데 도움이 될 수도 있다. 하지만 미망에 빠져 허우적거려도 상관없을 만큼 너에게 시간이 그리 많이 허락돼 있지 않다는 사실을 기억해라. 이럴 줄 알았다면 너는 형벌의 미로를 빠져나오기 위해 서두르지 않았겠지. 붉은 라디오에게 음식을 제공하지 않았을 것이고, 원장신부에게 거액의 후원금을 약속하면서 종료 시간보다 백여 시간이나 앞서서 봉사활동 수료증을 요구하지도 않았을 것이다. 하지만 어쩌랴, 자신의 부고장을 직접 실어 나를 만큼 어리석은 존재가 인간인 것을. 설령 내가 예상치 못한 행운을 네가 얻게 되더라도 상황이 크게 달라지진 않을 것 같다. 이 책의 등장인물들은 붉은 라디오를 제외하고 하나같이 너에게 적대적이기 때문에 독서 도중에 너는 파국을 맞이할 수도 있다. 독서를 하다가 죽음을 맞이한다는 상상은 아주 매력적이다. 네 인생이 이 책 속으로 고스란히 옮겨갔다고 생각하거나 그 속에서 영생을 얻었다고 위안받을 수도 있을 테니까. 하지만 너는 두 번째 시나리오의 내용을 전혀 알지 못하기 때문에 설령 이 책 속에서 영생을 누리게 됐다고 하더라도 지금보다 더 안락한 일생을 살게 되리라고 확신해서는 안 된다. 이미 파멸이 결정된 네 운명을 바꿀 수도 없다. 어쩌면 그 메마른 세상에서 너에게 영원한 건 고통뿐일지도 모른다. 그러니 어리석은 너를 대신해 내가 네 미래를 선택할 수 있다면 나는 결코 이 책을 읽는 데 인생을 허비하지 않을 것이다. 차라리 지금까지 견지해왔던 독자로서의 수동적 태도를 버리고 작가의 자리에 앉아서 나와 붉은 라디오의 이야기를 적극 수정하는 게 낫겠다. 너에게 유리한 이야기를 지금부터 시작해보아라. 네 이야기 속에서 나와 붉은 라디오의 자리를 바꾸고 중남미를 아시아로 옮기며 주사위 안의 행려병자들을 건강한 젊은이들로 다시 태어나게 해서 전쟁터나 건설 현장의 막사 안에 가둬보는 건 어떨까? 암흑 속에 갇혀 있으면 자신의 주머니 속에 들어 있는 보석의 가치를 정확히 알아차릴 수 없다. 빛을 구해와야 그것을 명확히 드러낼 수 있다. 너에게조차 낯선 세계를 타인에게 이해시키려는 과정에서 네 운명이 개조될 것이다. 붉은 라디오가 중남미를 떠돈 이유도 이와 같다. 그는 신비로운 이야기를 찾아 그곳을 여행한 게 아니라, 그곳을 여행한 뒤에야 비로소 자신의 이야기를 흥미롭게 만드는 법을 배웠다. 네가 네 이야기 속에서 자신과 세계를 발견해낼 때 비로소 나와 암살자의 이름을 우연히 듣게 될 것이다. 그러려면 너는 네 안에서 꿈틀거리고 있는 진실에 대한 강박과 거짓에 대한 갈망을 가감 없이 꺼낼 수 있어야 한다. 원한다면 나는 네 이야기가 끊어지지 않도록 여기서부터 침묵하겠다. 자신이나 세계와 관련된 이야기를 단 한 번도 만들어본 적이 없는 너는 손사래를 치며 도망칠 궁리를 하고 있을지 모르겠다. 하지만 네가 도망칠 곳은 어디에도 없다. 만약 네가 여기서 독서나 집필을 멈춘다면 나는 내가 십삼 년 동안 준비해온 결말을 너와 네 아버지에게 강제할 것이다. 너는 셰에라자드의 이야기를 천일 동안 듣고 난 뒤에도 여전히 불안감 때문에 잠들지 못하는 술탄이다. 네가 그녀를 해방시켰으므로 셰에라자드는 더 이상 너에게 이야기를 들려주지 않을 것이다. 그 대신 네 운명에 대해 세상 사람들에게 알릴 것이고 넌 그 소문 때문에 억울하게 죽게 될 것이다. 살고 싶다면 셰에라자드를 다시 침실로 불러들여야 하고 진기하고 흥미로운 이야기로 그녀를 붙잡아두어야 한다. 붉은 라디오가 너에게 이미 들려준 이야기에는 아직 결말이 완벽하게 갖춰져 있지 않기 때문에, 넌 그의 이야기 속에 등장했던 다양한 인물들—붉은 라디오까지 포함해—에게 네가 저지른 죄악의 일부 또는 전부를 고스란히 전가할 수 있다. 격리된 세상에서 혼자 살아가면서 과거의 기억이나 미래의 전망 따위에 고통받지 않는 그들은 설령 타인의 죄악을 대신 떠맡는다고 하더라도, 추위와 더위를 피할 수 있는 공간에서 세끼 식사를 거르지 않을 수 있고 최소한 사흘에 한 번씩 목욕할 수 있으며 한 달에 한 번씩 방 안을 여행할 수만 있다면 그걸 모두 하느님의 가호로 여긴 채 누구에게도 불평하지 않을 것이다. 그들의 고백에 귀 기울이는 자조차 없을 테니 네가 죄책감을 느낄 필요도 없다. 그들이 이 책을 읽게 될 확률은 벌새의 날갯짓 사이로 화살이 통과하는 그것보다 훨씬 낮다. 그래도 무엇인가가 너를 끊임없이 불편하게 만든다면 가끔씩 그들에게 음식이나 자원봉사자들을 보내주면 그만이다.

가령 필리페는 자신의 부모에 대한 반항심을 범죄 조직을 통해 어떻게 필요악으로 증폭했으며 그로 인해 얼마나 많은 사람을 파멸시켰는지 전혀 알지 못하기 때문에, 너는 네 죄악을 그의 부모님 탓으로 슬그머니 돌릴 수도 있을 것이다. 후안은 유명 작품의 위작을 암시장에 내다 파는 일로 밥벌이하는 처지였는데도 마치 자신이 위대한 예술가의 계보에

속해 있다는 착각 속에서 살아왔기 때문에, 그가 캔버스 앞에 나신으로 선 모델을 강간하려 했다고 거짓으로 증언할 수도 있다. 페드로는 마약상으로부터 몇 푼의 사례금을 받고 마약을 실어 나르다가 동료들의 배신으로 경찰의 급습을 받아 두개골이 깨어졌는데도 여전히 조직에 대한 비밀을 지켜내려고 애쓰고 있기 때문에, 네가 가볍게 몇 차례 겁을 준다면 그는 자신이 결코 저지른 적 없는 죄악까지 모조리 인정할 것이다. 앵무새는 현실과 망상의 경계가 없기 때문에, 네 죄악과 관련된 몇 가지 중요한 단서를 그에게 각인시킨다면 그는 원장신부나 경찰 앞에서 자신의 새로운 기억을 줄기차게 떠들어댈 것이고 자신의 고백이 진실로 받아들여질 때까지 소란을 멈추지 않을 것이다. 다묵장어 노인에게 서너 차례의 기적이 일어났던 까닭이 그에 대한 처벌을 멈추고 싶지 않으신 하느님의 유희 때문이라고 설명하는 것도 아주 그럴듯하다. 그의 필적을 위조해서 네 죄악을 대략적으로 기록하고 하느님의 최종 심판을 예감한 그가 비밀리에 완성한 유언장이라고 둘러대면 어떨까? 안드레를 이곳에 내다 버렸던 부모에 대해서 알려진 바가 전혀 없으니, 스스로 혈육의 정을 끊을 수밖에 없었던 부모의 사정을 안드레의 비극과 대비해 상상할 수도 있다. 금지된 사랑을 통해 태어난 아이를 양육하는 일 또한 금지됐을 테니 부모라고 해서 모든 걸 제 뜻에 따라 결정할 수는 없다. 이제 와서 고백하는 게 무슨 의미가 있겠느냐마는, 내 몸속에서도 아이가 넉 달 남짓 자라나다가 사라졌다. 나는 그 아이를 끝까지 지키고 싶었으나 그 아이는 제 어미의 고독과 불안을 견뎌내지 못하고 원래의 자리로 돌아갔다. 만약 그 아이가 태어났다면 안드레보다 더 많은 나이가 됐겠지만 태어나지 않았으니 내 나이와 항상 같다. 물론 그 아이는 너나 네 아버지와는 전혀 관련 없으니 천박한 상상력을 작동시키진 말아라. 셀리아 수녀의 아들이나 동생이 나를 파괴한 진짜 범인이라면 그녀는 가해자를 대신해 내게 던져진 희생양일 수도 있겠다. 나중에 그녀는 나를 말끔히 먹어치우는 것으로써 자신의 임무를 완수할지도 모른다. 마테오 수사의 몸 곳곳에 새겨져 있다는 문신과 네 이야기를 퍼즐처럼 이어 붙여 흥미진진한 작품을 완성한다면 독자들은 마테오 수사를 돈키호테와 비교하게 될 것이다. 원장신부가 전임 원장을 내쫓고 이곳의 권력을 장악하는 과정이나 각종 단체로부터 자금과 인력을 후원받는 과정을 반추해보면 그가 사리사욕을 채우기 위해 하느님의 거룩하신 이름을 면죄부처럼 팔았다는 비난이 정당해질 테니, 너는 그의 거짓 명성에 속아 그의 죄를 뒤집어쓰게 됐다고 변명하면 그만이다. 당연히 원장신부는 장광설을 펼치며 반박할 텐데 십자가를 두 동강 내는 도끼 앞에서 네가 끝까지 침착할 수만 있다면, 신도들의 눈에는 마치 로마의 황제가 콜로세움에서 순교자를 고르고 있는 장면처럼 보일 것이고 청중들은 너를 보호하는 게 하느님의 뜻이라고 분개할 수도 있다. 만약 안락사를 지지하는 정치단체나 대형 병원과 산티아고 박사 사이의 은밀한 거래 내용을 밝혀낼 수만 있다면, 그토록 인명을 경시하는 자가 어떻게 윤리적 세계를 지켜낼 수 있겠느냐고 반문하면서 너 자신을 구악舊惡의 피해자로 소개할 수도 있다. 마리아 간호사는 세상의 모든 남자를 단숨에 유혹할 수 있는 매력을 지니고 있기 때문에, 곤경에 빠진 너를 유혹하고 협박해서 네가 응당 누려야 할 풍요와 안락을 모조리 빼앗아가려 했다고 폭로하는 순간 세상의 모든 남자가 너를 성심껏 도울 것인데, 너를 동정하기 때문이 아니라 너 대신 그녀를 차지하기 위해 앞장섰다는 사실을 명심해야 한다. 아니면 네 아버지가 그녀에게 저지른 범죄를 알게 됐으나 천륜의 굴레를 벗어던지지 못해 네가 대속하고 있다고 고백하면 어떨까? 나와 네 비밀을 가장 많이 알고 있는 자는 네 아버지이기 때문에, 게다가 네 아버지는 무소불위의 권력과 재력을 소유하고 있기 때문에, 그는 거의 모든 방법을 동원해서 자신의 현실을 지켜내려 했을 것이고 아들이라고 해서 자비를 베풀었을 리 없다. 네 아버지는 십삼 년 전의 사건 이후 너에 대한 기대를 완전히 거뒀다. 너에게서 기억을 지운 까닭은 네가 새로운 삶을 살 수 있도록 도우려는 게 아니라 네 죄악이 더 이상 자신의 성공에 방해가 되지 못하도록 막으려는 목적 때문이었다. 너는 이 형벌의 미로를 빠져나간 뒤에도 여생을 네 아버지의 욕망에 바쳐야 할 것이다. 어쩌면 네 아버지가 작성해놓은 유언장에는 네게 양도할 권리가 모두 삭제돼 있을지도 모른다. 그러니 너는 네 아버지 앞에서 좀더 냉정하고 독립적인 태도를 취할 필요가 있다.

이곳을 다녀간 자원봉사자들 중에는 요란한 사고를 치고 이곳에 끌려와서 억지로 봉사를 해야 했던 자들도 많았으므로, 그들의 무명 속에 네 죄를 숨기는 방법도 나쁘지 않겠다. 이곳에 처음 도착했을 때 그들은 하나같이 철없는 행동을 진심으로 뉘우치면서 하느님의 자애로움을 증명해 보이겠다고 공언했으나, 약속한 기간을 채우기도 전에 자신의 몸에 매달려 있던 형구形具를 모두 벗어던진 뒤 이곳에 올 때의 모습 그대로 떠났다. 새로운 삶에 대한 목표는 없었고 자숙하는 기간 동안 자신이 포기해야 했던 권리를 단숨에 회복하겠다는 의욕으로 끓어넘쳤다. 낯익은 세계로 화려하게 복귀한 그들은 훨씬 더 교묘하고 복잡하며 거대한 죄악을 발명해내면서 선악의 경계를 더욱 모호하게 만들었을 게 분명하다. 그들의 영웅적 행동에 크게 고무된 자들이 갖가지 이유로 이곳을 찾아왔는데, 그들 중에는 일방적인 시혜도 선행이라고 굳게 믿는 자들이 적지 않았다. 너도 슬그머니 그들 속에 숨어들면 죄책감을 크게 탕감받을 수 있을 것이다. 너보다도 더 흉포한 죄악을 저지르고도 감옥 밖에서 자유롭게 살고 있는 자들이 세상엔 득실거린다. 네가 상상할 수 있는 최악의 범죄보다도 더 끔찍한 사건이 매일 주변에서 일어나고 있으며 그걸 처벌할 법적 근거를 찾을 수 없어서 묵인해야 할 때가 아주 많다. 그러니 자신의 죄악을 순순히 인정한 자들만 처벌받는 건 공평하지 못하다. 하지만 너는 끝까지 현행법을 준수했으므로 그리스도의 오른쪽 자리에 앉을 자격이 있다. 적어도 네 발밑의 세계에선 더 이상 처벌을 걱정하지 않아도 된다는 뜻이다. 첩첩산중의 계곡에 독극물 몇 방울을 흘리면 예민한 물고기들이 일제히 수면 위로 떠오르면서 범인과 범죄를 즉각 고발하겠지만, 거대한 강에 독극물 한 통을 통째로 들어붓는다고 해도 평지풍파에 어지간히 단련된 물고기들은 각자도생할 방법을 즉각 찾아낼 것이기 때문에 범죄 자체가 성립되지 않을 수 있다. 죄악이 득실거리는 세계에 살면서 적당하게 타락하지 못한 자들이 오히려 비난받아 마땅하다. 너처럼 부족함 없이 자라면서 사회의 모든 가치를 돈으로 환산할 수 있게 된 자들은 미성년자와의 하룻밤 정도를 심각한 일탈로 규정할 리 없다. 피해자가 만족할 수준의 보상이 이루어진다면 법전을 들춰 보지 않고서도 정당한 상거래를 성사시킬 수 있다. 피해자는 언제든 가해자가 될 수 있기 때문에—물론, 나는 그렇게 생각하지 않는다—가역반응에 필요한 조건을 미리 갖춰놓아야 한다고 생각하는 자들도 아주 많다. 살인과 강간, 방화, 절도, 사기, 상해 등의 범죄를 저지른 자들의 뉴스가 신문이나 텔레비전에 매일 쏟아져 나오고 있으니 그걸 참고해서 네게 유리한 이야기를 만들어내도 좋다. 겟세마네 형제들의 조언도 큰 도움이 될 것이다.

반면에 네가 결코 매혹당하지 않길 바라는 최악의 망상이라면 네가 바로 나이자 이 책의 작가이고 독자라는 것이다. 원래부터 너는 없고 나만 존재했으며 가해자나 피해자의 구분 없이 그저 과대망상증에 사로잡힌 인간이 여기다 토악질을 해댔을 뿐이라고 의심할 수도 있다. 십삼 년 전에 일어난 사건으로 피해를 입은 건 내가 아니라 너이고, 너는 너무 어려서 어른의 방식대로 대응하지 못했기 때문에 네 아버지가 너를 대신해 나를 응징한 것이라고 주장해도 상관없다. 억울하게 처벌을 받은 너에게 내가 아직도 복수를 다짐하는 까닭이 네가 나의 죄를 유일하게 목격하고 증언할 수 있는 자이기 때문이라고 주장하면 나는 뭐라고 항변해야 할까? 나를 대신해 처벌을 받았으니 이쯤에서 악연을 끊자고 너는 하소

연할지도 모르겠다. 하지만 네 이야기는 유감스럽게도 십삼 년 전 네 아버지에게서 들었던 것과 조금도 다르지 않다. 그리고 나는 이런 상황을 이미 예상했다. 왜냐하면 나에 대한 기억을 덜어낸 자리에 네 아버지는 자신의 사고와 행동 방식을 고스란히 채워 넣었을 게 뻔했기 때문이다. 십삼 년 전 나는 네 아버지의 위압에 저항하지 못했지만, 십삼 년이 지난 지금의 나는 네 아버지에 대해 너보다도 더 많이 알고 있다고 확신한다. 네 아버지의 존재감을 무시할 수 있게 된 뒤에야 비로소 나는 너와의 기억에 집중할 수 있었다. 네가 지금 빠져 있는 함정에는 세심한 장치가 아주 많이 설치돼 있다. 우선 네가 지금 읽고 있는 이 책은 세상에 단 한 권만 존재하고 너 혼자만 접근할 수 있는 곳에 놓여 있다. 그러니까 네가 이 책을 읽기 전까지 나는 아무 곳에서도 존재하지 않는다. 나를 존재하게 만드는 건 이 책을 쓴 자가 아니라 읽는 자이다. 그래서 나는 감히 유럽 몇 개 국가에서 루쉰은 유령일 뿐이고, 아프리카 몇 개 국가에서는 마르케스가 태어난 적이 없으며, 아시아 몇 개 국가에서 보카치오는 이탈리아산 치즈 브랜드에 불과하다고 단언할 수 있다. 네가 나를 존재하게 하는데 나는 유죄고 너만 무죄라고 말하는 건 모순이다. 차라리 이 책을 읽는 자는 모두 유죄고 죄악을 없애려면 이 책의 내용과 작가에 대해 가능한 한 빨리, 그리고 많이 잊는 수밖에 없다고 말하는 게 훨씬 논리적이다. 이 책과 연관이 있는 이상 나 또한 너의 죄악과 무관할 수 없겠지만, 엄연히 나는 너를 통해서만 증명되는 존재이기 때문에 내가 유죄라는 사실은 네가 유죄를 선고받은 뒤에야 비로소 성립된다. 네가 무죄라면 나도 무죄고, 네가 속죄를 마쳤다면 나 또한 죄의식에서 해방됐다. 심지어 나는 이렇게 말할 수도 있다. 네가 이 책을 읽기 전까지 나는 무죄였다고. 내 이야기를 이해하는 게 쉽지 않더라도 겸허히 받아들여야 한다. 이 세계에 단 한 권뿐인 이 책을 완전히 없앤다면 자유로워질 것이라고 너는 기대하겠지만 이 또한 어리석은 판단이다. 너의 죄악을 규정하고 있는 이 책이 사라진 순간 네가 결코 책임질 필요가 없는 죄악까지 너를 찾아올 것이고 넌 평생 발밑의 지뢰나 머리 위의 폭탄을 걱정하면서 살아가야 한다. 그리고 유감스럽게도 이 책을 없앨 수 있는 자는 아무도 없다. 왜냐하면 이 책은 세상 모든 곳에 동시에 존재하시는 하느님의 명령에 따라 만들어졌기 때문이다. 네가 이 책의 한 구절이라도 읽는 순간 그것은 전 세계로 퍼져 나간 뒤 수십만 권의 책들 속에 즉각 반영된다. 그리고 다양한 언어들에 실려 국경과 세대를 넘으면서 수많은 이본異本을 완성시킬 것이고 붉은 라디오에게 찾아갈지도 모른다. 그때 너의 죄악은 이미 하느님조차 없애실 수 없을 만큼 거대하고 분명해져 있을 테니 네가 그 책의 작가나 주인공이 아니라고 주장하면서 아까운 시간을 소진할 필요는 없다. 내가 증언을 멈춘 자리에서부터 네가 두 번째 책을 쓰는 게 훨씬 현명한 행동이다. 거울 속에 반영된 세계를 없애는 유일한 방법은 또 다른 거울을 마주 보게 세우는 것뿐이니까. 그러려면 너는 이 책을 쓴 작가로서 이 책을 완독한 뒤, 나와 암살자의 정체를 독자들에게 정확히 알려주어야 한다. 그 임무를 성실하게 완수하지 못한다면 독자들은 네 생사 따위를 거들떠보지 않은 채 이 책을 던져버릴 것이고 너는 죽살이의 경계에 박제처럼 내걸린 채 영원히 신음할 것이다. 그러니 너는 이 책의 모든 문장을 결코 허투루 읽어서는 안 된다. 벽돌 하나를 무심코 뽑아냈다가 수천 년 동안 풍파를 견뎌온 건축물을 단숨에 무너뜨릴 수도 있다. 절벽 위에서 외줄을 타거나 러시안룰렛 게임을 하면서라도 독해에 집중해야 한다. 파블로가 너를 처음 만났을 때 건넸던 이야기를 기억해라. 흥미로운 이야기는 음습한 지하 감옥이나 공포로 가득 찬 밤, 또는 맹인의 암흑 속에서 만들어진다고 말하지 않았더냐? 지진으로 겟세마네가 파괴되고 잔해 속에 네가 일주일째 갇혀 있다고 상상해보자. 네 손엔 워키토키가 쥐어져 있지만 배터리가 방전되어 아무도 네 구조 신호에 응답하지 않는다. 네 몸뚱이를 밟고 있는 구조대원들은 성급하게 중장비를 투입했다가 자칫 생존자들이 콘크리트 더미에 깔리게 될까 봐 머뭇거리고 있다. 전부를 잃는 것보다 차라리 얼마간의 희생을 감수하는 게 낫다는 주장도 힘을 얻지 못한다. 구조 활동이 재개되는 경우 네가 희생될 확률은 정확히 오십 퍼센트이지만 네 생사를 확인하지 못하는 이상 네가 희생될 확률은 백 퍼센트까지 치솟는다. 진실이나 거짓, 선행이나 죄악, 복수나 용서 중 어느 것이 너를 구해줄지 알 수 없다. 어쩌면 네가 누군가를 먼저 구조해야 너 또한 구조될 수 있을지 모른다. 지상에서 워키토키를 든 채 너를 기다리고 있는 자들은 내가 숨겨놓은 암살자들이다. 너를 죽여야 하는 임무를 완수하려면 그들은 네 시신을 반드시 확인해야 한다. 그래서 그들은 네가 쥐고 있는 워키토키가 기적적으로 작동하는 순간을 기다리고 있다. 배터리가 저절로 충전되는 사건은 자연계에서 결코 일어날 수 없지만 그런 기적을 기대하기 위해 인간은 하느님을 발명해냈으니, 너는 네가 아직 확인하지 못한 결말에 지레 겁먹지 말고 그저 네 자신의 죄악을 과장함으로써 암살자들이 자신의 임무를 포기하지 않도록 자극해야 한다. 일단 지상으로 끌어올려진 뒤에야 비로소 네 생사가 결정될 것이니 운이 좋다면 너는 또다시 암살자들의 추적을 따돌릴 수도 있을 것이다. 교정 당국의 명령대로라면 네겐 아직 백 시간 분량의 형벌이 남아 있는 셈이니, 이 책의 처음으로 다시 돌아가 더욱 다정한 모습으로 파블로에게 첫인사를 건네길 권한다.

내 이야기를 마치기 전에 파블로가 너에게 들려주지 않은 이야기 한 토막을 들려주겠다―만약, 네가 이 단락을 읽지 않는다면, 이 단락은 존재하지 않는 것과 같다. 그는 네가 가져다주는 음식에 너무 흡족한 나머지 나의 정체를 너에게 알려주려고 시도했다. 그러려면 십삼 년 전에 일어난 사건부터 너에게 기억시켜야 했다. 갑작스런 배신행위는 간신히 진압됐지만 그가 어떻게 그 비밀을 알아차릴 수 있었는지 아직도 모르겠다. 나는 그에게 결코 그걸 알려준 적이 없다. 너 또한 그 사건을 전혀 기억할 수 없으니 결국 내가 의심할 수 있는 자는 네 아버지뿐이다. 너를 각별히 돌봐달라고 부탁하면서 네 아버지가 십삼 년 동안 자신을 괴롭혀온 죄악을 원장신부에게 고해성사 했다면 어떨까? 원장신부의 집무실을 청소하던 자원봉사자가 우연히 엿들은 이야기를 붉은 라디오가 놓쳤을 리 없다. 그는 자신이 들은 것보다 자신이 말하고 싶은 내용으로 그 이야기를 각색한 뒤 너를 조종해서 나의 계획을 방해하고 자신의 탐욕을 채우려 했을 수도 있다. 그렇다면 그는 나의 복수심과 인내를 너무 하찮게 평가했다. 제 생명처럼 믿었던 자들에게서 상처를 너무 많이 입은 나는 내 생명 현상조차 더 이상 믿지 않는다. 나는 새로운 인생을 시작할 의욕이 전혀 없으며 겨우 붙잡고 있는 생명 줄을 언제든 놓을 준비가 돼 있다. 그래서 나는 눈먼 파블로의 충성심을 확인하기 위해 너를 가장하고 그를 찾아갔던 것이다. 네게 부탁한 스테이크를 내가 들고 그의 앞에 나타났을 때 그는 자신의 코를 자극하는 냄새에 이성을 잃고 말았다. 그래서 나를 너로 착각하고, 결코 발설해서는 안 되는 이야기를 내게 들려주었다. 형벌의 미로에서 빠져나간 뒤에도 여전히 너의 환심을 사서 몇 끼의 산해진미를 얻어내려면 네가 전혀 예상하지 못한 이야기를 꺼내야 했겠지. 그가 실패할 경우에 대비해 내가 두 번째 시나리오를 준비해놓았다는 사실을 정작 그에게 귀띔해주지 않은 건 너무나도 현명한 처사였다. 너를 대신해 파블로가 내게 들려준 이야기는 이랬다. 십삼 년 전 나는 학교 선생이었고 너는 고등학생이었다. 그 학교의 이사장이기도 한 네 아버지는 학생들을 파시스트 정권에서 원하는 인재들로 육성하기 위해 학사에 끊임없이 개입했다. 네 아버지에게 거부감을 느끼고 있던 나는, 나만큼이나 네 아버지에게 저항하던 너를 보호하려고 애쓰다가 금지된 사랑에 빠져들고 말았다. 너와 나에겐 사랑만이 유일한 무기이자 위안이었다. 나와의 친밀한 관계를 눈치챈 네 아버지가 너를 파시스트 군대에 입대시키려 하자 나는 거대한 죄악으로부터 너를 구해내기 위해 네 아버지를 살해하려고 시도

했으나 거사 직전에 네가 나를 배신하고 네 아버지에게 돌아가는 바람에 나는 살인미수 혐의로 체포돼 오 년여 동안 감옥에서 지내야 했다. 옥중에서 나는 해고와 이혼을 당했지만 당당한 사랑 앞에 전혀 부끄럽지 않았다. 오 년여 동안 단 한 번도 네가 나를 면회하지 않은 이유를 알게 될 때까진 그랬다. 네 아버지가 약속한 풍요와 안락에 내 사랑이 파괴됐다는 사실을 인정하지 않기 위해 나는 세상의 최외각을 수년째 고독하게 떠돌았다. 나는 성전환 수술까지 감행하고 낯익은 세계로 돌아왔으나 그 뒤로도 서너 차례의 연애 사건을 벌였고 그때마다 가해자의 자리에서 파국을 맞이했다. 그래도 끝까지 너를 이해하려고 노력했다. 하느님은 내가 너무 불쌍했는지 갑자기 너를 이곳으로 데려오셨고, 십삼 년 전 너를 처음 만났을 때처럼 나는 강렬한 생명력에 사로잡혔다. 십삼 년 전과 다른 점이 있다면 그 기운에는 헌신 대신 파괴의 열정이 반영돼 있다는 점이다. 그래서 나는 사제들과 수용인들을 총 동원해 너에게 복수를 은밀히 준비했고 완벽한 성공이 눈앞에 아른거렸다. 하지만 네가 매일 가져다준 음식에 크게 감동받은 그는 네가 오히려 피해자일지도 모른다고 의심하게 됐고 결국 나와 암살자의 정체를 귀띔해주는 게 아니냐. 식도락에 들떠 있는 파블로가 달콤한 냄새가 나는 쪽으로 손을 뻗었을 때 나는 스테이크를 휴지통에 던져버렸다. 그리고는 그의 뺨을 두어 대 갈기면서 복수의 다음 희생자로 그를 지목했다. 그제서야 상황을 파악한 그는 내게 이렇게 소리쳤다. "당신이 악마라면 그 후덕한 형제님을 지금 당장 내 앞에서 뱉어내야 할 거야. 그렇지 않으면 내가 너를 먹어치워 버리겠어." 그는 침대 밑에 숨겨두었던 주머니칼을 꺼내어 허공에 휘두르기 시작했다. 나는 조용히 물러나 있다가 그가 지칠 때쯤 다가가 주머니칼을 빼앗아 그의 혀끝을 조금 잘라냈다. 그랬더니 그는 바짓가랑이를 오줌으로 적시면서 고통스럽게 울부짖었다.

네가 여기까지 읽었으니 이제 내가 준비한 두 번째 시나리오를 실행할 때가 된 것 같구나. 네가 내일 아침 마지막으로 이곳에 출근해서 원장신부와 환담하는 도중에 암살자는 너를 찾아갈 것이다. 천 시간의 사회봉사 활동을 성실하게 완수했다는 증명서는 대중 앞에서 네 비참한 죽음을 안타까운 희생으로 포장해줄 것이다. 옛정을 생각해 마지막으로 충고한다면, 내일 이곳에서 만나게 될 어느 누구에게도 방심한 모습을 보이지 말거라. 원장신부나 네 아버지마저도 내 지령을 받고 그때 그곳에 나타난 암살자일 수도 있으니까. 만약 네가 내일 이곳 어디에서도 파블로를 찾을 수 없다면, 또는 셀리아 수녀가 네게 양귀비 꽃다발을 건네거나 앵무새가 느닷없이 해적들의 노래를 부른다면, 후안이 네 초상화를 건네거나 필리페가 네 구두를 요구한다면, 안드레가 네게 자신의 성기를 보여주거나 다묵장어 노인이 기계장치 안에 이상한 신호를 삽입한다면 너는 내 계획이 순조롭게 진행되고 있다는 사실을 믿어야 한다. 가령 이런 시나리오를 상상해보는 건 어떨까? 이곳이 폐쇄될 것을 걱정한 수용인들이 일부 자원봉사자들과 협력해 성직자들을 인질로 잡고 폭동을 일으킨다. 이곳의 수용인들에게서 살아 있는 장기를 이식받기 위해 오랫동안 기다리고 있던 권력자들은 초조해져서 공권력 투입을 결정한다. 공포에 사로잡힌 수용인들에게서 너는 차마 연민을 거둬들이지 못한다. 연민은 세상에 대한 공분으로 이어진다. 수용인들은 너를 구원자의 이름으로 부르며 따른다. 너는 산티아고 박사가 숨겨둔 모르핀과 진통제를 찾아내어 수용인들에게 저항의 용기를 불어넣는다. 그러자 이곳은 잠깐이나마 그리스도가 추종자들을 이끌던 갈릴리로 바뀐다. 중재를 위해 네 아버지가 찾아오지만 너는 그를 매몰차게 내치면서 자신에겐 지상에 더 이상 부모가 없다고 선언한다. 하지만 비상약이 떨어지자 저항의 용기도 급격히 줄어들고 배신자들이 늘어난다. 결국 로마군은 불굴의 요새를 함락한 뒤 복종뿐인 평화를 이곳에 강제로 이식한다. 폭동을 주동한 너는 십자가를 멘 채 겟세마네 언덕으로 끌려가면서 하느님의 이름을 간절히 부르지만 어디에도 구원은 없다. 단두대에 목을 올렸을 때 비로소 너는 십삼 년 전의 기억을 되찾고 내게 용서를 구한다. 네 목이 잘려나가기 전에 네 영혼이 사형집행관에게 깃든다. 그는 늙고 나약하지만 십삼 년 전 나를 매혹했던 미소를 그대로 재현한다. 나는 단두대에 가장 가까운 곳에 서서 네 목이 힘없이 잘려 나가는 광경까지 지켜보았으나, 네가 그 노인으로 변신했다는 사실을 금방 알아챈다. 그리고 너에게 달려가 뜨겁게 껴안는다. 우리는 십삼 년 전처럼 다시 서로를 사랑하게 됐으니 현재의 몰골과 처지가 뭐가 중요하며, 우리 중 누가 먼저 죽고 누가 나중에 죽는걸 굳이 왜 따진단 말이냐? 우리 모두 죽음에 이르러서는 사랑의 위대한 승리를 찬양할 뿐인데!

작가의 말

　이 작품의 1장 초고가 적어도 2005년 2월 4일부터 8일 사이 과테말라 아티틀란 호수Lago De Atitlán의 세 곳(산티아고아티틀란Santiago Atitlán, 산페드로라라구나San Pedro La Laguna, 산마르코스라라구나San Marcos La Laguna)에서 완성됐다는 사실을 증명할 자료가 있다. 그 당시 사용했던 볼펜과 재생지 노트는 안티과Antigua Guatemala에서 한 달 동안 스페인어를 배우면서 얻은 것이었다. 단기 어학 코스를 마치자마자 찾아간 곳이 외국인들 사이에 영적 휴양지로 명성 높은 아티틀란 호수였다. 1960년대 히피문화에 열광했던 독일인 부부가 운영하는 숙소에 머물면서 나는 보호시설에 갇힌 부랑자들의 세계를 상상했다. 그땐 모험과 절망에 대한 에피소드만을 떠올렸을 뿐이다. 그 뒤로 반년 남짓 남미 여행을 이어가며 미처 2장을 완성하지 못했다. 설상가상으로 여행 말미에 노트북과 사진기마저 도둑맞으면서 우울과 무기력은 극심했다. 무사히 귀국한 나는 오랫동안 작가로 불리지 못했다. 그리고 간신히 작가의 명함을 얻은 이후에도 이십 년 전에 엉킨 실타래를 풀 자신이 없었다. 그러다가 최근에 사랑에 대한 에피소드를 추가하면서 비로소 원고를 완성할 수 있었다. 다시 생각해보면, 남미 여행 내내 배낭 속에 넣고 다니던 열두 권의 책들을 단 한 권도 버리지 않고 끝까지 귀국행 비행기에 실었던 결정이 지금의 나를 만들어줬는지도 모르겠다. 그때 읽었던 이 문장들은 지금도 생생히 기억하고 있다.

> "심지어 어떤 이들은 단지 포기할 수 없는 습관 때문에 하루하루를 살고 있는 듯한 인상마저 주었다."
> "그러나 당신은, 당신을 희생시키는 사회에 당신이 얼마나 많은 기여를 하고 있는지 깨닫지 못하죠."*

---

* 체 게바라, 《체 게바라의 라틴 여행 일기》, 이재석 옮김, 이후, 2000년, p. 107; p. 199.

사랑의 위대한 승리일 뿐

© 김솔, 2023

초판 1쇄 발행 2023년 10월 30일

지은이 김솔

펴낸곳 (주)안온북스 **펴낸이** 서효인·이정미
출판등록 2021년 1월 5일 제2021-000003호
주소 서울시 마포구 월드컵로14길 28 301호
전화 02-6941-1856~7 **홈페이지** www.anonbooks.net
인스타그램 @anonbooks_publishing
디자인 소요 이경란 **제작** 제이오

ISBN 979-11-92638-23-2 (03810)

| 이 책은 경기도, 경기문화재단의 지원을 받아 발간되었습니다.
| 이 책의 내용을 재사용하려면 반드시 사전에 저작권자와 (주)안온북스의 서면 동의를 받아야 합니다.
| 인쇄, 제작 및 유통 과정에서의 파본 도서는 구입처에서 교환해드립니다.